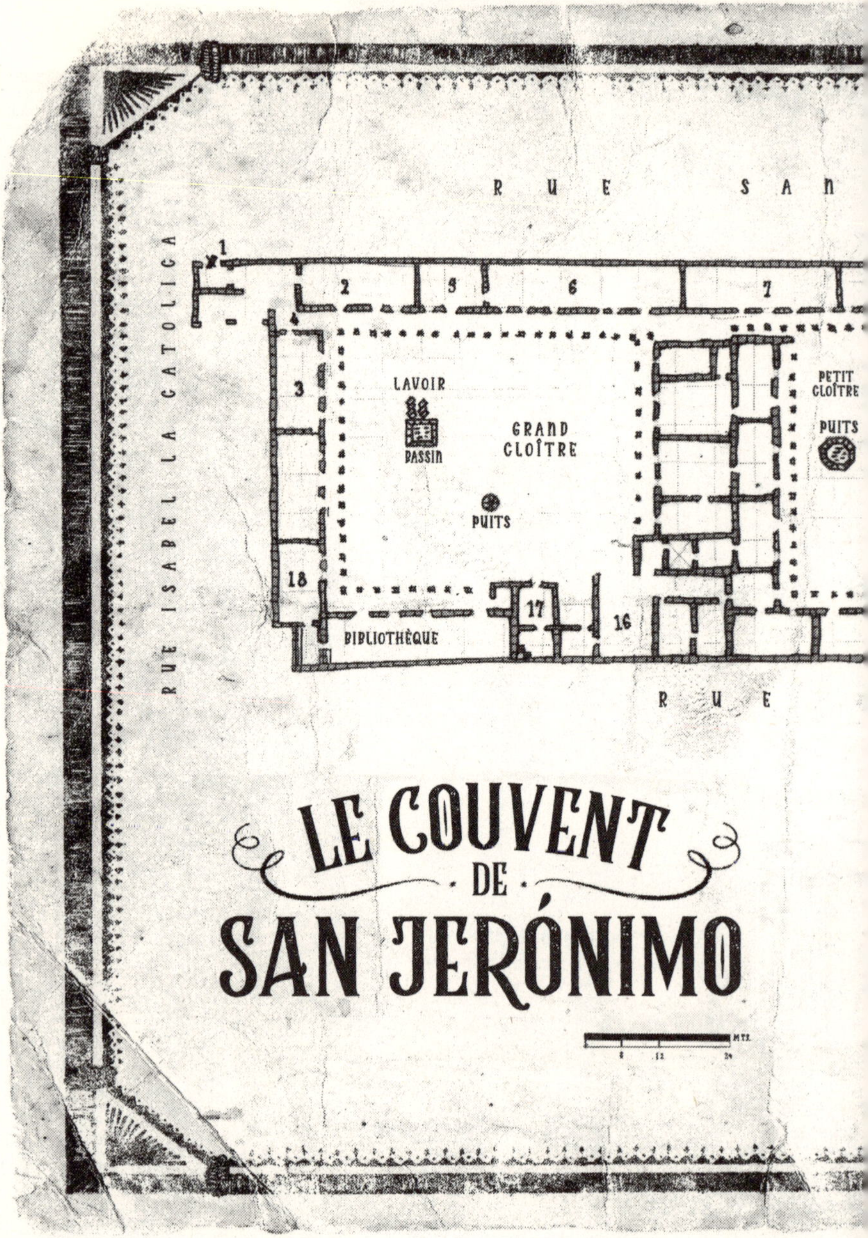
RUE SAN
RUE ISABEL LA CATOLICA
1
2
5
6
7
4
3
18
17
16
LAVOIR
BASSIN
GRAND CLOÎTRE
PUITS
PETIT CLOÎTRE
PUITS
BIBLIOTHÈQUE
RUE
LE COUVENT DE SAN JERÓNIMO
MTS.

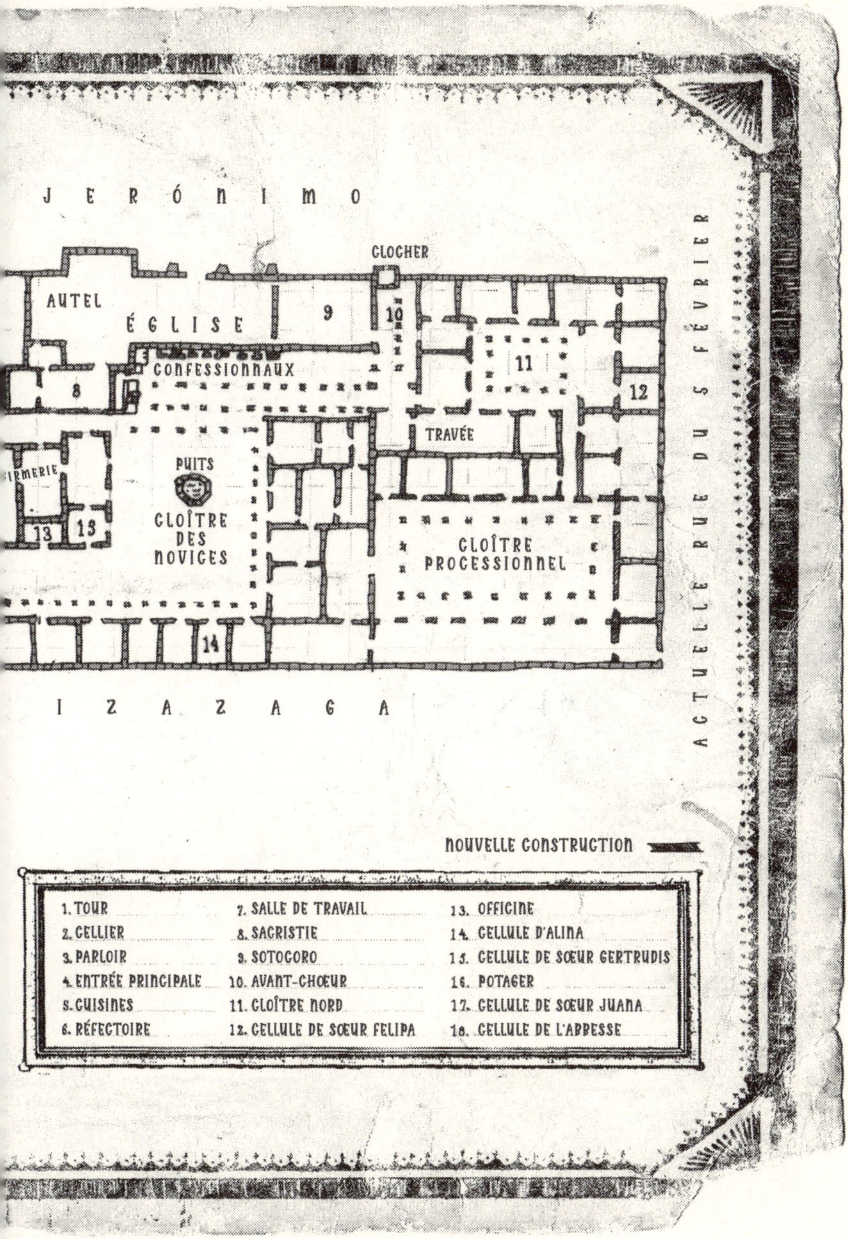

J E R Ó N I M O
CLOCHER
AUTEL
ÉGLISE
9
10
CONFESSIONNAUX
8
11
12
TRAVÉE
PUITS
CLOÎTRE DES NOVICES
CLOÎTRE PROCESSIONNEL
13
15
14
I Z A Z A G A
ACTUELLE RUE DU 5 FÉVRIER
NOUVELLE CONSTRUCTION
1. TOUR
2. CELLIER
3. PARLOIR
4. ENTRÉE PRINCIPALE
5. CUISINES
6. RÉFECTOIRE
7. SALLE DE TRAVAIL
8. SACRISTIE
9. SOTOCORO
10. AVANT-CHŒUR
11. CLOÎTRE NORD
12. CELLULE DE SŒUR FELIPA
13. OFFICINE
14. CELLULE D'ALINA
15. CELLULE DE SŒUR GERTRUDIS
16. POTAGER
17. CELLULE DE SŒUR JUANA
18. CELLULE DE L'ABBESSE

Mort au couvent

OSCAR DE MURIEL

LES MYSTÈRES DE SŒUR JUANA

MORT AU COUVENT

Traduit de l'espagnol (Mexique)
par Vanessa Canavesi

Les Presses de la Cité

Publié au Mexique sous le titre original MUERTE EN SAN JERÓNIMO par Montena, une marque de Penguin Random House, en 2019.

Les Presses de la Cité, un département Place des Éditeurs
92, avenue de France 75013 Paris

ISBN 978-2-258-20107-1
Dépôt légal : février 2023

Note de l'éditeur

Pour le personnage de sœur Juana, Oscar de Muriel s'est inspiré de sœur Juana Inés de la Cruz, une grande lettrée mexicaine née en 1651 (1648 selon certaines sources) et morte en 1695. Son œuvre poétique figure parmi les plus emblématiques de la langue espagnole.

En souvenir de la tante Hermelinda qui,
bien que profane en poésie,
de sœur Juana en cuisine
eût causé la ruine

Qui croira qu'en signant la mort d'un autre,
le juge se condamne lui-même ?

Sœur Juana Inés de la Cruz,
Sonnet 207

PROLOGUE

PROFANATION

1er novembre 1688
Peu après minuit

Les démons étaient revenus hanter les rêves de l'abbesse. Des créatures hideuses à la chair carbonisée par les flammes de l'enfer. Leurs pattes griffues s'approchaient d'elle, surgissant de l'inframonde comme des vers sortant de terre.

Tout à coup, alors qu'elles étaient sur le point de l'attraper, sœur Caridad la secoua par le bras.

— *Madre !* Mère ! Je vous en conjure, réveillez-vous !

La mère Augusta fut soulagée d'être tirée de son sommeil. Elle s'essuya le front et se redressa dans l'obscurité. Le visage rondouillard de la jeune novice se trouvait à quelques centimètres du sien, éclairé par la lueur vacillante d'une bougie.

— Que se passe-t-il ?

Les lèvres de sœur Caridad tremblaient.

— *Madre*… C'est arrivé de nouveau.

Instinctivement, l'abbesse chercha son médaillon de San Jerónimo d'une main tandis qu'elle se signait de l'autre.

— Dieu tout-puissant…

Caridad n'en dit pas plus, la pauvre peinait déjà à tenir sa chandelle. La mère supérieure se força à oublier sa propre terreur, car il était impossible pour elle de flancher devant les sœurs et les novices.

— Où ?

— Dans la chapelle de sainte Thérèse d'Ávila.

— Est-ce que tu as vu le corps ?

— Non, *madre* ! Je n'ai pas osé regarder. C'est sœur Encarnación qui l'a trouvé.

Augusta se leva et défroissa son habit. Quand avait-elle dormi pour la dernière fois en chemise de nuit de dentelle ? Impossible de s'en souvenir. Elle se servit de la bougie de sœur Caridad pour allumer sa lampe à huile et, ensemble, elles sortirent dans le grand cloître. La lune avait disparu derrière d'épais nuages et le ciel ressemblait à une caverne obscure et froide, ce qui décuplait leur angoisse.

Sœur Encarnación montait la garde devant la rangée de confessionnaux délabrés, rivés à la paroi extérieure de l'église telles des âmes implorant le pardon. Le peu de lumière qui émanait de sa bougie dansait sur les colonnes et rebondissait sur la peau ridée de la vieille nonne. Avec son cou émacié et ses yeux exorbités, elle évoquait un vautour aux aguets.

— Je n'ai laissé personne s'approcher, *madre*, déclara-t-elle de sa voix râpeuse. J'ai envoyé sœur Caridad vous chercher sitôt que… je l'ai découverte.

— Qui est-ce, cette fois ? demanda l'abbesse, prête au pire. L'avez-vous reconnue ?

Sœur Encarnación acquiesça.

— Jacinta.

La révérende mère se saisit à nouveau de son médaillon. La gorge nouée, des *Notre Père* et des *Ave Maria* fusant dans son esprit, elle prit le chemin de l'avant-chœur.

L'éclat doré d'une centaine de cierges l'accueillit. En cette nuit de la Toussaint, afin de guider les âmes du purgatoire, la tradition voulait que la maison du Seigneur soit baignée de lumière.

Augusta traversa avec détermination les cryptes ancestrales du chœur et ouvrit d'un coup sec la grille qui donnait sur la nef, strictement réservée aux laïques. À peine avait-elle parcouru cette partie de l'église qu'elle ressentit un frisson glacé. Ignorant la peur, et la nausée causée par l'odeur de l'encens, elle progressa jusqu'à la statue de sainte Thérèse. Les pas des sœurs résonnaient derrière elle. Bientôt, toutes trois parvinrent à la chapelle. La sainte, à l'instar des professes, regardait vers le bas. À l'expression affligée de ses yeux de verre, on eût dit qu'elle était consciente de l'horreur qui se déroulait sous ses pieds.

L'abbesse porta une main à sa poitrine. Une flaque rouge, visqueuse, s'étalait parmi les prie-Dieu.

Sans même s'apercevoir qu'elle avait le souffle coupé, elle se signa et s'approcha en titubant. Derrière elle, sœur Caridad, épouvantée, respirait péniblement.

Il y avait du sang partout dans la chapelle. Des gouttes avaient même souillé le voile de sainte Thérèse, si laborieusement brodé par les religieuses de Flandres.

— Elle n'est plus là. On l'a emportée ! s'exclama sœur Encarnación.

Effectivement, à l'exception de cette répugnante mare vermeille, il n'y avait pas le moindre corps.

— Es-tu sûre que c'était elle ? demanda Augusta.

— Naturellement, *madre* ! Je l'ai vue comme je vous vois.

Courbée vers l'avant, la prieure remarqua qu'un filet de sang serpentait en direction du maître-autel, jusqu'à l'imposant retable de bois doré.

Un courant d'air s'introduisit depuis la porte côté nord – grande ouverte sur la rue ! Il fit vaciller les flammes, et les trois religieuses découvrirent alors l'effroyable tableau.

L'abbesse dut fermer la bouche pour ne pas vomir. Caridad poussa un cri strident et se mit à pleurer. Encarnación, agrippée telle une petite fille à l'habit de la mère supérieure, faillit s'évanouir.

L'enfer. *L'enfer*. Il n'y avait pas d'autre mot pour décrire cet étalage de sang et de restes humains.

Le vent souffla avec plus de rage, éteignant les cierges un à un. Soudain on entendit des pas.

Lents et cadencés, claquant sur les dalles de pierre volcanique comme s'ils venaient de l'autel, du toit, des murs – de partout à la fois.

Alors, surgissant du sol comme s'il provenait des entrailles mêmes de la terre, un rugissement leur succéda, pareil à celui d'un porc qu'on égorge. Guttural, désespéré, de ceux qui vous poignardent les oreilles et vous tordent les tripes.

Sœur Caridad tomba à genoux, implorant miséricorde à grands cris, bientôt suivie de sœur Encarnación qui, toujours cramponnée aux habits de l'abbesse, manqua de la faire basculer.

À ce moment-là, la mère Augusta crut voir, illuminée par les rares cierges encore allumés, une silhouette voûtée qui se découpait dans l'ombre du maître-autel. Il y avait quelque chose de quasi bestial dans ses mouvements saccadés.

Cette vision ne dura qu'un instant ; les ténèbres engloutirent aussitôt l'église tout entière.

CONFESSIONS (I)

Octobre 1689
Hacienda de San Hipólito, non loin de Cholula

— Je sais déjà que vous péchez par orgueil. C'est naturel, chez les aristocrates. Luxure ? Évidemment, vous êtes veuve… Gourmandise ? Bah ! Il suffit de vous regarder : vous enflez à vue d'œil. Avez-vous quelque chose d'autre à confesser, ou je vous donne les sept rosaires habituels ?

Doña Marina maugréa sous les voiles noirs qu'elle détestait tant. Elle était à deux doigts d'avouer son péché de colère et son désir irrépressible de frapper son insolent confident à coups de poing, mais elle se ravisa. Elle pourrait toujours revenir à confesse avec l'aumônier local.

— Non, *padre* Nuñez, dit-elle d'un ton mielleux, c'est tout.

— Bien. Je vous absous, *in nomine Patris, et Filii*… et cetera, et cetera. Vous pouvez vous asseoir.

Doña Marina fit tinter une clochette et ses deux servantes indiennes accoururent pour l'aider à se relever. Les nobles genoux de la comtesse de Gijón ne répondaient plus comme avant.

— Ainsi donc, vous êtes décidée ? demanda le prêtre dès que doña Marina fut installée sur son siège.

Il y avait une certaine aigreur dans sa voix. Rien de surprenant : le vieil Antonio Nuñez était un homme repoussant, tant physiquement que moralement. La peau de ses joues collait à ses os, comme chez ces momies qu'on trouvait dans le désert de Guanajuato. Ses dents tordues et jaunies accentuaient d'ailleurs la ressemblance. Pour respecter son vœu de pauvreté, il était toujours en haillons. Et puisque selon lui, l'hygiène relevait d'un acte de vanité, il empestait la sueur et le graillon.

Néanmoins, en tant que Qualificateur de la Sainte Inquisition, il exerçait sur ses paroissiens un pouvoir absolu, quels que soient leurs titres et leurs richesses. Doña Marina, nantie de haut rang éduquée à la cour de Madrid, détestait devoir se soumettre à ce *criollo*[1] insensible, né dans quelque taudis de Zacatecas.

— Oui, père, répondit la plantureuse comtesse. Ma petite-fille entrera au couvent. Le voile me coûtera beaucoup moins cher qu'un mari. À peine trois mille pesos.

Elle prononçait ces mots avec la légèreté de ceux qui ont les poches pleines. Débourser trois mille pesos, qu'était-ce, comparé à la dot qui serait légalement revenue au futur époux, laquelle comprenait terres, trousseau et esclaves ?

— C'est bien moins que ce que vous comptiez me soutirer pour l'envoyer chez les carmélites…

Le reproche était clair. Le père Nuñez, en quête de fonds pour la sainte Église, comme toujours, avait tenté de lui faire payer le prix fort. L'homme se contenta de sourire.

— Avarice, doña Marina. Voulez-vous que je vous confesse à nouveau ?

---

1. Pour les termes en espagnol ou en nahuatl, se référer au glossaire en fin d'ouvrage.

— Je crois que ce péché-là est déjà expié.

Et comment ! Doña Marina n'avait toujours pas terminé les soixante-dix rosaires que le père lui avait donnés en pénitence pour s'être montrée, d'après lui, « chiche, pingre, cupide et mesquine ».

— Quoi qu'il en soit, votre choix me tracasse, dit le prélat une fois qu'on leur eut servi le chocolat chaud. Et je ne parle pas de l'Église… Dieu n'a jamais assez de novices.

Doña Marina cacha son sourire sarcastique derrière sa tasse. Elle savait que le père Nuñez aurait préféré voir les femmes du monde enchaînées à un autel.

— Mais encore, *padre* ?

— Cet ordre me dérange. Les hiéronymites sont si… licencieuses… presque libertines, si vous voulez mon avis. Ce qu'il faut à cette jeune fille, c'est un bon coup de fouet. Les carmélites feraient des merveilles sur son caractère. Après plusieurs mois de jeûne, à dormir à même le sol, elles vous la rendraient douce comme un agneau et pleine de dévotion. Ce qui, ma foi, serait idéal si vous décidiez finalement de la marier.

La comtesse rit avant de mordre à pleines dents dans un tendre *alfajor*, un biscuit à la noix de coco.

— Si j'avais un quelconque espoir d'en tirer quelque chose, pourquoi pas. Mais je connais Alina par cœur. Cette enfant n'est pas faite pour le mariage. Elle est têtue, insolente, et elle passe son temps à collectionner des bestioles et à mettre le feu à tout et n'importe quoi. Les carmélites me la renverraient avant même qu'elle ait fini de défaire ses bagages, et, soyez-en sûr, sans mes trois mille pesos. Mieux vaut ne pas nous montrer trop exigeants. Il faut que la petite trouve son équilibre. En la cloîtrant dans un couvent, au moins, on s'épargne les scandales.

Le vieux Nuñez acquiesça.

— Soit, doña Marina. J'hésitais à vous en parler, mais... il y a autre chose. Un sujet hautement délicat, que je ne peux évoquer que dans le secret le plus strict.

La comtesse ouvrit grand les yeux.

— Un secret ? Dites-moi tout...

Elle jeta un regard en coin aux servantes.

— Fichez le camp, vous !

Les jeunes femmes sortirent avec une révérence. Sitôt la porte fermée, l'homme de Dieu se pencha vers doña Marina.

— Il se passe quelque chose d'inquiétant, dans ce couvent.

— D'inquiétant ?

— Oui. Vous savez que je suis le confesseur des religieuses de San Jerónimo...

— Oui, oui.

— Eh bien... certaines d'entre elles m'ont rapporté...

Le père fit un bond en arrière, comme si on l'avait brûlé au fer rouge.

— Non, je ne peux pas ! Ces révélations m'ont été faites à confesse.

Cependant, il avait déjà trop éveillé la curiosité de la comtesse.

— *Padre*, je suis sûre que votre récit n'aura rien de sacrilège si vous ne dévoilez pas le nom de la pécheresse. Et quand bien même vous le feriez, quelle différence cela ferait-il, étant donné que je ne mettrai jamais les pieds dans ce misérable couvent ?

La comtesse se mordit les lèvres ; elle venait d'admettre qu'elle n'avait pas la moindre intention de rendre visite à sa petite-fille durant le temps qui lui restait à vivre. L'esprit du prêtre, néanmoins, était ailleurs.

— Doña Marina, vous devez me promettre que ceci ne sortira jamais d'ici.

L'aristocrate jura ses grands dieux qu'elle ne répéterait rien. Mais si le prédicateur lui-même ne se donnait pas la peine d'honorer le secret de la confession... que pouvait-on attendre d'une simple laïque ?

— Loin de moi l'idée de m'adonner aux commérages, *señora mía*. Je n'agis ainsi que dans l'intérêt de la pauvre Alina...

— Qui donc ? Ah, oui, ma petite-fille.

Le père Nuñez s'approcha davantage, s'exprimant si faiblement que la comtesse dut presque lire sur ses lèvres.

— Cela fait longtemps que l'on parle d'apparitions et... de meurtres à San Jerónimo.

Doña Marina poussa un cri étouffé. Sa poitrine rebondie se couvrit de miettes d'*alfajor*.

— Je ne peux pas y croire.

— Je n'y croyais pas non plus, au début. Pourtant, nombre de sœurs m'ont fait des aveux similaires... Cela ne peut pas être une coïncidence. Le Malin hante ces murs.

— Vous avez bien dit : des meurtres ?

— Oui. Dissimulés comme il se doit par les professes et Monseigneur l'évêque. Qui, soit dit en passant, a prévu de visiter San Jerónimo dans les prochaines semaines avec un groupe de théologiens franciscains. Certains d'entre eux arrivent du Yucatán, et je doute fort qu'ils parcourent une telle distance juste pour goûter aux beignets et au sirop de *mamoncillo* des nonnes...

ESCLAVES

Alina entendit les coups de fouet bien avant d'entrer dans la cabane. Cependant, ce n'était rien à côté des hurlements que poussait le garçon.

— Plus vite ! cria-t-elle à Demián, dont le cheval était déjà lancé au triple galop à travers champs.

Alors qu'ils sautaient par-dessus un obstacle, Alina sentit ses cuisses se décoller de la selle. Maudits jupons qui n'autorisaient que la monte en amazone ! Elle s'accrocha à la ceinture de son frère pour ne pas s'envoler.

— Si j'accélère, on va se tuer ! répliqua-t-il.

Chaque seconde qui passait prolongeait l'agonie du pauvre esclave. Un nouveau coup de fouet claqua, suivi d'un hurlement plus déchirant encore que les précédents.

C'était une minuscule et misérable cahute bâtie au bord d'une plantation de blé, loin de tout ; pourtant, Alina ressentit un soulagement indescriptible en l'apercevant.

Quand Demián tira sur les rênes, le cheval s'arrêta si brusquement qu'il manqua de les projeter face contre terre. Alina n'attendit pas que son frère l'aide : elle bondit au sol, se prit les pieds dans sa robe de damas et tomba à genoux. Ses mitaines en dentelle étaient souillées de terre, les broderies de son ourlet décousues, mais la jeune fille n'en avait cure.

Il y avait là une demi-douzaine d'esclaves africains et

indiens, l'air paniqués, épiant à travers l'ouverture de la hutte. Aucun ne sut comment réagir quand les petits-enfants de la comtesse apparurent. Ils se contentèrent de les observer, pétrifiés.

Demián releva prestement sa sœur et tous les deux coururent à la porte.

Alina resta figée sur le seuil.

Seuls des filets de lumière filtraient entre les planches vermoulues de la cabane. Sur une natte poussiéreuse, les mains liées, gisait un garçon de 14 ans tout au plus. Un Indien, un vrai, aux yeux noirs comme du charbon, simplement vêtu d'un pantalon de toile blanche désormais taché de sang.

La peau de son dos décharné, lacérée par le fouet de Rufino, était sillonnée de stries écarlates.

Le contremaître, si grand qu'il devait se tenir courbé, leva un bras épais comme un tronc d'arbre. Alina l'arrêta d'une voix aiguë :

— Non !

Rufino se retourna en grognant, prêt à rosser celui qui avait osé l'interrompre ainsi. Il suspendit son geste dès qu'il la reconnut, mais ne se hâta pas de baisser le bras pour autant.

— *Niña* Alina, dit-il en plissant ses yeux rougis par l'eau-de-vie. Vous devriez pas débouler comme une jument effarouchée là où on vous attend pas. C'est dangereux.

Alina souffla, dégoûtée par l'odeur âcre de l'homme.

— Laisse-le tranquille.

Rufino se planta entre elle et l'esclave.

— Ça va pas être possible, *niña.* Il manque deux sacs de farine et ce gamin veut pas me dire où ils sont.

— On ferait mieux d'utiliser ton fouet pour retrouver

l'alcool de canne, riposta Alina, d'une voix assez forte pour que tous l'entendent et, pour certains, ricanent.

Rufino fit un pas en avant. Il était si grand qu'Alina lui arrivait tout juste à la poitrine. Au lieu de reculer, la jeune fille sortit un mouchoir finement brodé et s'en couvrit le nez.

— Et ne t'approche pas tant. Tu empestes.

Le contremaître éclata d'un rire grinçant, et il riait encore quand il quitta la cabane, frôlant Alina de si près qu'il piétina sa robe déjà en piteux état.

Demián s'agenouilla près de l'Indien. Le pauvre était à peine conscient, bien trop faible pour se relever. Une fillette africaine apporta une gourde d'eau. Il en but une partie et on utilisa l'autre pour rincer ses blessures.

C'est alors que Xóchitl, la mère de l'esclave, celle qui avait prévenu les petits-enfants de la comtesse, entra avec un mélange d'herbes, de cactus et d'aloe, un onguent cicatrisant dont seuls les Indiens avaient le secret.

Alina, les larmes aux yeux, contempla le visage poussiéreux du garçon. Ni les blessures, ni la fatigue, ni l'humiliation n'avaient eu raison de son innocence juvénile. Elle n'avait que deux ans de plus et elle se demanda si, à sa place, elle aurait supporté une telle douleur, de pareilles privations si tôt dans la vie. Le jeune homme, le regard las, murmura quelque chose en nahuatl[1].

— Il vous remercie, traduisit Xóchitl en baisant la main d'Alina. Il dit que vous vous êtes montrée très brave.

Celle-ci secoua la tête.

— Si je n'étais pas créole et petite-fille de comtesse, je n'aurais pas ce courage.

---

1. Le nahuatl fut la langue des Aztèques jusqu'à la Conquête espagnole, puis la deuxième langue au Mexique.

Quel mérite y avait-il à user d'un pouvoir qu'elle-même haïssait ? Le système des castes était inflexible : au premier rang, les Espagnols jouissaient de tous les privilèges des gens aisés, et eux seuls étaient éligibles aux postes les plus élevés. Venaient ensuite les *criollos*, les créoles, comme Alina et Demián, inférieurs par le simple fait d'être nés en Nouvelle-Espagne[1] ; puis les métis et les mulâtres, dont le sang européen, quoique mêlé à celui des Indiens ou des Noirs, leur conférait des droits basiques. Très, très en dessous, les Indiens avaient beau être légalement libres, ils ne pouvaient qu'aspirer au métier de domestique ou de laboureur. Un degré plus bas se trouvaient les esclaves noirs, vendus pour moins cher qu'un cheval ou un chien de chasse ; et au pied de l'échelle, les *zambos*, à la fois Indiens et Noirs, dénigrés, aussi étrange que cela puisse paraître, par les Indigènes et les Africains eux-mêmes.

Demián sortit deux pièces d'argent et les tendit à Xóchitl. Alina voulut faire de même, mais elle n'avait que son mouchoir. Elle s'en servit pour sécher les larmes du garçon avant de l'offrir à sa mère.

La femme lui baisa les mains une nouvelle fois avec une gratitude à fendre l'âme. Avant qu'Alina et Demián s'en aillent, elle bondit sur ses pieds.

— *Señorita !* Attendez…, implora-t-elle, fourrageant dans ses jupons en quête d'un présent – comme si elle pouvait posséder quoi que ce soit de valeur dans cette hutte.

Alina allait protester, mais Xóchitl souleva un coin de la natte et se mit à creuser la terre à un endroit précis.

1. Vaste territoire de l'empire espagnol qui, entre 1535 et 1821 – date de l'indépendance du Mexique –, englobait l'actuel Mexique, une grande partie de l'Amérique centrale et l'extrême sud des États-Unis, sous le contrôle du vice-roi installé à Mexico.

Les mains tremblantes, elle en retira deux figurines de pierre volcanique. Taillées dans du tezontle, ces idoles trapues représentaient des dieux considérés comme païens par le pouvoir en place. S'il venait aux oreilles du père Nuñez ou de l'un de ses paroissiens que les esclaves les avaient conservées...

Xóchitl déposa une des statuettes rouges dans la paume de Demián et une autre dans celle d'Alina, avec une telle candeur qu'ils ne purent refuser.

— Ils veillent sur vous, murmura-t-elle. Prenez-les. Ils veillent sur vous même si vous ne leur faites pas d'offrandes. Je le ferai à votre place, mes seigneurs.

Tandis que Demián reculait, effaré, Alina s'approcha de Xóchitl.

— Nous les acceptons. À une condition. Personne, encore moins les curés, ne doit savoir que tu caches ce genre de choses chez toi. Tu comprends ?

Xóchitl acquiesça vivement ; elle savait très bien ce qui arrivait aux hérétiques. Après avoir caressé les cheveux moites du garçon, Alina suivit Demián hors de la hutte.

Dès qu'il fut certain qu'on ne pouvait pas les voir, le jeune homme tendit la statuette à sa sœur avec une moue de dégoût.

— Prends-la, toi, si elle te plaît. Je n'ai pas envie de finir brûlé par l'Inquisition.

Alina contempla les figures carrées et les yeux proéminents des idoles. Beaucoup les auraient qualifiées de grossières ou de difformes ; pourtant, il y avait dans ces sculptures quelque chose de beau et d'intriguant. Sans plus y réfléchir, la jeune fille rangea les deux statuettes, indifférente aux malheurs qu'elles pourraient lui causer.

Demián lui offrit sa main pour l'aider à se remettre

en selle, mais Alina avait autre chose en tête. Elle pressa les doigts de son frère, soudain inquiète.

— Garde un œil sur Xóchitl et son fils, le supplia-t-elle. Rufino peut venir prendre sa revanche à tout moment... et je ne serai plus là pour l'en empêcher.

Pour la dernière fois peut-être, Alina se contempla dans le petit miroir en argent. Ces objets étaient strictement interdits au couvent ; il pourrait se passer des années avant qu'elle ait l'opportunité de croiser son propre regard. Quand bien même elle apercevrait son reflet dans un puits ou dans l'*aguamanil*, son bassin à ablutions, cela devait se faire en cachette.

Ce n'est qu'à cet instant, sachant qu'il lui serait bientôt défendu de s'admirer, qu'Alina commença à déceler de la beauté dans son nez délicat, dans ses yeux sombres frangés de longs cils, dans la douce courbure de sa mâchoire ou dans la finesse de ses lèvres.

Elle ne comprenait pas ces restrictions. S'il était permis de s'émerveiller devant les fleurs, les arbres, les cimes enneigées des volcans, le ciel étoilé ou les nuances d'un coucher de soleil... pourquoi pas face à son propre visage ? Pourquoi le corps humain était-il sale et honteux, quand tout le reste dans la nature était considéré comme l'œuvre du Seigneur ?

Elle posa le petit miroir sur le lit, à côté du tas de robes qu'elle ne pourrait plus porter. D'ici peu, soieries, perles et velours ne seraient plus qu'un souvenir. À la place, elle devrait se contenter de ces habits au tissu râpeux, et travailler, prier, dormir et suer dedans.

Maigre consolation : elle pouvait emporter ses livres. Pas tous, puisque l'Index des livres interdits par l'Église était encore appliqué d'une main de fer. Elle dut écarter son *Astronomia nova* de Kepler ; les orbites planétaires n'étaient plus synonymes d'hérésie, mais le sujet était suffisamment polémique pour s'attirer des ennuis.

Inoffensifs, ses volumes d'histoire, de mythologie et de botanique seraient tolérés, tout comme le gros album en peau de cerf qui compilait les feuilles, les fleurs et les graines qu'elle avait amassées au hasard de ses promenades, encouragée par son défunt père. Don Fernando avait ajouté à l'herbier des croquis détaillés des plantes concernées, leur nom en latin, ainsi que leur caractère comestible, vénéneux ou médicinal. Certains rameaux – comme le romarin et l'oranger – conservaient leur arôme, éveillant à chaque inspiration des souvenirs vivaces de don Fernando et des excursions familiales.

Un coup brusque frappé à la porte arracha Alina à ses rêveries. Demián entra avant qu'elle ait pu répondre.

— Mon frère !

Le jeune homme, aussi long que fluet, tirait à grand-peine une de ses malles de voyage.

— Je t'apporte un cadeau, Ali.

— Que veux-tu que j'en fasse ? Pour ce qu'on m'autorise à emporter, mon coffre suffit amplement.

— Celui-ci est spécial, dit-il en soulevant le couvercle pour montrer le velours vert qui le tapissait. Je l'ai préparé pour toi.

— Qu'a-t-il de particulier ?

— Regarde, *boba*. J'ai fabriqué un double fond.

Sous un coin décousu de l'étoffe, une planche amovible dévoilait un large compartiment secret.

— Tu peux y mettre ce que tu veux : livres interdits, perles, jeu de cartes, miroir…

N'y tenant plus, Alina se jeta sur son frère aîné et le

serra autant qu'elle put. La tête enfouie dans la poitrine de Demián, elle pleura jusqu'à tremper son pourpoint.

— Comme tu vas me manquer !

— Toi aussi, Ali, murmura Demián avant de déposer un baiser sur son front.

C'était également difficile pour lui, à cette différence près que le jeune homme devait faire semblant d'être fort et retenir ses larmes.

— Je serai bientôt seul avec la vieille et le défilé de mochetés qu'elle veut me forcer à épouser...

— Toi, on te marie pour l'argent, fit remarquer Alina d'un ton amer, et moi, on m'envoie au couvent pour ne pas dilapider nos biens.

Selon la tradition, les richesses apportées par la mariée devaient correspondre au rang du futur époux. Un personnage aussi important que la comtesse de Gijón ne pouvait unir Alina qu'avec un noble né en Espagne, naturellement. La dot attendue était considérable : terres, or, bijoux, esclaves... Une dépense à laquelle son avaricieuse grand-mère n'aurait jamais consenti. Grâce à cette même pratique, Demián serait une petite mine d'or – doña Marina s'en frottait les mains par avance.

— En fait, je crois que tu as de la chance, déclara Demián.

— De la chance ?

— Oui. Avec qui aurais-tu voulu te marier ? Avec ce gros marquis Anguiano ? Non, je sais, don Patricio Pet-Crado !

Alina, qui sanglotait toujours, ne put retenir un gloussement.

Demián lui souleva le menton avec douceur.

— Ris, Ali. C'est comme ça que je veux me souvenir de toi. Et tu as ma parole : dès que je le pourrai, je te sortirai de là. Après mon mariage ou quand la vieille aura crevé, suivant ce qui se produira en premier.

Alina, absorbée dans la contemplation du visage de son frère, acquiesça. Comme il ressemblait à leur père ! C'était la première fois qu'elle le remarquait.

— Allez, l'encouragea-t-il. Tu as beaucoup d'objets défendus à empaqueter.

En effet. Ne serait-ce que par rébellion, Alina s'empressa de dissimuler les deux idoles de tezontle.

ADIEUX

Si la comtesse de Gijón était célèbre dans toute la vice-royauté de Nouvelle-Espagne, il y avait à cela trois raisons.

La première, et non la moindre : elle était l'une des femmes les plus corpulentes de la noblesse. Amandes pralinées, jambon serrano, fromages de la Mancha, vins français, dinde rôtie… Tout trouvait grâce à ses yeux, et elle n'aimait rien tant que le *rompope*, le *Bienmesabe* et toutes les autres douceurs qu'on confectionnait dans les couvents, si délicieusement sucrées qu'elles en devenaient sacrilèges.

En second lieu, c'était une des propriétaires terriennes les plus puissantes et fortunées du nouveau continent. La farine de blé de San Hipólito se vendait au prix fort dans la capitale ; c'était l'ingrédient de base du pain blanc des Espagnols, lesquels ne se seraient jamais abaissés à souiller leurs lèvres avec une prosaïque tortilla ou quelque autre aliment issu du maïs.

Enfin, elle était sanguinaire comme pas deux. À sa décharge, elle nourrissait correctement ses esclaves, leur fournissait de l'*henequén* à foison pour leurs robes et couvertures et offrait à tout travailleur, indien ou africain, une natte et un toit dignes de ce nom. En revanche, doña Marina exigeait une loyauté et une diligence sans pareilles.

Elle-même faisait preuve d'une terrible efficacité lorsqu'il s'agissait d'abattre son fouet sur des épaules chapardeuses ou fainéantes.

À tout juste 15 ans, Malinalli avait entendu au sujet de cette infâme cravache nombre d'histoires à faire froid dans le dos. Naturellement, lorsque la jeune Indienne apprit que la comtesse voulait la voir, elle éclata en sanglots.

Les appartements de la *señora* appartenaient à un autre monde. C'est là que doña Marina faisait ses comptes et administrait ses terres. Finie la boue : le sol était carrelé et couvert de tapis. L'air ne sentait pas le fumier, mais le romarin et le bois de rose et, en lieu et place des grosses pierres et des souches d'arbres, on s'asseyait sur des chaises en chêne vert tapissées de cuir verni.

Malinalli entra à pas de loup dans un vaste bureau frais et bien aéré, bourré de livres, de documents et de plumes d'oie. Sous ses jupes, qu'elle s'efforça de lisser du mieux qu'elle put, elle cachait deux jambes tremblantes.

Derrière son colossal secrétaire, la comtesse griffonnait des chiffres, penchée sur un ouvrage long comme le bras. Un regard suffisait à deviner qu'elle était d'humeur exécrable.

— Alors comme ça, tu es la fille d'Aquilino ?

— Oui, votre grâce.

— Comment t'appelles-tu ?

La jeune Indienne avait la gorge si serrée qu'elle parvint à peine à articuler :

— Ma... Malinalli, *señora*.

— Pas ton nom indien, idiote. Comment t'a-t-on baptisée ?

— Ain... ainsi, votre grâce. C'est le père Nuñez qui m'a donné ce nom.

Doña Marina lâcha un beuglement de taureau.

— *Coño !* Je ne peux pas t'envoyer au couvent avec un nom païen…

Elle fit courir son doigt sur son livre de comptes, jusqu'à tomber sur un prénom féminin.

— À partir de maintenant, tu t'appelleras Matea. Compris ?

Matea Malinalli (son nom officiel, désormais) approuva avec une révérence.

— Tu vas entrer au service de ma petite-fille et je veux que tu t'en occupes comme si c'était ta propre fille. Entendu ? Vous partez cet après-midi au couvent de San Jerónimo. Sois prête dans une heure.

La comtesse fourragea parmi ses papiers pour en extraire une petite missive soigneusement pliée, au cachet couleur sang. Elle se leva, menaçante, et s'approcha de l'Indienne. Si la patronne était bien en chair, elle avait aussi hérité l'intimidante stature de son père, originaire des Asturies. Elle parla d'un ton bas, sifflant comme celui d'un serpent.

— Ne remets cette lettre à ma petite-fille qu'après votre arrivée à San Jerónimo, et seulement lorsque vous serez seules. Si quelqu'un d'autre que nous trois est au courant, ou si j'apprends que ce sceau a été brisé avant d'atteindre les mains d'Alina…

Doña Marina ne termina pas sa phrase ; il lui suffit de caresser son fouet enroulé sur un coin du bureau. Après quoi elle retourna s'asseoir et se replongea dans ses documents.

« Matea » aurait voulu poser mille questions. Où se trouvait San Jerónimo ? Combien de temps devrait-elle rester là-bas ? Pourrait-elle rendre visite à son père ?

— Que fais-tu encore là ? tonna la comtesse. Tu as une heure pour préparer tes affaires. Dépêche-toi ou je te ferai rouer de coups !

Ses cris firent l'effet d'une claque, et Matea sortit en courant, le message secret serré contre sa poitrine.

Son père travaillait aux semis, à plusieurs kilomètres de la maison principale. Entre faire ses bagages et lui dire au revoir, elle devait choisir…

Alina sortit de la maison au bras de son frère. Si Demián n'avait pas été là, elle n'aurait pas trouvé le courage d'affronter sa grand-mère et le père Nuñez.

Les deux anciens, visiblement d'humeur maussade, les attendaient devant la berline tandis que les valets chargeaient les malles d'Alina. Le regard inquisiteur du prêtre pesait sur la future novice – à coup sûr, il condamnait chacun de ses mouvements.

— Tu as réussi à remplir le compartiment ? glissa Demián à sa sœur, qui se borna à hocher la tête.

C'est alors qu'une jeune Indienne déboula comme un diable, portant à l'épaule une calebasse soutenue par des cordes nouées à la va-vite. Un des laquais la lui arracha avant de la lancer sans ménagement sur les coffres en chêne d'Alina.

— Et celle-là, qui est-ce ? s'enquit le père Nuñez, fronçant le nez comme s'il flairait quelque chose de nauséabond.

— La servante de ma petite-fille, répondit doña Marina. Vous ne vous attendiez pas à ce que je l'envoie au couvent toute seule ?

— En aucune façon. Toutefois… pourquoi vous contenter d'une Indienne ? N'aurait-il pas mieux valu une métisse, ou au moins une mulâtresse ?

— Je ne peux me défaire de davantage de main-d'œuvre.

— Mais regardez-la ! insista le prêtre, hypnotisé par ses bras à la peau mate. C'est un sac d'os.

La pauvre Indienne avait l'air terrorisée.

— Elle m'ira très bien, affirma Alina. De toute façon, elle n'aura guère de linge à entretenir. À moins que vous ne pensiez que les sœurs me donnent plus de deux robes ?

Le prélat dévisagea Alina comme si elle parlait une autre langue.

— Excusez cette enfant, *padre*, dit la comtesse de Gijón en pinçant un bout de chair sur l'épaule de sa petite-fille. Les hiéronymites lui apprendront bientôt à se tenir...

Feignant de la serrer dans ses bras, elle s'approcha d'Alina pour lui murmurer à l'oreille :

— Si tu t'attires des ennuis, tu feras la connaissance de mon fouet à ton retour.

Alina, ne prenant pas la peine de réagir, s'écarta le plus vite possible. Le seul point positif de cette affaire, c'était qu'elle n'aurait plus à voir sa grand-mère.

Elle eut plus de mal à quitter Demián, son frère adoré, celui qui lui rendait toujours le sourire, sans qui elle se serait effondrée à la mort de leurs parents. Avec qui allait-elle échanger devinettes et messages codés ? Quelle épaule la soutiendrait quand elle aurait du chagrin ?

— Écris-moi très souvent, le supplia-t-elle en l'enlaçant.

— Toi aussi, répondit Demián, ses grands yeux marron embués.

Il lui baisa la main et, s'assurant que la vieille l'entendait :

— Doucement sur les gâteaux des nonnes, d'accord ? Je ne voudrais pas que tu finisses grasse comme la *abuela*...

Après avoir aidé Alina à monter dans la berline, il lui tourna le dos pour masquer sa tristesse.

Le père Nuñez fut le dernier à embarquer, traînant dans son sillage l'odeur de ses miasmes corporels. Un instant plus tard, la voiture s'ébranla.

Le cœur gros, Alina entrevit à travers ses larmes la demeure s'éloigner. Lorsque la silhouette de Demián s'effaça, le temps d'un battement de cils, elle eut la sensation qu'on lui arrachait les entrailles.

Elle resta un long moment à sangloter dans son mouchoir, scrutée par les petits yeux sans vie du prélat. Enfin, las d'observer son manège, l'homme secoua la tête et se plongea dans son livre de prières sans plus faire attention à elle.

À la seconde où ils allaient franchir les frontières de l'hacienda, un Indigène squelettique aux cheveux grisonnants arriva en courant, hurlant quelque chose en nahuatl.

Matea, la moitié du corps passé hors de la voiture, lui répondit dans la même langue, agitant les mains avec désespoir.

Le père Nuñez la fit rasseoir brutalement.

PARLOIR

Le trajet fut si long et monotone qu'Alina fut plusieurs fois tentée de bondir hors de la voiture pour courir à travers les collines.

La berline n'en finissait plus de monter, à croire que la ville de Mexico était perchée dans les nuages. Au bord du chemin se succédaient figuiers de Barbarie et pins *ocotes*, des espèces montagnardes cataloguées dans l'herbier d'Alina, qui lui rappelaient avec nostalgie les promenades en forêt et les feux de camp avec son père.

Ils firent une halte au couvent de San Andrés Calpan, où on leur offrit une collation de bœuf et de pain blanc que Matea dévora comme si elle n'avait jamais mangé de viande de sa vie – Alina les trouva insipides. Après le dîner, les deux jeunes femmes partagèrent une cellule froide et poussiéreuse et elles ne fermèrent quasiment pas l'œil de la nuit. La berline se remit en route si tôt le lendemain qu'ils n'entendirent même pas le chant du coq.

Ils passèrent entre le Popocatépetl et l'Iztaccíhuatl, par la route qui, depuis des années déjà, était connue sous le nom de *Paso de Cortés*. Alina aimait s'imaginer les visages émerveillés de don Hernán Cortés et ses troupes, chevauchant avec leurs armures et leurs étendards au milieu de ces deux immenses pics enneigés qui scintillaient au soleil.

À l'évidence, Matea n'était jamais venue si près des

volcans. Sitôt qu'Alina lui indiqua les roches grises, la jeune Indienne, subjuguée, se mit à bondir d'une fenêtre à l'autre.

Ils grimpèrent encore. L'air devint si froid qu'Alina dut sortir une de ses couvertures, sous laquelle Matea et elle se blottirent telles deux colombes effarouchées.

— Elle va te refiler ses puces, marmonna le père Nuñez qui, comble de l'ironie, grattait fréquemment ses cheveux gras.

Le rythme monotone des chevaux et la chaleur de la couverture eurent raison d'Alina, qui s'endormit jusqu'à ce que Matea se lève brusquement.

— Jésus, je n'avais jamais vu de clochers si hauts !

La future novice se redressa à son tour. Enfin, le chemin descendait en pente douce vers la capitale. L'air limpide de la vallée de Mexico laissait voir le quadrillage parfait des avenues principales, d'où une multitude de flèches pointaient vers le ciel. Plus loin encore, comme trois paisibles miroirs, on apercevait ce qui restait des lacs autrefois imposants de Xaltocan, Xochimilco et Texcoco.

Les rues grouillaient de calèches et de bêtes de somme. Une infinité d'effluves s'engouffrait dans la berline, de l'irrésistible arôme des tortillas à celui du ragoût des vendanges, en passant par les relents fétides des étables et des abattoirs.

Les yeux de Matea, pour qui tout était nouveau, sautaient çà et là afin de capturer autant d'images que possible de cette explosion de couleurs, de gens, de formes.

Pour la première fois depuis que sa grand-mère lui avait annoncé qu'elle allait devenir religieuse, Alina sentit un élan d'émotion. Durant un instant, elle s'imagina combien sa vie en ville serait active, intéressante et...

« Ne te fais pas d'illusions, ma fille. Les novices ont

rarement l'occasion de se promener au marché », se dit-elle aussitôt.

La voiture fit un demi-tour qui les mena loin du tumulte du centre. L'équipage passa devant un clocher insignifiant autour duquel s'étendait un ensemble de bâtiments enduits à la chaux, aux parois aussi épaisses que celles d'une forteresse militaire et aux fenêtres protégées par des barreaux.

— San Jerónimo, mon père, annonça le cocher en s'arrêtant devant un immense portail de bois et de fer.

Alina ressentit la même crainte que devant les murs de la prison de San Juan de Ulúa, qu'elle avait visitée quand elle était enfant.

— Du nerf, mon petit, ordonna le père Nuñez, qui se pressait déjà vers l'entrée.

Pour la première fois, personne n'aida Alina à descendre de la berline. Le temps de se rendre compte qu'elle n'y arriverait pas seule, elle avait mordu la poussière.

— Si riche et si empotée, commenta une vieille bossue qui passait par là.

Matea vint relever sa maîtresse et épousseter sa robe.

— Vous avez mal quelque part, *señorita* ?

— Seulement à l'orgueil.

Le prêtre fit tinter deux fois la cloche. Presque immédiatement, une petite fenêtre dérobée s'ouvrit. Alina s'attendait à voir apparaître les yeux scrutateurs d'une des sœurs, mais elle n'aperçut que l'intérieur d'une sorte de caisse en bois vermoulu.

— Je vous salue Marie pleine de grâce ?

— Le Seigneur est avec vous, sœur Timotea.

— Père Nuñez !

— Je dois parler à mère Augusta. Je ramène la petite-fille de doña Marina.

— Naturellement, *padre*. Patientez dans le parloir, je vous prie.

La caisse pivota pour révéler un autre compartiment dans lequel la religieuse avait déposé un morceau bien doré de massepain – de la pâte de cacahuètes pétrie au sucre glace.

Tandis que Matea était autorisée à pénétrer dans le couvent par l'entrée principale, le prêtre fourra le gâteau en entier dans sa bouche et prit la direction d'une porte latérale.

— Allons, ne reste pas là ! aboya-t-il à Alina. Suis-moi.

— Qu'est-ce qu'un parloir ? demanda la jeune fille.

— Tu l'apprendras bientôt. Et ce que tu viens de voir se nomme le « tour ». Il préserve les hiéronymites des coups d'œil indiscrets.

Une servante les mena jusqu'à une pièce sombre qui embaumait l'encens, et dont l'unique meurtrière éclairait un coin de tapis rouge. Un long banc, seul meuble de la pièce, était disposé face à une grille en fer au maillage si fin qu'on pouvait à peine y glisser deux doigts. Derrière, un second grillage empêchait quiconque de toucher la personne présente de l'autre côté.

— Les sœurs ne peuvent être vues par les laïques, expliqua le prédicateur. Seuls les proches et les religieux sont autorisés à utiliser ces parloirs. Les autres doivent se servir du tour.

Alina s'imagina deux fiancés séparés par ces grilles, tentant désespérément de s'effleurer ne serait-ce que du bout des doigts. Même une prison n'était pas aussi cruelle.

Derrière le double grillage, d'épais rideaux s'ouvrirent sur une pièce quasiment identique. Trois religieuses dont on distinguait à peine le visage étaient assises sur un banc similaire.

— Père Nuñez, commença la femme du milieu. Bonjour.

— Mère Augusta, je vous ai amené la fille. Comme vous aviez dit que...

— Approche-toi, ordonna l'abbesse à Alina, ignorant le prêtre.

Avec un coup de coude, celui-ci la força à se lever. La gorge nouée, elle avança jusqu'à se retrouver le nez collé à la grille. Les sœurs l'observèrent un moment en chuchotant. Soudain, cette pièce semblait aussi gelée que les cimes des volcans.

— Comment t'appelles-tu ? l'interrogea la religieuse de droite, un grand médaillon brodé sur la poitrine.

— Alina Isabel Alcántara Linares.

— Petite-fille du défunt comte de Gijón, s'empressa de préciser le père Nuñez.

— Laissez la fille s'exprimer, lui intima l'abbesse en haussant légèrement le ton. Dis-moi, *niña*, veux-tu réellement devenir religieuse ?

Alina battit des paupières, déconcertée. Jamais elle n'avait imaginé qu'on lui demanderait son opinion, encore moins qu'on l'interrogerait sur ses désirs.

— Je... je n'en suis plus certaine, murmura-t-elle.

Elle s'en mordit aussitôt les doigts. Pourquoi fallait-il toujours qu'elle parle trop vite ?

L'abbesse et ses deux consœurs acquiescèrent d'un air entendu – à croire qu'elles avaient anticipé sa réponse.

— Et pour quelles raisons doutes-tu ? demanda la troisième professe, une femme très âgée aux yeux de vautour. Sont-ce nos grilles qui t'effraient ? Nos vêtements ?

Le silence d'Alina répondit à sa place.

— Crois-tu que les jolies toilettes et les voyages te

manqueront ? Ou que tu te languiras de ta grand-mère et de ton frère ?

— De mon frère, oui, c'est sûr.

Les religieuses se concertèrent de nouveau, jusqu'à ce que la femme au médaillon s'approche du grillage. La quarantaine passée, elle était étonnamment belle. Sous des sourcils sombres et bien dessinés, ses grands yeux couleur miel semblaient observer le monde avec un vif intérêt. Sa démarche, élégante, n'avait rien de commun avec celle des bonnes sœurs voûtées qu'imaginait Alina. Une Espagnole, assurément, quoique sa voix révélât l'intonation un brin plus douce des *criollos*.

— Dans sa lettre, ta grand-mère explique que tu aimes « enflammer des objets ».

Le père Nuñez se pencha pour intervenir, mais l'abbesse leva la main.

— *Padre*, laissez parler Juana Inés, je vous prie.

Le prêtre répliqua par un grognement. Ladite Juana Inés affichait un sourire discret, les commissures de ses fines lèvres à peine relevées.

— Mettre le feu…, reprit-elle. Pourquoi fais-tu cela ?

Alina ne s'était jamais sentie si exposée. C'était tout comme se montrer devant eux en linge de corps.

— Vos Éminences ne comprendraient pas.

Sœur Juana sourit plus franchement, dévoilant une rangée de dents d'un blanc éclatant.

— Comment veux-tu que je te comprenne, si tu ne m'expliques pas ? Quelle meilleure bénédiction que celle de posséder le langage pour formuler ce qui nous ronge ?

Quoi que dise Alina, cela ne leur conviendrait pas. Alors pourquoi ne pas avouer la vérité ?

— Par curiosité, *señora*.

Les sourcils de la religieuse, deux traits d'encre déterminés, se haussèrent.

— Curiosité ?

— Eh bien, oui. Pourquoi certaines choses brûlent-elles et d'autres non ? L'eau-de-vie, et pas le vin ? Pourquoi certaines s'enflamment-elles en un éclair quand d'autres prennent tout leur temps ? Où est la logique lorsque le bois de sapin se consume en quelques instants, procurant une chaleur modeste, tandis que celui de l'*ocote* brûle pendant des heures, si tous deux sont de la famille du pin ?

Le père Nuñez fit claquer sa langue en signe de réprobation. Alina le détestait. Autant aller jusqu'au bout.

— Les nuances de couleurs des flammes m'intriguent aussi.

— Nuances ? répéta sœur Juana.

— Oui. Une fois, j'ai lancé une pièce de cuivre dans le feu et des étincelles vertes en ont jailli. Et j'ai remarqué que lorsqu'on brûle un os de bœuf ou de poulet, la flambée prend une magnifique teinte rouge.

La sœur leva le menton, de quelques millimètres à peine, examinant tour à tour Alina et le père Nuñez. Elle eut l'air de prendre plaisir à poser la question suivante.

— Et tu collectionnes également les plantes et les insectes ?

— Uniquement les plantes, *señora*. Bon, les papillons aussi, mais seulement lorsque je trouve des spécimens déjà morts ; je n'aime pas les tuer et encore moins les clouer sur un coussin.

Sœur Juana acquiesça sans lâcher le prêtre des yeux. Après un dernier sourire à Alina, elle retourna débattre avec ses comparses. Cette fois, la discussion fut houleuse. La religieuse à la face de vautour ne cessa de gesticuler, et frappa même du pied.

Enfin, on invita Alina à s'asseoir.

La jeune fille se plaça le plus loin possible du père Nuñez, mais celui-ci se rapprocha pour lui siffler à l'oreille, tel un serpent à sonnette :

— Quelle bourrique ! Tu as tout gâché. Tu vas voir ce que ta grand-mère va te faire quand je lui...

L'abbesse le coupa :

— Nous la prenons à l'essai pour un an, annonça-t-elle. Dites à la comtesse que, si après son noviciat, elle nous donne satisfaction, elle pourra prononcer ses vœux.

Alina ne sut si elle devait éprouver de la tristesse ou du soulagement. Une chose était sûre : rien que pour voir l'expression pantoise et les yeux exorbités du père Nuñez, tout cela en valait la peine.

VOILE

L'église de San Jerónimo débordait de cierges et de fleurs blanches, tandis que les fiers cantiques des religieuses résonnaient au son de l'orgue.

Assise face à l'autel telle une mariée, Alina, parée de sa plus belle robe – et de l'ensemble des bijoux cédés par sa grand-mère en guise de dot –, assistait à la messe du père Xavier Palavicino, un homme aux yeux somnolents et à la voix affable. Après l'avoir bénie, le curé lui rappela que son entrée au couvent la protègerait du péché et de la perversion, sermon qui fut suivi de conseils qu'elle écouta à peine.

À la fin de la cérémonie, Alina dut se diriger vers le fond de la nef, dans cet espace que les hiéronymites nommaient le *sotocoro* et qui était situé sous le chœur et l'orgue, comme une seconde église dans la principale, emmurée et grillagée. C'est là que les religieuses suivaient la messe sans être vues, et là aussi qu'on accueillait les novices.

Alina avança à pas lents, étudiant chaque chapelle élevée à la gloire d'un saint, s'efforçant de mémoriser le moindre détail, comme ces bouquets de glaïeuls ou ces drôles de petites taches sombres sur le voile de sainte Thérèse d'Avila.

Les grilles du chœur s'entrouvrirent juste ce qu'il fallait pour la laisser passer. Comme on le lui avait indiqué, elle continua sa route de dos, le regard fixé sur le maître-autel – sa dernière vision du monde extérieur.

Au moment où Alina franchissait l'entrée, les cantiques montèrent d'un ton. Des notes aiguës et puissantes emplirent l'église d'échos quasi surnaturels, tant et si bien que la jeune fille en eut la chair de poule.

Alors on ferma les grilles, et aussitôt les chants cessèrent, laissant place au silence. Derrière elle, Alina découvrit deux rangées de religieuses munies de cierges. L'autel et les stalles du chœur étaient beaucoup plus raffinés et élaborés que ceux de la nef.

Les cantiques reprirent, graves et solennels, presque funèbres.

Si certaines sœurs la contemplaient avec émotion, d'autres semblaient s'ennuyer ferme. La nonne au cou de vautour était là, une expression figée sur le visage. À ses côtés, sœur Juana, impassible, indiqua d'un léger mouvement de la tête à la future novice qu'elle devait traverser le chœur entre les deux files de nonnes pour rejoindre l'abbesse.

Au sol se succédaient les tombeaux des innombrables femmes ayant vécu au couvent. Quelle meilleure façon de rappeler à Alina que, même dans la mort, elle ne quitterait jamais cette enceinte ?

L'abbesse lui prit la main et la guida derrière un petit paravent où l'attendaient deux autres novices et ses nouveaux vêtements, tout juste bénis par le curé.

Avec une extrême délicatesse, on lui écarta les bras à la manière du Christ. Tandis que les chants grimpaient un ton au-dessus, on entreprit de la déshabiller.

Alina n'était pas mécontente d'ôter son corset ; il l'entravait tant que les marques des baleines étaient imprimées sur sa peau.

Après avoir retiré les nombreux ornements et épingles de sa chevelure, une religieuse armée de ciseaux entreprit de la tailler mèche par mèche, avec une adresse remarquable et en cadence, s'il vous plaît.

Alina, les yeux fermés, inspira à fond pour ne pas pleurer. Elle n'avait jamais remarqué à quel point la couleur cannelle de ses cheveux était belle et leur ondulation soyeuse.

Les hiéronymites portaient une robe blanche ample surmontée d'un scapulaire noir, longue bande de tissu ouverte au niveau de la tête qui couvrait le front et l'arrière du corps jusqu'aux chevilles. Elles l'en revêtirent avec une douceur infinie, comme si elles manipulaient la plus fragile des poupées de porcelaine.

En quelques minutes, ces femmes l'avaient dépossédée de sa vie antérieure. La seule chose qu'elle put conserver fut la petite médaille en or offerte par son père lors de sa première communion.

Le peu de cheveux qu'on lui avait laissé se retrouva enfermé sous une coiffe blanche ajustée autour du cou et des oreilles. Enfin, on déposa sur sa tête le voile des novices qui, par tradition, était blanc.

La mère Augusta l'examina avec satisfaction.

— Désormais, dit-elle en faisant le signe de la croix, tu te nommeras sœur Elena de San Hipólito. Que Dieu te bénisse et te guide.

L'expression affligée d'Alina, qui rêvait de remettre son ancienne robe verte brodée, maintenant abandonnée dans un coin, n'échappa point à l'abbesse.

— Ta chance est grande, ma fille, déclara-t-elle.

— Ma chance ? murmura l'intéressée.

Elle ne cessait de tirer sur le capuchon rêche qui lui faisait mal, et tous les cheveux tombés dans son dos la démangeaient.

— Oui. Jusqu'alors, tu as connu les merveilles matérielles du Seigneur. À présent, tu contempleras la splendeur de l'âme. Rares sont celles, en ce bas monde, qui expérimentent les deux.

Des paroles vides de sens, pour Alina. Comment cette femme pouvait-elle comprendre le désespoir qui l'habitait ? Cet endroit était un tombeau géant, dans lequel des religieuses priaient parmi les sépultures de leurs sœurs comme si elles n'attendaient que de les rejoindre sous terre.

Alors que la jeune fille regagnait le chœur, escortée par les trois hiéronymites, on entendit le fracas d'un cierge qui tombait sur le sol.

Une des professes, avec une plainte navrante, brisa la file et l'harmonie des chants pour se planter face à Alina.

C'était une vieillarde chétive appuyée sur une canne, à la peau aussi crevassée que l'écorce de l'*ahuehuete* et aux yeux bleu clair injectés de sang.

— Très Sainte Mère ! explosa-t-elle. Pourquoi t'ont-ils amenée ici ? Pourquoi, toi qui es si jolie ?

C'est ainsi qu'Alina se représentait les Grées, les sœurs aînées des Gorgones : les yeux globuleux et exorbités.

— Emmenez-la, *madre*, emmenez-la ! braillait la nonne alors que les chants s'étaient tus.

Jetant sa canne, elle s'agenouilla devant l'abbesse dans un atroce craquement de genoux.

— Sœur Quintina, pour l'amour du ciel…

— Regardez-la ! hurla encore l'ancienne, faisant sursauter l'ensemble des hiéronymites. Ces yeux ne doivent pas voir les horreurs que nous dissimulons ici…

— Sœur Gertrudis ! grogna l'abbesse. De grâce, faites-la taire !

Une religieuse aux épaules larges et au menton carré bondit hors du rang.

— Pardon, *madre*. Elle a échappé à ma surveillance.

Elle écarta la petite vieille d'une main autoritaire mais bienveillante, lui murmurant quelques mots de sollicitude à l'oreille. Sœur Quintina se calma, sans pour autant lâcher des yeux la novice. Dans son regard, on ne lisait pas vraiment de la folie, plutôt de la compassion et surtout de la terreur.

La canne demeura sur le sol. Alina, une main sur la poitrine, l'observa fixement.

— Qu'a-t-elle voulu dire ? demanda-t-elle, mais personne ne répondit.

Alors elle leva les yeux et comprit à leur expression, dans la lueur changeante des cierges, que ces femmes avaient peur.

Juana porta un doigt à ses lèvres, secouant légèrement la tête comme pour dire : « je t'expliquerai ».

Alina inspira profondément. Elle aurait voulu crier, arracher ses vêtements et s'enfuir en courant… Mais pour aller où ?

Elle songea, désolée, à la vie morne qui l'attendait entre ces murs.

DOMESTIQUES

Matea, au contraire, adorait sa vie au couvent.

Elle n'y aurait pas cru au départ, lorsque sœur Felipa, l'intimidante maîtresse des domestiques, lui intima l'ordre d'aller se laver dans une eau glacée. Mais on lui procura aussi un pain de savon, qui fleurait bon la rose et parfuma ses cheveux pendant des heures. À sa sortie, on lui fournit un tablier tout propre – que personne n'avait jamais utilisé ! – ainsi qu'une chemise en toile de coton blanche comme neige, fraîche, douce et joliment effilée au niveau du col et des manches.

Ensuite, sœur Felipa, qui marchait à une allure surprenante pour son âge, lui montra les autres merveilles du couvent.

Matea coucherait sur un vrai lit, avec des couvertures et même un oreiller. Et ce n'était pas tout : pour la première fois de sa vie, elle dormirait entre quatre murs, avec un toit en pierre sur la tête, dans une petite alcôve accolée à la cellule de sa maîtresse.

Par-dessus le marché, les servantes avaient droit à trois repas par jour, et sans exception !

Les traits pincés de Felipa s'adoucirent devant l'enthousiasme de la jeune fille.

— Laisse-moi regarder ton visage, dit-elle en lui soulevant le menton tandis qu'elles se rendaient à la cuisine principale. Tu es bien jolie pour une Indienne. Es-tu sûre de n'avoir point de sang espagnol ?

— Certaine, votre grâce, répliqua Matea avec aplomb.

Les Indiens, victimes des épidémies, étaient très peu nombreux à n'avoir pas au moins un ancêtre ibérique ; qui une grand-mère abusée par un soldat ou un valet espagnol, qui un arrière-grand-père abandonné, fruit d'un amour interdit entre une Espagnole et un laquais… La famille de Matea était l'une des rares à avoir échappé à ces malheurs ; et cela la rendait furieuse quand les gens laissaient croire que ses meilleurs atouts ne pouvaient qu'être européens.

Sœur Felipa se montra sceptique.

— Le travail est ardu, dit-elle. Le matin, tu devras servir le petit déjeuner à ta maîtresse et préparer ses vêtements ; une fois par semaine, il te revient de nettoyer ses draps, sa couverture, ses habits et son linge de corps. Celui du mois se lave en privé. Le soir, tu t'occuperas de son dîner et tu t'assureras qu'elle dispose d'assez de bougies. La cellule doit demeurer propre et ordonnée, il en va de ta responsabilité. J'effectue régulièrement des rondes à l'improviste, et je n'apprécie guère de ne pas trouver les choses à leur place – je ne parle même pas d'un pot de chambre qu'on aurait omis de vider. Ah, et ne néglige pas ta propre hygiène ; rien ne m'agace plus que les souillons. As-tu compris ?

— Oui, votre grâce.

— Bien. Le reste du temps, tu te consacreras aux tâches communes du couvent : laver et dépoussiérer autels et couloirs, préparer le déjeuner que les religieuses prennent au réfectoire, confectionner les pâtisseries et le *rompope* que nous vendons… et tout ce qu'on pourra te demander d'autre. Le dimanche, catéchisme obligatoire, dispensé par moi-même. Recevoir la parole du Seigneur est primordial, pour les domestiques comme pour les novices. Es-tu certaine, jeune fille, de m'avoir bien entendue ?

— Oui, votre grâce.

L'expression tranquille de Matea avait de quoi dérouter.

— Et comment, devant l'ampleur de ce qui t'attend, parviens-tu à demeurer si placide ?

— Le travail ne me fait pas peur, *señora*.

Sa sincérité aurait pu passer pour de l'arrogance ; aussi, lorsque sœur Felipa s'arrêta, Matea craignit-elle qu'elle la gifle (cela n'aurait pas été la première fois). À sa surprise, la vieille femme esquissa un sourire avant de reprendre son chemin.

Elles pénétraient à présent dans le grand cloître, une vaste cour carrée pourvue d'une petite fontaine et d'un lavoir en son centre. Derrière de robustes colonnes et de larges arcades apparaissaient les fenêtres des cellules des religieuses de haut rang. Le côté septentrional était occupé par un long réfectoire à côté duquel se trouvaient les cuisines.

Bien avant qu'elles arrivent, Matea perçut un doux parfum d'épices et de pain tout juste sorti du four. Elles entrèrent dans une pièce colossale, aux plafonds hauts et voûtés et aux parois couvertes d'azulejos multicolores. Une dizaine de femmes, Indiennes, Africaines, religieuses, s'attelaient à tout type d'activités suivant qu'elles étaient jeunes ou plus âgées : lessiver les sols et récurer les plats pour les premières, remuer un bouillon, ventiler un feu, moudre grains et piments pour les autres.

De sa vie, Matea n'aurait jamais pensé voir autant de nourriture réunie en un même lieu : du plafond pendaient des viandes séchées et des bouquets garnis tandis que les étagères étaient pleines de sacs de farine, maïs, sucre, fruits et légumes.

Sœur Felipa guida Matea vers une large table où une religieuse ventripotente ajoutait à un mélange de farine, beurre et sel des épices que la petite Indienne n'avait jamais vues.

— Sœur Caridad est notre cuisinière en chef, expliqua sœur Felipa.

Matea leva les yeux et s'étonna de sa jeunesse (elle n'avait jamais connu de « cuisinière en chef », mais s'attendait à rencontrer une personne plus âgée). Cette femme aux joues couvertes de taches de rousseur et aux yeux clairs et vifs ne devait pas avoir plus de 25 ans.

— Bienvenue, ma fille, dit-elle d'une voix douce et fluette, pareille à celle d'une enfant. Tu es au service de la nouvelle novice ?

— C'est exact, répondit sœur Felipa à la place de Matea avant de s'adresser à cette dernière. Sœur Caridad te donnera du travail. Lorsque tu auras achevé tes obligations auprès de ta maîtresse, le matin, présente-toi à elle. Et il vaut mieux pour toi que ce ne soit pas trop tard.

Surgit alors une Indienne aux cheveux grisonnants mais à la carrure robuste, avec dans les mains un plateau de délicieux petits pains fumants.

— On peut lancer une autre fournée, *madre* !

— Demetria est mon assistante principale, déclara Caridad. Quand je ne suis pas là, c'est à elle que tu dois…

— C'te gamine est bien maigrichonne ! s'écria Demetria sans se préoccuper le moins du monde d'interrompre la religieuse.

Son tablier était couvert de farine, ses tempes de sueur ; il devait faire très chaud près des fourneaux.

Matea fronça le nez. Les tresses grises de cette femme dégageaient une légère odeur rance. Cependant elle n'eut guère le temps d'y penser. Bientôt, ses yeux se posèrent sur le pain. Son estomac émit un gargouillis sonore.

— Le pain blanc est réservé aux sœurs, reprit de plus belle la vieille Demetria tout en aboyant des ordres à droite et à gauche.

Les amandes n'étaient pas suffisamment moulues, l'oignon trop grossièrement haché, le caramel collait au poêlon... On voyait tout de suite qui commandait, dans cette cuisine. Toutefois, l'Indienne n'avait pas oublié Matea ; elle fit volte-face et désigna l'autre bout de la pièce.

— Pour nous les servantes, il y a les tortillas.

Loin d'être déçue, Matea avisa un *comal*, une sorte de crêpière de plus d'un mètre de diamètre dans laquelle une petite Indienne fripée retournait des tortillas de maïs bleu. Dans un autre *comal*, moins large, elle faisait frire un mélange de riz, haricots noirs, épazote et fleurs de courge.

L'estomac de Matea se manifesta à nouveau, si fort que tout le monde se retourna pour la regarder. Sœur Caridad laissa échapper un gloussement.

— Donnez-lui donc quelque chose à manger ! ordonna Demetria. On finira par l'entendre jusqu'à Orizaba.

La vieille Indienne offrit à Matea une tortilla encore chaude, et la jeune fille, aux anges, n'en fit qu'une bouchée.

CELLULES

On attribua à Alina l'une des plus petites cellules du cloître des novices. Elle se situait au rez-de-chaussée et donnait sur la rue. Mais « sur la rue » était un bien grand mot puisque l'unique ouverture vers l'extérieur consistait en un judas de porte recouvert d'une grille.

Sœur Encarnación, la religieuse dont la tête ressemblait à celle d'un vautour, et qui n'avait pas de carnassier que le nom, escorta Alina tel un gardien de prison de l'Inquisition.

La décoration était minimale : rien ne s'y trouvait, sinon des murs blanchis à la chaux et un parquet sombre qui inspiraient la désolation. Le mobilier, tout aussi sobre, consistait en un lit étriqué aux draps blancs défraîchis, un secrétaire vétuste, et un prie-Dieu installé face à un simple crucifix de bois. À côté, les deux malles d'Alina formaient une explosion de couleurs incongrue.

Sur la droite, ce que l'on aurait pu considérer comme la plus étroite porte du monde menait à la chambre que devait occuper Matea, dans laquelle il n'y avait de place que pour une paillasse, un placard minuscule et un poêle tout juste assez large pour chauffer une casserole d'eau.

La moue d'Alina ne pouvait être plus éloquente.

— Épargne-moi cette grimace, ma fille. Ça c'est un palace ! Ah, si tu avais vu la cellule que j'avais au couvent des carmélites… Un mètre carré avec une natte et un pot de chambre… sans couverture ni feu… Eau froide tous les matins. Seigneur, et comme je l'aimais !

— Et pourquoi n'y êtes-vous plus ?

La religieuse se palpa le flanc en bougonnant.

— Il paraît que je suis trop vieille pour ces pénitences. Bah ! Trop vieille, tu entends ça ? Est-ce que quelqu'un a demandé son avis à saint Sébastien avant de cribler son corps de flèches ?

— Je ne crois pas que Dieu aime voir ses enfants souffrir.

Sœur Encarnación fit claquer sa langue.

— C'est absurde ! J'aurais mille fois préféré mourir de rhumatismes et de vertiges que de passer le restant de mes jours dans cet antre de perfidie et de libertinage. À ce propos, qui a dit que tu pouvais retrousser ton habit ?

Et afin de cacher ce très indécent petit os du poignet, elle tira si fort sur la manche d'Alina qu'elle faillit la lui déchirer. À 70 ans, sœur Encarnación avait une force étonnante.

— J'avais des démangeaisons, se justifia Alina.

— À d'autres ! Écoute-moi bien : nous nous levons à 5 heures, ou avant, si le coq chante plus tôt. Les matines ont lieu dans le *sotocoro* avant le petit déjeuner. Tous les jours, tu dois assister à la messe de 9 heures et aux vêpres de 17 heures. J'imagine que tu ne vas pas tout retenir d'un coup : en somme, chaque fois que tu entendras le carillon des cloches, cours *sans faute* à l'église.

Là-dessus, elle planta un doigt osseux dans l'épaule d'Alina.

— Le déjeuner se prend au réfectoire, *sans*…

Cette fois, la novice s'écarta avant que la sœur ait pu la toucher. Cette dernière eut un rictus méprisant.

— … *faute*. Nous mangeons tout en écoutant la lecture de l'Évangile dans le plus grand silence, « pour que s'alimentent le corps et l'âme », selon l'abbesse. Encore des fadaises, si tu veux mon avis ; l'Évangile pénètre mieux quand on a soif et que les tripes grondent.

Alina, qui avait déjà faim, se contenta de hocher la tête.

La hiéronymite poursuivit ses explications avec un ennui non dissimulé.

— Tu es libre de prendre le dîner et le petit déjeuner tantôt ici, tantôt au réfectoire, ou de le partager avec une sœur dans sa cellule. Là encore, si tu veux mon avis, c'est encourager la paresse et les commérages… S'il n'en tenait qu'à moi, une sœur ne devrait avoir droit qu'à un seul repas par jour. Mais que veux-tu ? J'ai fait vœu d'obéissance.

Sœur Encarnación se mit à examiner Alina en tournant autour d'elle, détaillant avec un certain dédain sa silhouette mince et fragile.

— Nous t'assignerons des tâches communes : chorale, broderie, cuisine, ménage, comptabilité, tour… Il y a toujours besoin de main-d'œuvre quelque part. Nous verrons bien pour quoi tu es faite, ajouta-t-elle en poussant un petit rire sarcastique. Il y a peut-être quelque chose à tirer de ces bras maigrichons…

Alina allait demander s'il y avait une bibliothèque, mais la religieuse ne lui en laissa pas l'occasion.

— Les cellules sont fermées à 18 heures.

— À 18…

— À 18 heures !

Encarnación fit cliqueter l'imposant trousseau qu'elle portait à la ceinture.

— Je me charge moi-même de les verrouiller. Gare à toi si je ne te trouve pas dans ta cellule à l'heure dite.

Ensuite, je remets les clefs à la prieure et elle ne me les rend qu'au matin. Si tu ne réponds pas immédiatement à mon « Je vous salue Marie », tu feras pénitence, travail et jeûne, et ta peine augmentera si tu réitères ta petite plaisanterie. As-tu des questions ?

— On... on nous enferme la nuit ?

— Que tu es brillante.

— Mais... mais... pourquoi ?

— Entre autres, parce que c'est dans l'obscurité que le péché est à l'affût des âmes faibles. Le genre de péchés qui se laissent entendre et que je préfère ne pas expliciter à la lumière du jour.

Alina fronça les sourcils.

— Et... s'il se passe quelque chose ?

Sœur Encarnación mit les poings sur ses hanches, menaçante, s'approchant si près d'Alina que la jeune fille put voir en détail chaque carie dans sa bouche.

— Quelque chose comme quoi ?

Alina retint sa respiration, en grande partie parce que l'haleine de la femme n'avait rien à envier à l'odeur de l'eau croupie des vases sur les sépultures.

— Si je suis malade... ou que je tombe et me blesse ? Et si un incendie se déclare ? Ou...

Sœur Encarnación tendit un bras en direction de la porte.

— Toi ou ta domestique pouvez sonner la cloche en cas d'urgence.

Elle enfonça encore une fois un doigt osseux dans son épaule.

— J'ai bien dit « urgence », ma petite. Urgence vitale. Gare à toi si tu nous appelles parce que ton chocolat a refroidi.

Encarnación pivota sur ses talons et sortit de la cellule.

— Et maintenant, qu'est-ce que je fais ? s'enquit Alina.

— Tu attends que l'on serve le déjeuner. Dans une demi-heure.

— Ici, seule à ne rien faire ?

Sœur Encarnación se retourna, tout sourire.

— La demoiselle veut peut-être que je fasse venir des comédiens et des jongleurs ?

Et elle s'éloigna prestement sans ajouter un mot.

Sur le pas de la porte, Alina examina le cloître. Il n'y avait personne, hormis cette vieille à la canne, celle qui lui avait crié des choses étranges plus tôt dans la journée. Assise au bord d'un puits, elle était entourée de chats à qui elle distribuait des restes de poulet. Les bêtes ronronnaient de plaisir à ses caresses. La vieillarde avait l'air d'une folle. Alina croisa son regard, deux yeux injectés de sang, et se vit gratifiée d'un sourire édenté.

La novice referma aussitôt la porte, mit le verrou et s'appuya contre le mur froid de sa cellule. Elle observa cette pièce et sentit soudainement que le souffle lui manquait.

Alors elle se précipita sur sa malle, dernier espoir de consolation en ce lieu. Elle se débarrassa aveuglément de tout ce qui s'y trouvait, livres, papiers, foulards, jusqu'à ce que le double fond apparaisse. D'une main, elle empoigna le miroir argenté, de l'autre elle arracha son voile et son capuchon. Elle inspira un grand coup, puis regarda son reflet.

Misère ! Elle ressemblait à une petite fille apeurée et tout ébouriffée. De ses cheveux, il ne restait plus que des mèches éparses dont la longueur ne dépassait pas quelques centimètres.

Alina rejeta le miroir dans le coffre et fondit en larmes.

Elle songea à toutes ces années qui lui restaient à vivre ; aux décennies qu'elle allait perdre ainsi, recluse entre ces murs, condamnée à en connaître la moindre fissure, le moindre renflement, à voir les mêmes têtes et à réciter les mêmes psaumes, jusqu'au jour où, enfin, ce Dieu qui exigeait d'elle l'isolement mettrait fin à son existence monotone.

À quoi bon ?

RÉFECTOIRE

Le réfectoire se trouvait dans une immense pièce au plafond très haut ; deux rangées de tables étaient disposées parallèlement, avec de longs bancs en bois inconfortables. C'était aussi une des rares pièces pourvues de fenêtres donnant sur la rue, bien qu'elles fussent installées à trois mètres de hauteur pour empêcher quiconque d'entrevoir le monde extérieur. Malgré tout, la lumière de la mi-journée éclairait les nappes blanches, redonnant quelque courage à la pauvre Alina.

Dans un silence absolu, elle entra avec les sœurs en rangs serrés sous le regard attentif des hiéronymites de haut rang – Augusta, Encarnación, Felipa et les autres –, juchées sur une estrade au bout du réfectoire.

Son cœur se serra lorsqu'elle aperçut une jeune femme à genoux, des fers aux poignets et aux chevilles. Face à elle, un verre d'eau et une assiette trop grande pour le quignon de pain qu'elle contenait.

Alina l'observa avec curiosité. Elle semblait à peine plus âgée qu'elle ; son visage allongé était incroyablement beau. De ses grands yeux bleus aux longs cils, elle fixait les religieuses supérieures, un sourire narquois sur les lèvres.

Alina dut s'installer à la table la plus proche de la leur. On lui réserva l'extrémité du banc, à deux mètres seulement de l'œil inquisiteur de sœur Encarnación.

Alors qu'elle allait s'asseoir, la novice à côté d'elle la fit se redresser d'un coup sec. Tous les regards étaient tournés en direction de l'abbesse qui, elle, observait Alina avec un rictus.

Après s'être signée, la mère Augusta dressa une longue liste d'annonces avant de lever la main vers la religieuse enchaînée.

— Je vous enjoins d'accueillir dans vos prières l'âme de sœur Andrea qui, comme vous le constatez, est en pénitence… une fois de plus.

Sœur Encarnación proféra un « tut tut » sonore.

— Priez aussi pour que notre nouvelle recrue, sœur Elena de San Hipólito, trouve entre ces murs la lumière que l'oraison et la…

Des pas pressés résonnèrent dans la salle. Elles virent entrer une religieuse rachitique et, quoique jeune, plutôt voûtée. Celle-ci s'assit à la dernière place libre. Malgré la distance, Alina distingua de profonds cernes sur son visage.

— Pénitence, sœur Leocadia, dit l'abbesse d'une voix ferme, ce à quoi la religieuse malingre réagit en agitant la tête de haut en bas avec fébrilité. Votre art est louable, mais pas autant que les devoirs du couvent.

— À ce propos, intervint sœur Encarnación, où est l'érudite ?

Le siège à droite de l'abbesse était vide.

La novice debout à côté d'Alina leva la main, déclenchant de gros soupirs de désapprobation chez Encarnación et Felipa.

— Oui, sœur Isabel ? fit simplement l'abbesse.

— Ma tante vous prie de la dispenser, révérende mère. Un présent vient de lui parvenir de la part du vice-roi. Elle est en train de rédiger un éloge pour lui rendre grâces.

— Seigneur Jésus ! s'exclama Encarnación. Cet endroit s'apparente de jour en jour un peu plus à une auberge de campagne où chacun se servirait à l'heure qui lui convient…

— Merci, ma sœur, s'interposa Augusta. Quel genre de présent ?

La novice sourit.

— Ses œuvres publiées, révérende mère. On lui a envoyé un des livres qui circulent désormais à Madrid. La reliure est splendide. Vous devriez la voir.

La poitrine d'Augusta se gonfla d'orgueil.

— Et comment, murmura-t-elle, mais, aussitôt, elle se rendit compte de son expression et durcit ses traits. C'est très mal qu'elle manque à nouveau à l'appel. Dis-lui que je parlerai avec elle cet après-midi.

Sœur Encarnación sursauta comme si on lui avait lancé des os de volaille à la figure.

— *Madre !* Vous devriez l'envoyer chercher par la peau des…

— Merci, ma sœur. Il n'est pas bon de s'emporter devant la nourriture.

La vieille Encarnación devint rouge comme un fer ardent, et les mots susurrés par l'abbesse ne firent qu'empirer la situation. La prieure se tourna vers les hiéronymites.

— Vous pouvez vous asseoir.

Les domestiques entrèrent alors, la responsable des cuisines en tête. Elles firent circuler l'*ante*, sorte d'amuse-bouche à base de fruits, ici le *mamey* ou « sapote », dont la chair orangée figurait parmi les préférés des religieuses. Alina se jeta dessus comme si elle n'avait pas mangé depuis trois jours. Ah ! ce *mamey* moelleux et juteux qui baignait dans une sauce sucrée à l'extrême… Soudain, une douleur vive lui fit lâcher sa fourchette.

Sœur Encarnación était descendue de l'estrade pour lui asséner un violent coup de louche en bois sur la main. De ce même ustensile, elle désigna la mère Augusta, dont les mains jointes indiquaient qu'elle était disposée à dire le bénédicité, un œil fermé, l'autre posé sur Alina.

Pas moins de 70 paires d'yeux scandalisés se tournèrent vers elle. La jeune fille palpa sa main rougie et attendit, l'estomac rugissant, la fin de cette très, très longue prière.

Enfin, elles purent déjeuner en silence, tandis que sœur Felipa lisait des psaumes qu'Alina n'écouta même pas.

Elle pensait que les repas seraient faits d'avoine insipide, de bouillon froid et de pain sec, mais elle découvrit que les religieuses, telles des reines, se régalaient du meilleur de la gastronomie. Peut-être que ce plaisir culinaire venait compenser l'absence de tout autre plaisir… Après l'appétissant *ante,* on leur servit du ragoût de dinde aux câpres, aux raisins secs et aux olives, agrémenté de pain croustillant à la mie moelleuse et de jus de goyave. Pas étonnant que nombre de sœurs aient de l'embonpoint.

Ce n'est qu'au second plat qu'Alina constata qu'Andrea était toujours agenouillée à terre, quoique les effluves de nourriture dussent être plus durs à supporter que le contact du sol froid. La jeune femme s'employait à découper son quignon de pain avec tant de délicatesse qu'on n'entendait pas ses chaînes remuer. Elle trempait ensuite les morceaux dans l'eau et les portait de manière lascive à la bouche, en mâchant lentement pour provoquer la prieure et ses comparses.

Sœur Isabel donna un coup de coude discret à Alina ; si elle continuait de regarder Andrea avec tant d'insistance, c'est elle qu'on finirait par réprimander.

À l'instant où sœur Felipa entamait un passage sur les

péchés de la chair, de nouveaux pas résonnèrent dans l'entrée, légers mais véloces.

Alina reconnut aussitôt sœur Juana. Même en retard, celle-ci ne se défaisait jamais de sa démarche élégante, qu'on eût dite davantage digne de la cour que du couvent.

Elle se faufila entre les tables, évitant les chaînes d'Andrea, non sans poser sa main sur l'épaule de la pécheresse.

— On t'a encore attrapée, *niña* ? lui murmura-t-elle.

La jeune religieuse lui rendit son sourire.

Parvenue devant la table principale, Juana s'agenouilla et courba le dos en signe de respect.

— Je... vous prie de m'excuser... révérende mère, haleta-t-elle. Isabel vous a-t-elle informée... de la raison de mon retard ?

Sœur Encarnación, feignant de décoller les grains de la salière, la tapota bruyamment sur la table, ce qui masqua la réponse de la mère Augusta.

— Puis-je m'asseoir pour partager le pain avec vos grâces ?

— Je vous ai gardé un *ante* de *mamey* ! s'exclama sœur Caridad au loin.

Encarnación secoua la tête.

— Dans d'autres circonstances, je vous aurais envoyée en pénitence, dit l'abbesse, mais nous sommes face à un cas exceptionnel. Prenez place, sœur Juana.

Et tandis que la nonne s'exécutait, Encarnación déblatéra de nouveau :

— Mère Augusta, voyez ce qu'est devenu cet endroit : une novice frivole reçoit la peine maximale, nos festins gargantuesques font fi du vœu de pauvreté, et deux professes préfèrent jouer de l'orgue et scribouiller des imbécillités plutôt que d'accomplir le peu qu'on exige d'elles ici.

La sœur Juana reçut avec plaisir l'assiette de *mamey* baignée de sauce.

— *Lorsque très grands sont les honneurs...*, commença-t-elle. *L'âme, ils comblent de ferveur... et l'indulgence, de peu d'ardeur...*

— Ne vous avisez pas de me répondre en vers, sœur Juana, vous savez combien je les exècre ! Votre humour et vos traits d'esprit ne sont que la preuve de votre arrogance. Et votre manie d'accumuler les livres, de la gourmandise et de l'avarice. Votre âme doit être aussi enflée que les mollets de sœur Caridad.

Encarnación jeta un coup d'œil à la chef des cuisines.

— Sans vouloir vous offenser.

Caridad, la bouche pleine, ne put rien répliquer.

Sœur Juana la dévisagea, amusée.

— *Si la circonférence de mes réflexions... à la moitié de ces mollets correspond... grand bien m'aura pris de subir ces afflictions.*

L'intéressée fit mine de protester, mais elle mâchait trop lentement pour prendre part à cet échange.

— Cessez de vous exprimer ainsi ! s'égosilla Encarnación.

— Très bien, ma sœur, très bien. *Loin de moi l'idée de vous offenser... Ou chez vous du courroux provoquer...*

— Je ne souffre *pas* du péché de colère !

Et comme pour prouver ses dires, sœur Encarnación frappa la table de ses poings, atteignant le bord de son assiette, ce qui envoya valser dinde, câpres et raisins secs.

Matea, empressée, accourut aussitôt pour nettoyer, adressant un sourire timide à Alina.

— Il suffit, ma sœur, ordonna l'abbesse. Je vous enverrais vous aussi en pénitence, si je ne savais combien jouer les martyres vous comble.

Sœur Felipa intervint pour la première fois.

— Je suis d'accord sur un aspect : il y a trop de laxisme, ici.

Elle contempla les religieuses, l'air grave.

— Quelque chose est corrompu… et nous le savons toutes.

Un silence sépulcral tomba sur le réfectoire. Cette fois, même Juana ne sut que dire.

Felipa posa les yeux sur Alina avec une expression à glacer le sang.

— Retiens bien ceci, *niña*. Même les âmes les plus dévotes renferment de la noirceur en leur sein.

CHOCOLAT

— Sœur Encarnación voulait être prieure, mais les sœurs ont voté pour… Bon, elles ont d'abord choisi ma tante, mais celle-ci a refusé. Alors elles ont élu la mère Augusta, et Encarnación ne le leur a jamais pardonné. La pauvre n'a obtenu qu'une seule voix. Entre nous, je crois que c'était la sienne.

Tandis qu'Isabel chuchotait à l'oreille d'Alina, à la sortie du réfectoire, sœur Juana parvint à leur niveau, son *ante* à la main.

— Merci d'avoir fait passer mon message, Isabel.

— Je vous en prie, ma tante. Je comptais faire visiter la bibliothèque à sœur Elena.

— À qui ? demanda Alina. Ah, c'est moi, c'est vrai.

— Celle-ci devra patienter, je le crains, dit Juana, gênée. J'ai besoin que tu m'aides à mettre au propre les *villancicos* que nous a commandés l'évêque Fernández. J'allais le faire moi-même, mais avec cette histoire d'ouvrage…

— Bien entendu, ma tante.

— Nous discuterons demain ou après-demain, ajouta la poétesse à l'intention d'Alina. Tes propos sur le feu m'ont intriguée. Je viendrai te chercher. Et je te montrerai ma bibliothèque, qui t'intéressera sans doute davantage que celle du couvent…

— On peut emprunter des livres, ici ? demanda Alina.

Mais l'écrivaine était déjà partie, entraînant sa nièce avec elle. C'est une autre voix qui lui répondit dans son dos.

— Bien sûr. On t'a dit le contraire ?

Alina pivota sur elle-même et tomba nez à nez avec sœur Leocadia, la nonne aux yeux cernés. La femme se frottait les paupières avec insistance, comme pour enlever une tache tenace. Sa peau, d'une teinte olivâtre, était desséchée et crevassée.

— Non, mais sœur Encarnación...

— ... t'a donné cette impression ?

Le sourire de Leocadia, quoique bien intentionné, fit frissonner Alina.

— Aimes-tu la musique, sœur Elena ? Je suis chargée de l'orgue et du chœur. Juana m'a dit que tu voudrais peut-être m'assister. Je ne peux pas te montrer l'instrument aujourd'hui ; je dois faire pénitence, comme tu l'as entendu. Je viendrai te trouver ces prochains jours.

Et sœur Leocadia détala à son tour.

Alina aurait souhaité bavarder avec quelqu'un, mais au réfectoire il ne restait que sœur Andrea, toujours enchaînée, et sœur Quintina, la hiéronymite bossue aux yeux rouges, qui la regardait avec un rictus dérangeant. Toutes ces religieuses étaient-elles folles ? Était-ce là une conséquence du vœu de clôture et de la discipline constante ?

Alina tourna les talons et fila droit à sa cellule, où elle s'enferma pour le reste de la journée.

À Mexico, les nuits commençaient à être froides et venteuses. Alina, qui était restée tout l'après-midi sur son lit dur, finit par être totalement engourdie. Elle ne bougea que lorsque Matea lui apporta sa collation : un biscuit aux amandes et un pichet de chocolat chaud.

La jeune Indienne semblait métamorphosée : fringante, souriante, elle arborait ses nouveaux vêtements comme s'il s'agissait des plus fines tenues du Levant.

— J'allume tout de suite le feu et je chauffe le chocolat, *niña*, annonça-t-elle en commençant à jeter du bois dans le poêle.

La porte se rouvrit et Alina se redressa d'un coup. Avec un tintement de clefs, sœur Encarnación passa une tête contrariée dans la cellule.

— Non mais regardez-moi celle-ci, à paresser toute la journée ! Demain, je veillerai à ce qu'on te confie suffisamment de travail pour que tu n'aies pas à penser.

Et sans attendre de réponse, elle verrouilla la porte.

Alina se gratta le cou. Depuis la cérémonie, les coutures grossières du capuchon la gênaient constamment. Pour se distraire, elle alla voir ce que l'Indienne faisait. Elle la trouva à genoux, qui éventait le feu avec ténacité.

— Tu te nommes vraiment Matea ?

La jeune fille fit « non » de la tête.

— Malinalli. Mais votre *abuelita* a dit que c'était un nom païen et que maintenant mon nom c'était Matea.

— Je m'en doutais. Préférerais-tu que je t'appelle Malinalli ?

— Aïe, non, *niña*. Quand les choses changent pour toujours, mieux vaut s'y faire rapidement.

C'étaient des paroles d'une grande sagesse. Alina, grelottante, approcha ses mains du foyer.

— Vous voulez une de mes couvertures, *niña* ?

— Tu n'as pas froid, toi ?

— Oh, vous savez, je suis habituée. Dans l'hacienda

de votre grand-mère, je me blottissais avec mon *apá* sous un sac de jute, la nuit.

— Quelle horreur…, murmura la novice. Et ta maman ?

Matea haussa les épaules.

— Je l'ai jamais connue. *Apá* dit qu'on l'a emmenée juste après ma naissance, parce qu'une dame du village avait besoin d'une nourrice. Soi-disant qu'elle allait revenir, mais *apá* l'a jamais revue.

Elle racontait cela avec un tel naturel qu'Alina eut l'impression qu'une main gelée lui enserrait le cœur.

— Elle ne te manque pas ?

Matea sourit.

— Comment une chose qu'on a jamais connue pourrait-elle nous manquer ?

Alina retourna de son côté de la cellule, moins chaud car éloigné du feu, et s'installa face au secrétaire. Un instant plus tard, Matea lui apporta le chocolat fumant.

— Je reviens avec la couverture.

Dès la première gorgée, Alina sentit la chaleur se répandre dans sa poitrine. Matea l'enveloppa avec sa couverture et, soudain, cette pièce si sombre et si étouffante lui parut presque accueillante. Elle avait de quoi manger, s'abriter et même quelques livres qu'elle appréciait.

— Je peux vous offrir autre chose, *niña* ?

Matea avait les mains jointes, se tenait très droite et souriait malgré le froid qui lui mordait la chair.

— Ton père est-il resté à l'hacienda ?

Matea demeura immobile, les yeux grands ouverts, et bientôt ses iris sombres s'embuèrent. Elle fila de son côté de la cellule pour sécher ses larmes, loin du regard d'Alina.

— Oui. J'ai même pas pu lui dire au revoir. Vous l'avez pas vu courir derrière nous ?

Alina se sentit coupable. Aveuglée par son propre malheur, elle n'avait même pas songé que les autres aussi pouvaient souffrir.

— Veux-tu... que je t'aide à lui écrire une lettre ?

— Pour quoi faire ? Il ne sait pas lire.

— Mon frère pourrait...

— Aïe, j'ai failli oublier !

Matea plongea les mains dans la calebasse ébréchée qu'elle appelait « bagage » et en sortit une fine enveloppe qu'elle donna à Alina.

— C'est pour vous, déclara-t-elle en baissant la voix. Votre *abuelita* a dit que personne d'autre devait le voir. Même pas les sœurs.

Alina examina la missive avec méfiance. Le sceau était bien celui de sa grand-mère, mais son nom n'était inscrit nulle part.

— Merci, chuchota-t-elle. Tu peux aller te reposer.

Une fois seule, Alina décacheta l'enveloppe. À l'intérieur, elle trouva une lettre scellée de la même façon qui portait cette inscription :

Brûle ce message après l'avoir lu. Si l'un des deux sceaux est brisé, écris-moi immédiatement.

Alina ouvrit le message à la hâte. Il n'y avait que deux lignes, mais elles suffirent à lui glacer le sang.

Tu vas faire des cauchemars.

Si tu ne veux pas finir sur le bûcher, n'en parle à personne, pas même à ton confesseur.

BONICHE

— Je vous salue Marie pleine de grâce…

De grand matin, sœur Encarnación vint réveiller Alina par la formule consacrée, mais, de l'autre côté de la porte, l'intéressée n'était manifestement pas encore disposée.

Les mots semblaient sortir de la brume. Comme si le ciel n'était plus qu'un abîme ténébreux d'où émergeait une lueur nébuleuse. Et entre le va-et-vient céleste…

— Quelle tire-au-flanc, celle-là. Je vous salue Marie pleine de grâce… ! répéta la religieuse, agacée.

Aux cris de sœur Encarnación succédèrent de furieux cognements contre la porte, à coups de poing et de clefs.

Matea courut au judas.

— Le Seigneur est avec vous !

— Pas toi ! C'est ta fainéante de patronne qui doit répondre. Regarde-la, à baver sur l'oreiller…

Alina se rendit compte qu'un filet de salive coulait effectivement sur son menton. Dès qu'elle entendit la clef tourner dans la serrure, elle sauta du lit, le voile de travers, les jambes engourdies.

— Le Seigneur… au garde-à-vous…, bredouilla la novice.

— Trop tard, répliqua la nonne.

Il y avait une étincelle de plaisir cruel dans ses petits yeux.

— Pénitence, sœur Elena.

— Mais… mais…

— Et ça commence tout de suite. Avant les matines.

Encarnación n'avait pas terminé sa phrase qu'elle tirait déjà Alina hors de sa cellule.

— Et le petit déjeuner de la *niña* ? s'enquit Matea, dont les petits pains grillés n'attendaient plus que le lait qui chauffait sur le feu.

— Et puis quoi encore ? Et cesse de l'appeler ainsi ; cette grande mollassonne est plus âgée que toi.

Pour commencer, Alina fut envoyée laver les confessionnaux. L'église étant réservée aux laïques – qui eux aussi avaient à décharger les immondices de leur conscience –, ils avaient été installés en conséquence. Les confessionnaux des sœurs étaient donc rivés au mur qui donnait sur le cloître des novices et reliés à la nef principale par de petites fenêtres. À l'image de l'esprit du père Nuñez, les parois et les prie-Dieu étaient noirs de crasse, et l'eau savonneuse additionnée de vinaigre qu'on fournit à Alina rendit ses mains plus sèches et crevassées que le visage de sœur Encarnación.

Après les matines (pendant lesquelles la novice acheva sa nuit), et puisque les sœurs prenaient leur petit déjeuner dans leurs cellules, sœur Encarnación emmena Alina nettoyer les cuisines.

Tandis que les domestiques, indiennes, noires et métisses, se régalaient de tortillas aux haricots et à la banane plantain, on confia à la novice la tâche de faire briller l'énorme marmite en cuivre qui servait à la préparation des sirops.

Alina, dont le ventre était torturé par toutes les odeurs

alléchantes, dut retrousser ses manches et se concentrer sur son récurage. Suant à grosses gouttes, elle frotta frénétiquement le métal ; pour autant, elle n'avançait pas bien vite car le sucre brûlé ne faisait désormais plus qu'un avec le fond de la marmite.

— C'est ainsi que je me représente le péché, commenta sœur Caridad, penchée par-dessus la cuve. Incrusté, calciné... Tu le quittes des yeux un instant, il ruine tes desserts. Et tu auras beau frotter et frotter encore, tu ne pourras jamais t'en débarrasser.

À mille lieues de l'écouter, Alina regardait avec envie les friandises à la noix de coco qu'elle portait à sa bouche.

— Tu en veux un ?

Avant que la jeune fille ait pu ne serait-ce que tendre la main, sœur Encarnación se matérialisa derrière Caridad.

— Alors comme ça tu la pousses à la tentation, idiote ? N'as-tu donc pas remarqué qu'elle faisait pénitence ? Sors d'ici. Et cesse de te goinfrer de gâteaux ! Tu sais mieux que quiconque qu'ils sont pour Mme de La Corcuera.

Matea arrêta de mastiquer, attristée par les malheurs de sa maîtresse, jusqu'à ce que Demetria lui servît une autre louche de haricots riche en épazote.

— Mange. Nous, on ne jeûne que si on nous met à la porte.

Lorsque les domestiques eurent terminé leur petit déjeuner, Alina n'avait réussi qu'à laver un tiers de la marmite. Matea proposa de l'aider, mais la *señora* Demetria avait besoin qu'elle l'accompagne au marché de la Plaza Mayor.

Matea apporta la pile d'assiettes sales à une fillette indienne préposée à la vaisselle, puis s'approcha discrètement de sa patronne pour lui donner en douce la moitié de sa tortilla. Alina n'en fit qu'une bouchée. Elle n'eut pas le temps de la remercier que Matea avait déjà filé derrière Demetria, un panier aussi large que les hanches de sœur Caridad sous le bras.

Par la suite, Alina s'attela au sol du *sotocoro*, une tâche bien plus lugubre qu'elle s'y attendait. Hormis trois pauvres cierges, seule une lueur mourante venue de la grille reliée à l'église éclairait les dalles de pierre gelées.

Pour couronner le tout, sœur Leocadia travaillait son orgue. Ses accords tourmentés faisaient vibrer les murs telles les lamentations d'une âme en peine, comme pour rappeler à Alina qu'elle ne frottait pas des carreaux, mais bien plutôt des tombes.

Pour se changer les idées, la jeune fille entreprit de déchiffrer les dates gravées sur les caveaux. Le plus ancien datait de 1613, même si d'autres d'aspect plus vétuste encore ne portaient pas d'inscriptions ; le tombeau le plus récent, vieux d'à peine un an, se trouvait juste dans l'entrée. Alina avait sans aucun doute marché dessus sans le savoir lors de sa cérémonie de prise de voile.

Sur l'épitaphe, rédigée au nom d'une certaine sœur Jacinta Mirabel y Santillana, Alina repéra de petites taches sombres qui ne partaient pas avec la brosse. À la différence du caramel sur la marmite en cuivre, celles-ci n'avaient pas de relief ; c'était plutôt comme une encre brun-rouge qui aurait incrusté les pores de la pierre en laissant une marque indélébile. Elle approcha un cierge pour essayer de mieux voir.

La novice se redressa avec difficulté, le dos endolori. Lorsqu'elle se retourna, son cœur cessa de battre.

Sœur Leocadia l'observait à un mètre de distance, mains sur le front, l'air bouleversée. La pénombre, sa peau foncée, ses iris noirs, son habit sombre accentuaient le blanc de ses yeux.

Alina laissa échapper un cri qui fit sourire sœur Leocadia – mais même son sourire paraissait fou.

— Je n'avais pas l'intention de te faire peur, sœur Elena. Tu es en pénitence, n'est-ce pas ?

Alina se contenta d'acquiescer.

— As-tu des notions de musique ? Je parie que oui.

— J'ai joué un peu de clavicorde et de luth, déclara Alina à voix basse, avant de s'en mordre aussitôt les doigts.

— Oh, quel heureux hasard ! Le luth fut mon premier instrument. Si tu veux, je peux te montrer l'orgue. Sœur Encarnación n'a pas besoin de le savoir…

Il y avait une ferveur quasi désespérée dans ses mots. Alina recula.

— Je… je dois terminer de frotter le sol. Avez-vous remarqué ces taches ?

— Ni le vinaigre, ni l'alcool de canne, ni l'eau bouillante ne les feront partir. Les domestiques ont déjà essayé.

La religieuse promena son regard dans la pièce.

— Quel honneur ce sera de reposer ici, ne trouves-tu pas ? Bercée par la musique sacrée pour des siècles et des siècles…

L'expression de son visage émacié s'apparentait à de la nostalgie, presque de la jalousie. Cette femme enviait le sommeil des défuntes.

Alina chercha quoi répondre.

— Vo… votre famille vient-elle du sud ? bafouilla-t-elle enfin.

— Du sud ?

— Du sud de l'Espagne, je veux dire. Mon père dit que les gens, là-bas, avaient votre couleur de peau.

Sœur Leocadia contempla le dos de sa main. Le commentaire ne parut pas lui plaire du tout.

— Oh ! Non, non, ma famille est originaire de Tolède. Il est vrai qu'à une époque les chrétiens se mariaient avec des juifs et des musulmans. Dieu merci, presque plus personne ne commet ce genre de barbarie.

Alina ne put masquer son indignation.

— Ici, les gens se mélangent tout le temps. Il suffit de faire un tour en cuisine pour voir la quantité de métissages que nous avons.

— Oui, et ces pauvres femmes ne pourront jamais intégrer les affaires divines… Le Saint-Office l'interdit. Ce sont des âmes perdues dès leur naissance. Mieux vaut ne pas peupler le monde de tels individus, ne crois-tu pas ?

Alina songea à Matea, qui avait renoncé à sa propre couverture pour elle, qui lui avait proposé son aide et qui lui glissait de la nourriture en cachette.

— La plupart d'entre elles feraient de très bonnes religieuses…, riposta-t-elle, la colère remuant soudain ses entrailles.

Mais avant que Leocadia ait eu le temps de cracher « blasphème », Alina donna le coup de grâce.

— … aussi travailleuses qu'une créole au sang juif.

Sœur Leocadia recula comme si elle l'avait frappée pour de bon.

— Je n'ai pas de sang juif ! siffla-t-elle. Je…

— Encore en train de paresser ?

Sœur Encarnación n'avait rien perdu de son ton féroce, mais, à cet instant, Alina l'aurait embrassée.

— C'est ma faute, s'excusa Leocadia, les mains tremblant de rage. Ne vous inquiétez pas, je ne gâcherai plus le temps de sœur Elena.

Sans rien ajouter, elle se fondit dans les ombres du chœur. Quelques secondes plus tard, l'église tout entière résonnait à nouveau des échos angoissés de l'orgue.

— Qu'attends-tu ? aboya sœur Encarnación par-dessus la musique. Il te reste encore tout ce coin à nettoyer. Ensuite, je veux que tu décrasses le lavoir et les grilles du parloir.

Le tout avant le déjeuner.

MULÂTRE

Et tandis qu'Alina lavait les sols et enlevait des confessionnaux de funestes substances, Matea se promenait dans la ville la plus princière de Nouvelle-Espagne.

La rue adjacente à San Jerónimo menait droit à la Plaza Mayor, mais cette courte distance suffit à émerveiller la domestique. Par-delà les élégantes façades de tezontle et de granit, aux grandes portes sculptées et aux rideaux de dentelle, dépassaient les tours d'une multitude d'églises dont les cloches conviaient à la messe dans une joyeuse cacophonie. À mesure que Demetria et Matea s'approchaient de la place, le nombre de vendeurs ambulants augmentait, l'arôme de leurs *atoles* et plats fumants égayant le froid matinal.

Sous le pont qu'elles franchirent coulait un canal aux eaux odorantes (« l'Acequia Real », entendit la petite Indienne), sur lesquelles naviguaient de modestes radeaux et des embarcations bigarrées débordant de marchandises – les *trajineras*. C'est alors que la Plaza Mayor apparut.

Jamais Matea n'oublierait ses premiers pas sur cette imposante esplanade grouillant de vie.

Parmi les somptueux manoirs qui entouraient la place, deux édifices s'imposaient à la vue, le palais des vice-rois et la cathédrale. À côté, la maison de la comtesse de Gijón ressemblait à une cahute.

La cathédrale, encore en construction, se dressait, impériale, vers un ciel d'un bleu limpide. Matea ne pouvait imaginer à quel point elle serait majestueuse une fois les clochers terminés. Ses murs étaient déjà ornés et sculptés ; les oiseaux qui planaient autour des échafaudages ressemblaient à de tout petits points.

La façade du palais occupait tout le côté est de la place. Matea parcourut du regard les rangées sans fin de grandes fenêtres, toutes plus larges que la hutte qu'elle partageait avec son père. Comme ses yeux auraient été émerveillés en découvrant ce lieu !

Près du porche principal en pierre taillée, elle aperçut un groupe de femmes engoncées dans leurs jupons qui peinaient à tenir toutes sur leur petit balcon. De là, elles contemplaient le tumulte de la place, une tasse en porcelaine à la main. C'était comme si elles vivaient dans un autre monde, et respiraient un autre air. La vice-reine se trouvait peut-être parmi elles.

Demetria, qui avait plus important à faire que regarder le paysage, poussa Matea pour qu'elle se remette en route. La jeune fille repartit aussitôt au petit trot, craignant de perdre de vue les nattes grises de la vieille Indienne parmi la foule.

Sur la Plaza Mayor, des douzaines de marchands disposés en un quadrillage parfait vendaient tout ce qu'on pouvait imaginer : céréales, légumes, bric-à-brac, jarres, volailles – vivantes pour certaines, déplumées pour d'autres, mais toujours bien grasses. Matea n'avait vu une telle abondance que dans les réserves de doña Marina (où elle obligeait esclaves et péons à acheter le maïs et les haricots qu'ils avaient eux-mêmes récoltés).

Au-delà des échoppes se dressait ce qui ressemblait à une réplique miniature du palais, avec son arche centrale et ses innombrables fenêtres depuis lesquelles

les boutiquiers vantaient leurs produits. Des dames aux amples jupons et des hommes aux chapeaux de plumes s'y pressaient dans leurs carrosses décorés à l'excès, tirés par des chevaux presque aussi parés que leurs propriétaires.

— Voilà le Parián, expliqua Demetria. L'endroit où les gens importants viennent acheter leurs dentelles, leurs soieries et leurs petites tasses en porcelaine. Tout ce qui est cher et raffiné vient de Chine.

— Et c'est loin, ça ?

— Sacrément loin.

— Plus loin que l'Espagne ?

— Hmm, un peu avant, je dirais. Si ça t'intéresse tant que ça, demande à la sœur Juana.

Demetria s'arrêta devant le marchand de grains. Les piles de sacs de maïs formaient des tours plus hautes que Matea. Cette céréale était réservée aux domestiques et aux esclaves, quoiqu'on l'utilisât aussi pour engraisser les porcs et nourrir les bêtes de somme. Demetria en acheta deux kilos et présenta Matea au vendeur, au cas où, un jour, la jeune fille viendrait seule. Quel plaisir ce serait de déambuler parmi ces étals, à la découverte de délices toujours plus gourmandes !

Chez le marchand de blé, Matea reconnut le sceau de l'hacienda de San Hipólito. Elle ne le connaissait hélas que trop bien, puisqu'on l'avait marqué au fer rouge sur le dos de son père.

Le peu de blé disponible s'échangeait à prix d'or, de surcroît lorsqu'il arrivait des haciendas déjà moulu et tamisé – ce qui triplait quasiment sa valeur.

— Les idiots ! s'esclaffa Matea. Pourquoi payer si cher quand il suffit de mettre le grain dans la meule ?

— Garde ces idées pour toi, malheureuse. On a bien assez à faire avec les amandes et les pignons.

Matea retroussait déjà ses manches, prête à soulever l'énorme sac de farine, mais Demetria lui jeta un regard moqueur.

— Qu'est-ce que tu fais ? Tu crois vraiment que tu vas porter ça ?

— Ben…

— On vient juste faire la commission. C'est Germán qui nous le livrera.

Le jeune homme métis qui servait ce jour-là, grand et solidement bâti, leur adressa un large sourire.

— C'est toujours un plaisir de venir à San Jerónimo.

Demetria le paya en gloussant, et tandis qu'elles s'éloignaient, elle glissa à l'oreille de Matea :

— Tu parles ! Le plaisir est surtout pour sœur Andrea.

Matea en resta bouche bée.

— La sœur enchaînée qui mangeait par terre ?

Le sourire de Demetria s'élargit un peu plus.

— Je ne t'ai rien dit.

Dans une autre échoppe dont le parfum embaumait à la ronde, Matea découvrit, stupéfaite, des bouquets de verveine du Pérou, de la camomille et du *cuachalalate*.

Demetria tira de son tablier une liste interminable d'herbes aromatiques, de fleurs, d'écorces et d'épluchures moulues. Voilà pourquoi, se dit Matea en rangeant leurs provisions dans son panier, les tresses de cette femme répandaient toujours ce drôle d'arôme amer.

— Vous aussi on vous a appris à lire, votre grâce ? l'interrogea la jeune fille, contemplant les gribouillages minuscules que Demetria avait griffonnés sur son bout de papier.

— Oui. Toutes les domestiques apprennent. C'est drôlement utile, si tu veux mon avis. Plus besoin de se casser la tête pour se rappeler les commissions. Tu devrais avoir ta première leçon ce dimanche. Si tu rencontres des difficultés, dis-le-moi.

— Pas de copal[1] sacré pour vous, aujourd'hui ? demanda la vendeuse depuis les profondeurs du stand.

— Si, Mariquita. Six onces. Et autant de fleurs d'oranger.

Le panier plein à ras bord, elles poursuivirent leur route. Matea repéra un étal plus grand que les autres, où s'étalaient toutes sortes de fruits. Elle sourit en constatant que c'était là qu'elles se dirigeaient.

— Sœur Caridad veut préparer un *ante* d'ananas pour sa sœur.

— Caridad, c'est la joufflue qui dirige les cuisines ?

Demetria recommença à ricaner, plus agacée qu'autre chose.

— Celle-là ne connaît rien à la cuisine. Elle remue trois fois le bouillon et elle prétend que c'est elle qui a tout fait. La seule chose qu'elle sache faire, c'est se goinfrer comme une oie qu'on gave. Elle n'est faite que de biscuits à la noix de coco, de turrón aux amandes et de poulet rôti au safran. Si c'était une vache, sa viande se vendrait très cher. Sa sœur a ses entrées au palais ; elle adore repartir avec des confiseries et du *rompope* du couvent pour fanfaronner devant les autres harpies de la cour. Tu vas voir la pression qu'elle va nous mettre pour que son maudit *ante* à l'ananas soit parfait.

Mais l'attention de Matea s'était déjà reportée sur les montagnes de fruits dodus que, pour certains, elle n'avait jamais vus. Des pêches plus lisses que les joues de la *niña* Alina, des pastèques plus enflées que les seins de

1. Résine semi-fossile proche de l'ambre utilisée par les Amérindiens lors de rituels religieux.

la comtesse de Gijón, des corossols plus blancs et plus brillants que la neige des volcans et du raisin si rutilant qu'il semblait provenir des colliers de la vice-reine.

— Rappelle-toi : c'est le *niño* Casio qui vend les meilleurs fruits. Il arrive.

Matea en eut le souffle coupé. Le « *niño* » Casio était un mulâtre d'une taille considérable, aux épaules charpentées et aux bras robustes, qui venait chargé d'un cageot plein de mystérieux fruits rouges semblables à des pommes.

Les yeux de Matea n'avaient jamais remué aussi vite. Ces boucles noires serrées… ces mains puissantes… sans parler de la couleur chocolat de ses avant-bras, de ces poils naissants qui dépassaient du col de sa chemisette blanche… et cette mâchoire, carrée et anguleuse ! Les lèvres de l'homme, larges et charnues, s'ouvrirent pour les saluer ; mais dans la seconde qui suivit, il trébucha et laissa tomber son chargement.

Alors que les fruits roulaient sur la place, des gamins accoururent, excités, pour s'en emparer.

— Ouste, allez-vous-en ! leur cria Demetria tandis que Matea, par réflexe, s'agenouillait pour récupérer les trésors.

Un chien errant se servit habilement au passage, tandis que les mains du mulâtre se tendaient en tous sens.

On ne sauva pas deux tiers des fruits ; quelques-uns furent même piétinés par les passants. Lorsque Matea rendit le dernier au mulâtre, celui-ci lui jeta un coup d'œil honteux.

— Merci, dit-il.

Cependant la jeune fille l'entendit à peine. Casio avait les yeux les plus verts que Matea ait jamais vus. Pas ce vert caca-d'oie des iris de sœur Encarnación ; une couleur pétillante, fraîche comme la mousse et aussi reluisante que la pulpe des citrons qu'il vendait. Matea aurait passé l'éternité à contempler ses yeux si Demetria ne l'avait pas forcée à se relever.

— Quel dommage…, minauda la jeune Indienne, soulevant un fruit écrasé comme s'il s'agissait du cadavre d'un bébé.

Elle découvrit alors que ces fruits, en lieu et place de la pulpe, contenaient de nombreuses graines rouges et bien rondes telles des perles de rubis étincelantes.

— La pomme de Grenade, annonça Casio avec un accent mélodieux, dont elle apprit plus tard qu'il venait des Antilles. Goûtez-les, petite comtesse !

Les joues de la jeune fille s'empourprèrent. Jamais personne ne l'avait appelée ainsi. Elle rougit de plus belle lorsque Casio, ouvrant un des fruits, la convia au festin. La chair des graines était juteuse et sucrée, acidulée et parfumée. Pour que Casio cesse de contempler Matea, Demetria dut se racler la gorge aussi fort que si elle eût voulu cracher.

— Trois ananas, s'il te plaît, Casio. Les plus gros que tu as.

— À votre service. Les petites mères préparent un dessert ?

— Oui. On ne les arrête plus.

— Oh, cette chose se mange ? s'étonna Matea dès que Casio apporta les élégants fruits.

Elle n'avait vu qu'une seule fois des ananas, empilés sur une table lors d'un banquet de la comtesse.

— Je croyais que c'était pour décorer.

Casio et Demetria s'esclaffèrent, mais le jeune homme, conscient de la gêne de Matea, s'efforça de la mettre à l'aise.

— Voulez-vous que j'en ouvre un, *señora* Demetria ? Comme ça, la petite comtesse y goûtera aussi.

Sans attendre sa réponse, il alla chercher un couteau et coupa un morceau pour Matea qui, en s'en emparant, ne put éviter d'effleurer ses doigts. À leur contact, elle eut une sensation de chaleur sur la peau.

— Vous aimez ? la questionna Casio, bien que Matea notât à peine la saveur du fruit.

Ils se regardèrent presque sans ciller, au point que Demetria dut prendre le bras de l'homme et lui fourrer l'argent dans la main. Après quoi elle donna un coup de coude à Matea pour qu'elles se remettent en route.

— Revenez vite, mesdames ! lança le marchand.

Matea captura une dernière image de ses yeux verts avant de se retourner.

— Casio, murmura-t-elle. Je n'avais jamais entendu ce nom.

— C'est un diminutif. Les *madres* l'ont baptisé Casiodoro.

Elles avancèrent un bon moment en silence avant que Matea tente un ultime coup d'œil en arrière. En vain, puisqu'elles avaient déjà quitté la place. Demetria l'observait, une étincelle friponne dans les yeux.

— *Saltatras*[1], dit-elle.

— Hein ?

— C'est ainsi qu'on nomme les enfants d'une Indienne et d'un mulâtre.

— *Salta*... ? Mon Dieu !

Et toutes deux rentrèrent au couvent en riant aux éclats.

Matea passa le reste de la journée à aider en cuisine et ne regagna la cellule qu'à la nuit tombée.

1. Littéralement, « saut en arrière ».

Elle supposa que sa maîtresse ne serait pas d'humeur à l'écouter parler palais et carrosses, et encore moins à l'entendre vanter les yeux verts d'un jeune homme de belle taille.

De fait, elle la trouva affalée sur le secrétaire, les mains écorchées, l'habit noirci, le voile de travers, les cheveux ébouriffés telles des oriflammes.

Et elle ronflait.

ORBITAE ELLIPTICAE

— Je vous salue Marie pleine de grâce…

— Le Seigneur est avec vous !

Alina se tenait debout derrière la porte cinq minutes avant l'appel de sœur Encarnación. À travers le judas, elle aperçut les dents jaunies et irrégulières de la religieuse – un sourire, supposa-t-elle.

— Il n'y a pas de meilleure leçon que la pénitence, n'est-ce pas ?

Alina poussa un soupir de soulagement suivi d'un bâillement, car malgré la fatigue elle avait très mal dormi. Aussitôt que sa tête avait touché l'oreiller (Matea l'avait portée jusqu'au lit), elle s'était rappelé le billet de sa grand-mère et les cauchemars qu'elle lui prédisait. Par chance, et peut-être parce qu'elle était si exténuée, elle n'avait pas encore rêvé.

— Qu'est-ce que ce sera quand tu auras terminé tes deux jours de travail ! ajouta sœur Encarnación en ouvrant la porte.

— Comment… Je pensais que…

— Qu'une seule journée suffirait ? Qu'elle est naïve…

Elle la tira de sa cellule sans ménagement. Alina vit s'éloigner avec nostalgie le petit pain et le lait que Matea lui avait préparés.

Une fois dans le grand cloître, sœur Encarnación lui colla un balai dans les mains.

— Je veux que ce parterre soit aussi brillant que les joues d'un chérubin. Si, à midi, je trouve ne serait-ce qu'un grain de poussière…

Là-dessus, elle tourna les talons d'un air de triomphe.

Côté réfectoire, les bonnes allaient et venaient avec le petit déjeuner de leur maîtresse, répandant de l'eau et des miettes de toute part, à la grande frustration d'Alina qui mourait de faim.

Sœur Andrea, toujours entravée par ses chaînes, sortit des cuisines pour aller remplir un seau au puits.

Alina se rapprocha du bassin. Andrea fut la première à prendre la parole.

— Pénitence, aussi tôt ? Qu'est-ce que tu as fait ?

— Je ne me suis pas levée à temps.

Sœur Andrea sourit.

— Oh, ce n'est rien. Ne t'en fais pas. Combien de jours t'ont-elles donnés ?

— Trois, et toi ?

— Trente-deux.

La jeune fille s'éloigna avant qu'Alina ait pu en savoir plus.

De retour près des cellules, la novice balaya à s'en faire mal aux bras. Tout comme leurs habits de nonne, ce sol de pierre dissimulait très bien la saleté ; rien que dans cette galerie, Alina collecta un seau entier de poussière et de déchets.

Dès que le lieu fut propre, des fillettes sortant du catéchisme se mirent à manger des gâteaux sablés et des noix, dispersant miettes et coquilles un peu partout.

— Eh, allez faire ça ailleurs ! râla Alina.

Avant de déguerpir, les sournoises jetèrent le papier de leurs biscuits au sol. « Petites pestes », marmonna la novice, qui dut revenir balayer.

À ce moment-là, sœur Felipa traversa le cloître à grandes enjambées. Elle laissa derrière elle des traces de boue comme si elle revenait du potager. Mais on ne pouvait rien lui dire à elle, alors Alina se contenta de se remettre au travail en rouspétant. Puis sœur Caridad émergea à son tour des cuisines, picorant dans un énorme plateau de pâtisseries et faisant tomber des miettes sur son passage.

— Hé ! lui cria Alina.

Sœur Caridad se retourna avec un sourire, projetant toujours plus de râpures de noix de coco.

— Pardon ! Je t'en proposerais bien, mais je sais que tu jeûnes…

Alina grogna de frustration.

D'autres fillettes arrivèrent ensuite (plus éduquées, celles-là). Pendant qu'elles attendaient leur leçon, elles se mirent à jouer avec des toupies. Alina ne put résister à la tentation ; elle leur emprunta un jouet et le lança avec adresse.

Tandis qu'elles contemplaient la rotation effrénée de la toupie, on entendit un discret « psst, psst ». C'était Matea, près du puits, qui faisait signe à Alina d'approcher. La novice, balai à la main, s'avança l'air de rien et, sans qu'elles eussent besoin d'échanger la moindre parole, récupéra la petite tortilla remplie de haricots que lui tendait Matea. Alina l'engloutit sous le regard complice de sa domestique… qui se mua bientôt en une expression perplexe.

— Aïe, *niña*, vous avez vu ce qu'est en train de faire sœur Juana ?

Alina crut défaillir. L'écrivaine, agenouillée auprès des fillettes, tamisait de la farine sur les dalles qu'elle venait de balayer.

— Ça non, alors ! s'offusqua la pénitente, traversant prestement le cloître.

Les religieuses qui passaient par là s'arrêtèrent.

Alina se planta face à sœur Juana.

— Mais que faites-vous ?

Le tamis toujours à la main, Juana se redressa, tout sourire.

— Ah, sœur Elena, viens voir cette expérience. Je t'assure que…

— Je vous signale que je viens de balayer cette galerie !

— Oh, pardon. Regarde donc. Si les sciences t'intéressent…

— Ce qui m'intéresse surtout, c'est que sœur Encarnación ne prolonge pas ma punition.

— Mais enfin, regarde…

— Nettoyez ! lança Alina en lui tendant le balai.

Les hiéronymites présentes alentour se signèrent. Certaines portèrent la main à la bouche. Domestiques et religieuses apparurent aux fenêtres du cloître.

Sœur Juana répliqua d'un ton léger :

— Bien avant ta naissance, déjà, je ne récurais plus ces parterres.

— Et moi, je n'avais jamais eu à balayer les mêmes dalles trois fois de suite avant de vous rencontrer. Nous sommes à égalité.

Juana leva une main conciliatrice, répandant au passage davantage de farine. Alina sentit ses paupières tressauter.

— Désolée.

La poétesse enveloppa le tamis dans le bas de son scapulaire puis montra la farine sur le sol.

— J'étais en train d'essayer de comprendre si les trajectoires des toupies dessinent une spirale ou bien un cercle, comme celles des planètes.

Alina ferma les yeux et prit une grande inspiration.

— Sœur Juana, je ne sais ce qui me fâche le plus : vos saletés, ou l'ineptie que vous venez d'énoncer.

Si la scène s'était déroulée au palais, plus d'une spectatrice aurait fait semblant de se pâmer. Ici, un cri fut poussé et une cruche tomba au sol, se brisant en mille morceaux. Le silence se fit pesant. Religieuses, servantes et esclaves devinrent pâles comme des cadavres.

Sœur Juana secoua la tête.

— Pardon, qu'as-tu dit ?

— Que vous vous trompez. Les orbites des planètes ne sont pas circulaires.

Sœur Juana lâcha un petit rire maternel.

— Je sais qu'il y a encore des gens, en ces temps éclairés, qui pensent que le monde est plat, cependant...

— Les planètes, y compris la nôtre, décrivent une orbite elliptique.

Sœur Juana tendit le tamis à l'une des fillettes et épousseta son scapulaire.

— Je vois. Pourtant, à ce sujet, les écrits de Nicolas Copernic sont éloquents.

— Sauf le respect que je vous dois, ma sœur, les textes de Copernic datent de plus de deux siècles et sont tenus pour obsolètes. Le travail de Johannes Kepler est le plus actuel.

La poitrine de sœur Juana enfla. Certaines religieuses se remirent à chuchoter ; celles qui observaient l'altercation depuis le second niveau se penchèrent à la balustrade, et les domestiques qui regardaient depuis la cuisine commencèrent à se passer des biscuits comme si elles assistaient à un combat de coqs.

Sœur Juana fit un pas vers Alina.

— Les travaux de Kepler, prononça-t-elle d'une voix rauque, figurent dans l'Index des livres interdits par l'Église.

Quelqu'un fit tomber un bassin à ablutions dans un

vacarme de tous les diables. Sœur Felipa, qui s'était arrêtée, se signa.

— Vous n'avez qu'en partie raison, répliqua Alina. *Astronomia nova* est cité, mais c'est un des nombreux titres qui n'ont été censurés que partiellement. Kepler admet l'influence du Seigneur et fait du Soleil la source divine de toute énergie et de tout mouvement.

Elle lui tendit à nouveau le balai.

— Allez-vous nettoyer ? Ou voulez-vous que je vous écrive les équations ?

Les yeux de Juana s'illuminèrent.

— Je préférerais que tu m'écrives ces équations. Kepler fonde-t-il ses calculs sur les mouvements rétrogrades de Mars ?

— Exactement, ma sœur. Mars est l'option logique...

— Un cycle court et plus facile à observer que celui de Jupiter ou de Saturne.

— Précisément. Avec Mars comme référence, l'étude ne lui a pris que dix ans. Et Kepler a démontré qu'une ellipse explique mieux la rétrogradation depuis notre point de vue, qui est aussi en mouvement.

Sœur Juana porta une main à son menton tandis que, de l'autre, elle décrivait des courbes dans les airs.

— Quelle solution intelligente, murmura-t-elle avec le même plaisir qu'aurait montré sœur Caridad à goûter une crème brûlée, ou la comtesse de Gijón à acquérir un esclave à moitié prix. Si simple, mais si intelligente...

— Que diable se passe-t-il, ici ? demanda alors sœur Encarnación, en s'approchant tel un taureau blessé.

— N'invoquez pas Satan, ma sœur, la pria la poétesse.

— Êtes-vous en train de faire perdre du temps à cette fainé... ?

Elle avisa la farine répandue sur le sol.

— Et ceci ?

Les fillettes ramassèrent leurs toupies et détalèrent.

— Sœur Elena et moi étions en train d'échanger à propos de la mécanique céleste. J'avais besoin de farine pour une petite expérience.

— Encore des blasphèmes.

— Au contraire, répliqua sœur Juana. De la même façon qu'une toupie continue à bouger longtemps après avoir été lâchée, les planètes tournent et tournent depuis qu'elles ont été touchées par le Seigneur. Si vous souhaitez prendre part au débat, sœur Elena a des idées très intéressantes à propos de…

— Sœur Elena fait pénitence ! gronda sœur Encarnación en grinçant des dents.

Juana l'ignora sans vergogne.

— Dis-moi, Elena, as-tu emporté avec toi ce livre de Kepler dont tu parles ?

— Non, je l'ai laissé chez ma grand-mère. Mais je peux écrire à mon frère pour qu'il nous le fasse parvenir.

— Fantastique ! Pourquoi ne pas…

— Pé-ni-tence !

Le cri de sœur Encarnación fit l'effet d'une onde de choc. Aussitôt, les religieuses retournèrent à leurs besognes – non sans observer la scène du coin de l'œil.

Juana sourit.

— Combien de jours lui avez-vous donnés ?

— Trois, et elle n'en a effectué qu'un seul. Mais au rythme où nous allons, ce sera peut-être six…

— Eh bien, envoyons-la dépoussiérer la bibliothèque et tout le monde sera content.

Là-dessus, Juana s'empara du balai d'Alina et le planta dans les mains de sœur Encarnación.

Les yeux de la vieille religieuse n'étaient plus que rage.

— Me prenez-vous pour une imbécile, ma sœur ?

— *Des efforts, au quotidien, vous devriez faire… pour nous démontrer le contraire…*

L'autre manqua de tomber à la renverse.

— Impie ! Vous vous repentirez de ces mots.

— Je m'en repens déjà, ma sœur. Ces deux vers étaient atroces.

Et, s'adressant de nouveau à Alina :

— Ces calculs que tu évoques, ont-ils été vérifiés avec d'autres planètes ? Seulement partiellement, j'imagine… Le cycle de Jupiter dure-t-il dix, onze ans ?

— Douze.

— Doux Jésus, pour corroborer ces expériences, il faudrait vivre plus longtemps que sœur Quintina !

Et professe et novice s'éloignèrent du cloître, laissant Encarnación ruminer sa colère, si violemment qu'elle faillit broyer le manche à balai de ses mains.

Matea, rusée, s'éclipsa avant qu'on l'envoie nettoyer les dégâts de sœur Juana.

MANCHAMANTELES

La bibliothèque se trouvait à l'étage du grand cloître, mais ce n'est pas là que sœur Juana conduisit Alina.

Elle l'invita dans sa cellule, qui était juste à côté. Sur deux niveaux, celle-ci était l'une des plus grandes du couvent.

— Ce petit balcon m'appartient, signala-t-elle avant d'entrer. Je l'ai fait construire dès que j'ai acquis l'étage. J'y ai dépensé tout l'argent qu'on m'a donné pour célébrer l'Arc de triomphe du comte de Paredes[1].

Une fois à l'intérieur, Alina n'en crut pas ses yeux. Le rez-de-chaussée regorgeait d'instruments : astrolabe, télescope, baromètres à eau, balance, équerres, compas, luth, lyre...

Sur un large secrétaire s'entassaient porte-plumes et encriers. Le papier vierge semblait si doux qu'Alina eut envie de s'asseoir pour écrire.

Mais le plus fascinant résidait sur la gauche : un pan entier de mur était couvert de livres.

---

1. En 1680, pour célébrer l'arrivée du nouveau vice-roi à Mexico, on érigea un Arc de triomphe dont sœur Juana fut chargée de concevoir les emblèmes, qu'elle décrivit ensuite avec érudition dans un long texte, le *Neptuno alegórico*.

— J'en laisse très peu ici ; depuis la dernière inondation, ceux qui me sont essentiels sont à l'étage. Viens.

Au fond, une porte s'ouvrait sur une cuisine aussi vaste que la cellule d'Alina, garnie d'azulejos blanc et bleu richement décorés. Sœur Isabel se trouvait aux fourneaux avec une esclave noire.

— Nous étions en train de préparer le chocolat, annonça la nièce de Juana, tout sourire. Je suppose que sœur Elena va se joindre à nous ?

À l'expression de la concernée, enchantée par l'arôme du cacao et des épices, elle devina que la réponse était oui.

L'appartement disposait de son propre escalier. En haut se trouvait une petite chambre pour la servante, ainsi que la pièce privée de sœur Juana.

Tous les murs, à l'exception de celui du balcon, étaient tapissés de livres – sans compter ceux empilés à même le sol. Le mobilier était sommaire : un lit simple, un second secrétaire plus modeste que celui du rez-de-chaussée, deux chaises et une malle. Les étagères de la bibliothèque étaient faites de modestes planches posées sur des équerres.

Alina frémit d'émotion en découvrant les titres.

— Sénèque, Cervantès, Hippocrate, Kircher, Cicéron… Góngora !

— C'est un très bon ami, et drôle comme tout. La prochaine fois qu'il viendra me rendre visite, je vous présenterai. Il s'intéresse plus à l'astronomie que moi. Ma spécialité, ce sont les Lettres.

— Je l'aurais parié, murmura Alina qui continuait à contempler les rayonnages.

L'ensemble des ouvrages était relié simplement, loin des couvertures en cuir ou des festons d'or si à la mode chez les grands lettrés. Juana accumulait le savoir, elle ne l'affichait pas.

— Combien de volumes possédez-vous, ma sœur ?

— À ton avis ?

Alina détailla la pièce. Elle mesura quelques tomes avec l'empan de sa main, parcourut la cellule pour en calculer la grandeur puis médita un instant.

— Selon la dimension de votre chambre et le nombre de livres qui occupent trois murs ici et un au rez-de-chaussée... partant du principe qu'ils sont presque tous de la taille classique des imprimeries... en retirant la surface de la porte, et en prenant en compte l'espace meublé par les rayonnages eux-mêmes... je dirais entre 4 000 et 5 000.

— 4 220 au dernier inventaire, déclara sœur Isabel qui montait de la cuisine avec trois tasses de chocolat chaud. Mais nous recevons sans cesse de nouveaux ouvrages.

Alina savoura la boisson, plus forte et plus amère que celle qu'on servait au réfectoire.

— Il y a une chose que je ne comprends pas. Les imprimeries ont peut-être fait baisser les prix, mais les livres restent très onéreux... Comment avez-vous pu vous en procurer autant ?

— J'ai des finances florissantes, dit sœur Juana d'un ton de conspiratrice. J'y consacre la majeure partie de mes revenus. Et pour mon plus grand bonheur, on m'a offert de nombreux manuscrits au fil du temps. Góngora lui-même m'a apporté ses derniers travaux, dédicacés de sa main.

— Beaucoup d'autres nous sont prêtés et nous les copions nous-mêmes, ajouta sœur Isabel en levant sa tasse.

La jeune femme avait les doigts couverts d'encre.

— Pourriez-vous m'en confier quelques-uns ? questionna Alina.

— Bien sûr. Tu peux venir les consulter ici dès lors

que je ne suis pas occupée à la trésorerie du couvent – entre nous, les chiffres me mettent parfois de très mauvaise humeur. Ou bien, tu peux les emporter dans ta cellule. Je te demande simplement de les remettre à l'endroit précis où tu les as pris.

— Et quand ma tante dit « précis », elle ne plaisante pas, commenta sœur Isabel. Une chose l'agace plus que les chiffres : c'est de ne pas trouver ses livres là où elle les a laissés.

— *Mea maxima culpa*, fit sœur Juana. Mais tu admettras qu'il est facile d'égarer un ouvrage, ici.

Les yeux d'Alina dansaient déjà sur les rayonnages, chaque titre se faisant plus tentant que le précédent.

— Puis-je vous emprunter dès maintenant les travaux de Góngora ? Oh, et Cervantès… Mon père me lisait quelques pages de *Don Quichotte* tous les soirs. Ah, et je vois que vous avez…

— Du calme, ma sœur, dit Juana. Le temps est une chose dont nous ne manquons pas, ici.

Entre les mains de la novice, ce fut comme si le chocolat refroidissait d'un coup.

— Vous avez raison, murmura-t-elle. Tout le reste de ma vie…

— Aurais-tu préféré te marier ? l'interrogea Juana. Te promener à la cour en grande toilette ? Être mère ?

Alina contempla les yeux clairs de la poétesse. Derrière l'étincelle d'intelligence – et d'inquiétude – qui y flamboyait pointait une surprenante tristesse. La novice lui retourna sa question.

— Et vous, ma sœur ?

Surprise, la femme plongea son regard dans le cacao avant de faire délicatement courir un doigt sur le bord de la tasse.

— Devenir mère, peut-être. Parfois, je vois les fillettes qui viennent au catéchisme et je crois que, pour un enfant, cela aurait valu la peine de supporter quelques sacrifices…

Elle esquissa un sourire.

— Quant aux dentelles et aux oripeaux… j'en ai eu, et beaucoup. Je ne vais pas te mentir, ils m'ont manqué, au début. Cependant, très vite, je me suis aperçue qu'ils étaient comparables à la couverture d'un livre. On m'a offert des ouvrages reliés en cuir d'autruche agrémentés d'argent. Mais à quoi leur sert d'être ornés, si leurs pages ne contiennent qu'inepties et sottises ?

La poétesse leva un doigt.

— Un vers arrive.

Ses pupilles s'agitèrent de tous côtés.

— *Oripeaux et dentelles, je demande, pourquoi ? Pourquoi des lignées de défuntes régentes ? Pourquoi des carrosses…*

Elle marqua une pause, comme si elle avait subitement un nœud dans la gorge.

— *… si je suis absente ?*

Alina ne sut que dire, jusqu'à ce qu'Isabel brise le silence.

— Voulez-vous que je le note, ma tante ?

Juana s'éclaircit la voix.

— Oui, Isabel. Cela pourrait donner un poème intéressant.

La nièce alla au secrétaire et prit note à toute vitesse tandis que Juana se tournait de nouveau vers Alina.

— Tu n'as pas répondu à ma question. Aurais-tu préféré les chaînes du mariage à celles du couvent ?

— J'aurais préféré ne pas avoir de chaînes. Être libre.

La religieuse lâcha un éclat de rire.

— Comme nous toutes !

Elle posa sa tasse et entrelaça les doigts.

— Imaginons que ce soit possible. Que nous naissions aussi libres que les hommes. De fait, pas comme n'importe quel homme ; disons un Espagnol fortuné, qui puisse aller et venir à sa guise sans propriétaire ni patron. Que ferais-tu de cette liberté ? Où irais-tu ?

Elle n'était pas intrusive ni sarcastique ; la question de Juana reflétait plutôt un intérêt sincère.

Si j'étais libre, la première chose que je ferais, c'est retrouver mon frère, songea Alina. Puis elle se rappela combien elle se sentait prisonnière, à l'hacienda. Là-bas, elle n'avait qu'un désir : s'échapper. Mais pour aller où ? Elle n'y avait jamais réfléchi.

— Je... je ne sais pas, avoua-t-elle dans un murmure. Il y a tant de choses que j'aimerais voir et faire...

Se sentant sotte, elle se tut.

— Excellente réponse, commenta sœur Juana. Jamais esprit éclairé n'est parvenu à dépasser cette confusion. *Il appartient aux âmes intranquilles de s'émerveiller... et de la création vouloir s'emparer...*

Elle sourit.

— N'oublie pas que le noviciat dure un an ; cela te laisse le temps d'y penser. La réponse te surprendra peut-être. Parfois, pour être heureuses, il n'est pas nécessaire de posséder beaucoup plus que ce que nous avons déjà.

Elle reprit sa tasse encore fumante.

— Isa, ton chocolat est délicieux, aujourd'hui. Provient-il des tablettes qu'on nous a envoyées de Puebla ?

— Oui, et Demetria m'a suggéré d'y ajouter une pincée de noix de muscade.

— Cette femme fait des merveilles en cuisine. Quel dommage qu'en tant qu'Indienne elle ne puisse accéder au rang de responsable...

À cet instant, la porte s'ouvrit violemment et la mère Augusta entra.

Juana se leva et, du menton, enjoignit à Alina de l'imiter.

— *Madre*, salua la poétesse avec une petite révérence.

L'abbesse alla droit au but, non sans planter son regard sévère sur les joues écarlates d'Alina.

— Sœur Encarnación vient de m'informer d'un incident dans le grand cloître.

— Hum, oui. Révérende mère, permettez que je…

— Je ne laisserai personne compromettre l'autorité des sœurs supérieures. M'entendez-vous, Juana Inés ? Si sœur Elena s'en tire à bon compte, bientôt, toutes les novices et les domestiques nous manqueront de respect.

Juana baissa la tête.

— Oui, révérende mère. Je me suis laissé emporter par le débat si passionnant que…

— Oui, oui. On me l'a rapporté également. Et bien que je me réjouisse que vous ayez trouvé une autre amatrice de littérature, je crains que sœur Elena doive accomplir le reste de sa pénitence.

Alina allait protester, et peut-être pas de la meilleure des façons, mais, par chance, Juana la devança.

— Et si la sœur Elena nous assistait ici ou à la bibliothèque ? Elle est douée avec les chiffres. Elle pourrait m'aider à tenir les comptes et les inventaires de la réserve ?

— Ce serait comme faire la leçon à sœur Caridad en lui offrant un panier de massepain.

— Ou laisser sœur Encarnación se fouetter le dos, murmura Isabel.

Sa tante lui donna un coup de coude.

— Cela dit, continua la mère Augusta, je dois avouer que la punition infligée par la maîtresse des novices me paraît tout de même excessive.

— N'est-ce pas ? lâcha Alina. Cette vieille folle m'a…

— Mieux vaut t'arrêter là, jeune fille, l'interrompit Augusta. Tant que je suis encore d'humeur complaisante, je vais réduire ta pénitence à un jour en cuisine. Viens avec moi.

— À nouveau les cuisines ? gémit Alina.

Elle avait encore mal au dos d'avoir frotté la marmite en cuivre.

— Si tu préfères, je te rends à sœur Encarnación et lui laisse la liberté de t'imposer le châtiment qui lui plaira.

— Et nous savons toutes combien Encarnación peut se montrer inspirée…, marmonna la poétesse.

Alina n'eut d'autre choix que de suivre la mère supérieure, qu'elle entendit au passage chuchoter à l'oreille de Juana :

— Je vous félicite pour votre publication, ma sœur.

Matea retira les piments de l'eau bouillante, les doigts en feu après avoir ôté les tiges et les graines. Malgré les avertissements de Demetria, elle avait commis la maladresse de se frotter un œil. Mais puisqu'on lui avait promis une portion de *manchamanteles*, elle retroussa ses manches et commença à broyer les piments.

Sœur Caridad était assise près du fourneau, sur un petit banc qui menaçait de se rompre à chacun de ses mouvements. À l'occasion, pour « surveiller la cuisson », la femme remuait le bouillon dans lequel trempait le poulet. En vérité, elle passait le plus clair de son temps la main plongée dans le sac d'amandes qu'elle avait sur les genoux.

Subitement, elle se mit debout, comme catapultée par une machine militaire.

— J'espère que tu as bien nettoyé ces piments ! lança-t-elle à Matea, brandissant un de ses doigts dodus. Je ne veux pas que les sœurs s'étouffent !

Le changement fut si brutal que Matea resta sans voix. Comme Demetria esquissait une révérence, elle comprit : la mère supérieure venait d'entrer. Alina, derrière elle, paraissait affligée – ce qui ne s'arrangea guère lorsqu'elle repéra sœur Andrea, occupée à frotter le sol en tirant sur ses chaînes d'une façon si naturelle qu'elles semblaient faire partie d'elle.

— Sœur Caridad, donnez quelque chose à faire à sœur Elena. Elle accomplira sa pénitence ici pour le reste de la journée. Quelque chose d'instructif !

— Bien entendu, révérende mère, répondit sœur Caridad d'un ton enjôleur, accompagné d'une révérence tellement profonde que, si elle n'avait pas été ventripotente, elle aurait touché ses genoux avec son front. Vous savez que c'est mon devoir de vous assister dans tout ce que le Seigneur me…

Mais l'abbesse avait disparu.

Alina regarda sœur Caridad avec un sourire hésitant.

— La mère Augusta m'a dit que vous pourriez m'apprendre à préparer de bons desserts…

Caridad secoua la tête.

— Oh, j'aimerais tant ! Mais ma sœur va arriver d'un moment à l'autre et je dois porter ces gâteaux au parloir.

Des *mamoncillos* et des pains panés au sirop d'ananas et garnis d'amandes et de pignons attendaient sur la table. Méfiante, sœur Caridad s'en empara et sortit à toute vitesse.

Dès que la rondouillarde eut quitté la cuisine, Demetria reprit les commandes.

— La *niña* n'a qu'à continuer à réduire en purée les piments et les patates douces. Matea, laisse-lui la place.

— Mais je peux aider ma maîtresse… !

— Obéis. Travailler lui fait du bien. Ensuite, elle ira retourner les tortillas.

Alina poussa un soupir et se mit à l'ouvrage. Elle fronça les sourcils en avisant les piments fumés.

— C'est pour les religieuses, ça ? Ma grand-mère prétend que c'est une nourriture de barbares.

— Ici aussi, on pense ça, répliqua Demetria. J'en mets dans les sauces sans leur dire. Après, même les *gachupinas* de bonne famille viennent nous féliciter parce que le plat est délicieux.

Demetria alla chercher un bol, prit un peu du bouillon dans lequel cuisait le poulet et y ajouta quelques feuilles de coriandre avant de le tendre à Matea.

— Tiens, bois ça. Je ne veux pas te voir si maigre.

La jeune Indienne rougit.

— Pourquoi vous êtes si aimable avec moi, *señora* ?

Demetria s'éloigna pour vider quelques volailles récemment égorgées.

— Tu me rappelles quelqu'un, répondit-elle au bout d'un moment.

Et elle essuya ses larmes avec son tablier sans se préoccuper qu'il fût taché de sang de poulet.

Lorsque la seconde cloche de l'Angélus annonça l'heure du déjeuner, sœur Juana se rendit aux cuisines. Elle trouva Alina en train de servir les portions de riz blanc accompagnant le poulet en sauce. Demetria et Matea étaient occupées à mettre la dernière touche aux petits hors-d'œuvre.

Alina s'essuya le front.

— Je crois que j'aurais préféré balayer.

Juana plongea un doigt dans la marmite de sauce.

— La cuisine demande un vrai savoir-faire. Déprécié et éphémère, c'est certain, mais cela n'en fait qu'un art plus louable. Un vers dure des siècles ; mais un massepain...

Son esprit parut s'allumer lorsqu'elle goûta la sauce.

— Attends, attends... voilà un vers...

— Tant que ce n'est pas votre petite phrase de cet Aristote, marmonna Demetria. Vous nous l'avez dite mille fois.

— *La joie est d'autant plus précieuse qu'elle est brève... Un vers bien pensé dure des siècles... Mais un massepain, pas même un rêve...*

— Je croyais que vous étiez venue nous donner un coup de main, *madre*, grommela encore Demetria.

Juana lui adressa un sourire conciliant. Surtout, ne jamais se mettre à dos une bonne cuisinière.

— J'ai besoin de vous, Demetria. Demain matin, pourriez-vous m'aider à préparer des *suspiros de yema* ? L'évêque Manuel Fernández de Santa Cruz et don Antonio de Salazar viennent me rendre visite. Ils raffolent de ces douceurs...

Demetria fit la grimace.

— Je ne sais pas. Demain, je vais être très occupée.

Sœur Juana soupira.

— Bien. Oh, vous savez combien je suis maladroite avec les chiffres... Je me trompe toujours dans les quantités et il finit par y en avoir trop. Voudrez-vous que je vous garde quelques *suspiros* ?

Pendant un court instant, plus bref qu'un clin d'œil, les commissures des lèvres de Demetria se relevèrent. La seconde d'après, elle se racla la gorge.

— Bon ! Venez tôt et je verrai ce que je peux faire.

Après quoi elle commença à passer des assiettes à Alina pour qu'elle les emporte au réfectoire.

La novice ne put s'asseoir que lorsque l'ensemble des religieuses fut servi, sœur Andrea et son quignon de pain compris.

Exténuée, Alina se laissa tomber sur le banc et écouta à grand-peine les prières et les annonces de la mère Augusta – et n'entendit rien de la lecture de sœur Felipa.

Soudain, alors qu'elle sauçait son assiette avec un bout de pain, elle remarqua que la salle à manger était plongée dans un silence pesant.

Tout le monde dévisageait sœur Felipa qui, immobile, se tenait penchée sur l'énorme bible tel un corbeau sur une branche. Ses yeux déjà proéminents étaient si exorbités qu'on eût dit qu'à tout instant ils allaient rouler sur les Écritures.

La main efflanquée de la religieuse tressaillait.

— Tout va bien, ma sœur ? demanda l'abbesse tandis que certaines novices commençaient à faire des messes basses.

Felipa déglutit douloureusement. Elle secoua la tête, chercha où elle en était d'un doigt hésitant et cette fois, oui, Alina prêta attention.

— *Si ton œil est pour toi une occasion de chute, arrache-le. Mieux vaut pour toi entrer borgne dans le royaume de Dieu que de t'en aller dans la géhenne avec tes deux yeux, là où le ver ne meurt pas et où le feu ne s'éteint pas. Chacun...*

Felipa marqua une pause, la bouche aussi sèche qu'un parchemin.

— *Chacun sera salé au feu...*

C'était comme si un manteau de glace s'était abattu sur les religieuses. Les couverts s'immobilisèrent, on cessa de mastiquer.

Toutes les hiéronymites, d'une façon ou d'une autre, étaient bouleversées.

La mère Augusta était terriblement angoissée. Sœur

Caridad n'avait pas touché à sa nourriture. Encarnación semblait pétrifiée, une main suspendue devant son visage comme si, pour une raison quelconque, elle eût été incapable de faire le signe de la croix. Juana ouvrait simplement de grands yeux, sans ciller, évaluant les mouvements de ses consœurs.

Sans se départir de son perpétuel sourire dément, sœur Quintina, la plus âgée de toutes, le menton dégoulinant de sauce, paraissait la seule à agir normalement – ce qui la rendait d'autant plus effrayante. Presque aussi démesuré était le rictus d'Andrea, contemplant Felipa depuis le sol avec un malin plaisir.

Il y eut du bruit au fond du réfectoire. Sœur Leocadia venait de se lever, renversant son assiette sur la nappe et la tachant généreusement, faisant ainsi honneur au nom de la sauce orangée du *manchamanteles*. La religieuse, d'ordinaire hâlée, était blanche comme un linge. Elle quitta le réfectoire en sanglotant.

La mère Augusta se redressa et vint se poster derrière sœur Felipa.

L'écho d'une bible refermée d'un coup sec fut peut-être le dernier son qu'on entendit ce jour-là à San Jerónimo. Après cela, un silence de mort s'abattit sur le couvent.

GRÉES

Alina traverse la nef à la seule lueur des deux cierges qui brûlent éternellement sur le maître-autel. Leur flamme minuscule crée de menus reflets sur la feuille d'or du retable. Le reste du bâtiment se devine dans un camaïeu de gris.

Elle se sent gênée, comme si les statues de saints et celles de la Vierge l'observaient.

Brusquement, elle entend un bruit presque imperceptible ; elle s'arrête pour mieux écouter.

Un tambourinage extrêmement doux – mais peut-être est-ce le bourdonnement de ses propres tympans ?

Quelque chose de petit et blanchâtre roule sur le sol de l'église. Une sphère parfaite, aussi brillante que du marbre poli.

Elle laisse derrière elle une trace sombre... fluide... Alina commence à comprendre. Pourtant, elle n'y croit pas avant de distinguer...

... une pupille.

... des veines.

C'est un œil humain.

Alina hurle, révulsée, et tombe à la renverse tandis que l'œil continue à rouler vers elle, comme attiré par un aimant. Elle est tétanisée par une voix qui vient de surgir, une voix féminine, maléfique, toxique.

— Elle l'a trouvé ! La petite vierge l'a trouvé !

Trois ombres surgissent des prie-Dieu, trois vieillardes qui rampent au sol à la manière de bêtes, pâles comme la mort, en guenilles. À la place de leurs yeux, deux trous béants.

La plus proche avance vers Alina à tâtons jusqu'à mettre la main sur ce qu'elle cherchait. Dès qu'elle fourre l'œil dans une de ses orbites, l'organe s'anime, remuant dans toutes les directions avant de se fixer sur la jeune fille.

Les rides de la vieille femme se creusent en une mimique démentielle. Dans sa mâchoire, il n'y a plus une seule dent.

— Elle est là !

Les autres hurlent à la mort.

— On veut la voir !

— On veut la voir aussi !

À l'aide de ses doigts crochus, la sorcière ôte l'œil et le prête à la deuxième, qui l'insère et sourit d'une mâchoire aussi édentée que celle de sa sœur. Après quoi elle fourre sa main dans la bouche de la troisième sorcière, d'où elle extirpe une unique dent jaunie et pourrie qu'elle plante dans sa propre mandibule.

— De la chair fraîche… Enfin…

Elle n'a plus qu'à tendre la main pour attraper le mollet de la novice.

Comme une main qui vous arrache de l'eau juste avant la noyade, quelque chose tira Alina de son cauchemar.

Le cœur palpitant, elle bondit hors du lit. Sous ses plantes de pieds, le sol gelé lui rappela immédiatement où elle se trouvait, cependant il lui fallut un bon moment pour se convaincre que rien de tout cela n'était réel.

Cela faisait bien longtemps qu'elle n'avait plus rêvé des Grées, et jamais, même la première fois que son père lui avait lu les aventures de Persée, elle ne les avait vues si clairement.

Matea se précipita à son chevet sans même prendre le temps d'allumer une bougie.

— *Niña !* Vous allez bien ?

Alina acquiesça, tout en luttant pour retrouver son souffle.

— Oui. Ce n'était qu'un rêve...

Matea posa une main sur son front.

— Vous êtes brûlante ! Vous voulez que j'appelle les petites mères pour qu'elles vous soignent ?

Alina se souvint des paroles de sœur Encarnación : « seulement en cas d'urgence ! », mais le spasme qui la parcourut de la tête aux pieds la convainquit d'accepter. Après l'avoir aidée à s'asseoir, Matea se dirigea vers l'entrée afin de sonner. Mais à peine avait-elle fait quelques pas qu'une cloche retentit au loin. Puis une autre.

— Que se passe-t-il ? interrogea Alina tandis que sa bonne tirait sur le cordon avec frénésie.

On entendit des cris, suivis d'une cavalcade dans le couloir.

La mère Augusta en personne vint enfin leur ouvrir la porte, avec à la main un bout de chandelle si réduit que la cire lui brûlait les doigts.

— Vous allez bien ? demanda-t-elle.

Son visage était plus blême que jamais et elle suait à grosses gouttes.

— La *niña* a de la fièvre.

— Peux-tu marcher ? interrogea l'abbesse.

Alina hocha la tête.

— Venez, alors. Je vous veux toutes dans le réfectoire. Que Dieu ait pitié de nous.

La plupart des sœurs y étaient déjà réunies, et Matea laissa Alina aux mains d'Isabel avant de courir aussi vite qu'elle pouvait à la cuisine.

La jeune Indienne découvrit Demetria face au feu, tremblante, en train de verser de l'eau dans une marmite remplie de fleurs de tilleul, très certainement destinées à calmer les religieuses. La pauvre semblait en piteux état.

— Ma... ma maîtresse a de la fièvre, haleta Matea.

À cet instant, Demetria perdit le contrôle. La marmite en terre cuite lui glissa des mains et éclata au sol, projetant de l'eau bouillante de tous côtés.

— *Mi madre !* pesta la femme, s'empressant de s'asperger les jambes avec le peu d'eau froide qu'elle trouva.

— J... je vais chercher de l'eau, bredouilla Matea avant d'attraper deux seaux.

Elle s'enveloppa dans son châle et sortit de nouveau dans le froid du petit matin. Dans sa précipitation, elle avait oublié d'emporter une bougie et dut traverser le grand cloître dans l'obscurité la plus complète. À tâtons, elle atteignit bientôt le puits central.

C'est alors qu'elle entendit un bruissement dans son dos. Quelqu'un venait, le souffle agité.

Matea fit volte-face et, l'espace d'un instant, il lui sembla voir une silhouette s'évanouir dans l'ombre.

Il commençait à faire vraiment froid, d'autant plus qu'elle était morte de peur. Elle se hâtait de remplir les seaux quand elle perçut d'autres voix.

La sœur Juana descendait de sa cellule avec son esclave. L'Africaine éclairait le chemin avec une branche d'*ocote*. Apercevant Matea, elle se brûla les doigts et lâcha la brindille avec un gémissement.

— Laisse, dit Juana alors que l'esclave allait se pencher pour ramasser son flambeau de fortune. Nous n'en avons plus besoin.

Avant de continuer sa route, la poétesse, qui avait perçu l'odeur du tilleul, adressa un sourire nerveux à Matea.

— Excellente idée ! Nous aurons toutes besoin d'une bonne infusion.

La jeune fille, se courbant pour soulever ses seaux, avisa la lueur mourante sur le sol.

Il y avait des traces sur les pavés.

Tordant l'*ocote* avec précaution, Matea orienta la lumière sur les arcades et récita un *Ave Maria* à toute vitesse. Les traces se dirigeaient vers la salle du tour, où se trouvaient aussi la porterie, qui servait d'accueil au couvent, et l'entrée principale. Mais il y avait plus grave : ces traces étaient couvertes de sang.

PÉCHERESSES

Le réfectoire ressemblait, sinon à l'enfer, du moins à l'antichambre du purgatoire.

Alina s'enveloppa dans sa couverture et observa les visages inquiets et fatigués des sœurs.

Juana entra précipitamment et discuta à voix basse avec la mère Augusta. Toutes les deux étaient livides.

— Pourquoi ont-elles l'air si effrayées ? demanda Alina à sœur Isabel.

— Ce n'est pas la première fois qu'on nous convoque ainsi, mais… Cherche qui est absente, ajouta-t-elle en faisant un signe de croix.

— Pourquoi ? Qu'est-ce que cela peut signif… ?

Alina, comprenant tout à coup, prit une grande inspiration et parcourut la salle du regard.

— Sœur Encarnación… Je ne la vois pas.

Isabel se mordit les lèvres.

— Non. Sœur Felipa n'est pas là non plus…

La jeune femme attrapa les mains d'Alina, autant pour les réchauffer que pour calmer sa propre inquiétude.

— Et sœur Caridad ? s'alarma la novice.

À cet instant, la religieuse rondelette sortit des cuisines, suivie de deux servantes transportant une grande marmite de tisane bien chaude. Matea venait derrière elles, les bras chargés de pichets. Caridad commença à distribuer les breuvages, mais ses gestes étaient si nerveux que Matea dut la remplacer. Alors que sœur Juana s'inquiétait de l'absence de Demetria, Alina crut deviner ce qu'on lui répondait : la domestique s'était brûlée en cuisine.

Arrivèrent enfin sœur Andrea, retardée par ses chaînes, et sœur Quintina, accompagnée de la robuste Gertrudis. Andrea avait les joues rouges ; quant à la vieille Quintina, elle affichait la même mine atterrée que le jour de la cérémonie, quand elle avait proféré ses horribles prophéties. Cette fois, elle se borna à passer devant la novice les yeux pleins d'une peine immense, comme si elle était à bout de forces.

— Tout va bien, *niña* ? demanda Matea en lui tendant une cruche spéciale de tisane à l'eucalyptus.

Alina acquiesça et Matea continua sa route. L'infusion était brûlante, mais elle la rasséréna quelque peu.

Sur l'estrade, Juana et Augusta comptaient les religieuses. L'abbesse leva les bras et réclama le silence, mais l'agitation de l'auditoire mit du temps à se calmer.

— Mes sœurs, mes filles, dit l'abbesse dès qu'elle put s'exprimer, l'une d'entre vous a-t-elle aperçu sœur Encarnación ?

Plus efficace que n'importe quelle remontrance, la question les fit taire sur-le-champ. Seule sœur Leocadia laissa échapper un sanglot, avant de se cacher immédiatement derrière ses mains.

Mère Augusta, prise de vertige, dut se retenir à la table. Privée des deux religieuses qui la suivaient dans la hiérarchie, l'abbesse paraissait fort vulnérable.

Sœur Juana lui prit le bras et lui murmura quelques mots de réconfort. La supérieure sembla retrouver un peu ses esprits.

— Vous… vous devez savoir que… C'est sœur Felipa.

Elle n'eut pas besoin d'en dire plus. Dans l'assemblée, cris et lamentations éclatèrent. Caridad s'effondra de son banc et les servantes durent venir l'éventer avec des torchons.

— C'est moi qui l'ai trouvée, ajouta la prieure dès que la vague de panique se fut dissipée.

Elle mit sa main sur le cœur, et Alina vit qu'il y avait de petites taches de sang sur sa manche.

Sans crier gare, on vit Matea poser ses pichets sur une table et courir vers la mère Augusta. Avec une révérence, elle tira sur son habit, l'air désespéré. Pour une obscure raison, l'abbesse se pencha et l'écouta. Sœur Juana également.

— Que fait ta domestique ? murmura Isabel à l'oreille d'Alina.

— Aucune idée.

Augusta saisit la main de Matea et marmonna quelque chose que seule Juana entendit. Après quoi elle annonça à voix haute :

— Nous devons y aller, tout de suite ! Nous n'avons pas le choix. Que personne ne sorte du réfectoire. Personne !

Ces derniers mots imposèrent un silence absolu.

Sans lâcher le bras de Matea, l'abbesse prit le chemin du grand cloître, suivie de la poétesse qui, attrapant une lampe à huile, jeta un ultime coup d'œil à sa nièce.

— Elles étaient là, *madre*. Je le jure ! s'exclama Matea.

Sœur Juana, courbée en deux, éclairait le sol de sa lanterne.

— Tu nous aurais menti ? fulmina Augusta.

— Non, *madre* ! Comment vous pouvez croire que… ?

L'abbesse lui pressa le bras.

— Dis-nous la vérité. Qu'as-tu vu ?

— *Madre*, pour l'amour du ciel ! s'exclama Juana. Cette demoiselle est aussi effrayée que nous.

Elle palpa le sol.

— Les dalles sont humides. Quelqu'un vient de les laver.

Alentour, on distinguait à peine les arcades et les portes des cellules.

— Ce quelqu'un est peut-être encore là…, souligna l'abbesse en frissonnant.

Sœur Juana illumina le puits. Un seau était juché sur le bord.

— Il y a de l'eau partout. C'est toi qui as fait ça, jeune fille ?

Matea nia avec véhémence, et sœur Juana baissa à nouveau sa lanterne.

— Là, *madre*, dit la domestique, montrant l'endroit où la pierre, qui commençait à sécher, changeait de couleur. Il n'y a qu'à suivre la trace.

Sœur Juana agita sa lampe avant de se signer.

— Quoi qu'il y ait eu là… ces taches menaient à la porterie.

Ce recoin était plongé dans des ténèbres opaques. Juana fit mine d'avancer, mais l'abbesse l'arrêta.

— Ma sœur, vous n'y pensez pas ?

Juana posa simplement sa main sur la sienne, puis se remit en route avec Matea. Augusta n'eut d'autre choix que de les suivre.

— On cherche sûrement la sortie…, chuchota la poétesse.

La porterie était entrouverte.

Il y eut un froissement de vêtements, puis des bruits de pas. L'abbesse plaqua une main sur sa bouche pour ne pas crier de peur. Juana leur fit comprendre discrètement qu'il y avait quelqu'un.

Tout à coup, un fracas retentit. L'inconnu était en train de forcer l'entrée de la salle du tour, pourtant protégée par un gros cadenas. Le bois craqua en même temps que se fit entendre un cri assourdissant.

Au lieu de fuir, sœur Juana se précipita ; elle découvrit la salle du tour grande ouverte ; quelqu'un haletait dans le noir. Quand le vacarme redoubla, la mère Augusta poussa un hurlement tandis que sœur Juana se précipitait vers les ombres.

Le tour avait été saccagé. On apercevait les pavés de la rue à travers les planches brisées.

Alors, ce qui restait de la caisse rotative en bois céda, laissant place à un trou béant.

Sœur Juana éclaira les débris.

Ici aussi il y avait du sang.

ET MORTUUS EST

Après avoir verrouillé la salle du tour et la porterie, sœur Juana fit envoyer par une esclave une note urgente à l'intention du père Nuñez. L'abbesse alla rassurer le restant des sœurs et, dans la mesure où Matea était déjà largement impliquée dans l'affaire, c'est à elle qu'il revint d'aller couvrir le corps de sœur Felipa.

Ordre lui fut simplement donné de prendre trois draps propres à la lingerie et de les porter dans la nef. Jamais personne ne prononça les mots « sang » ni « mort ». Matea aurait préféré ; en pénétrant dans l'église, elle fut plus horrifiée que jamais.

Il y régnait la même odeur que dans les abattoirs de l'hacienda. Sur le maître-autel, éclairé par les deux cierges, sœur Felipa gisait toujours, cerclée d'une immonde flaque qui avait imbibé ses vêtements.

Puisque ses pieds refusaient d'avancer, Matea observa cette abomination à distance, le paquet de linceuls serré dans ses bras.

On avait découpé le torse de la religieuse comme celui d'une bête, déchirant ses habits, sa peau et sa chair d'un seul tenant. Cette tranchée couverte de sang coagulé lui donnerait des cauchemars jusqu'à la fin de ses jours.

Mais le pire était à venir.

Entre la tête de sœur Felipa et le retable, aussi reluisant

qu'un joyau, se trouvait son cœur. Il avait été déposé, telle une précieuse offrande, dans un bol en bois sculpté, et on voyait nettement les artères sectionnées.

À la lueur des cierges, on eût dit que l'organe palpitait encore.

Matea, l'estomac au bord des lèvres, prit conscience que le portail s'était ouvert. Le père Nuñez se matérialisa derrière elle, flanqué de trois laquais armés de grosses machettes.

— Mon Dieu ! s'exclama-t-il.

Le prêtre et ses sbires contournèrent la jeune fille pour venir se pencher sur le cadavre comme de vrais vautours.

— Regardez, mon père, dit l'un des domestiques. Le cœur.

Le vieil homme bondit, un mouchoir pressé contre son nez et sa bouche, pris de spasmes qu'il peinait à dissimuler.

— Cou… couvrez-la !

Le plus âgé des valets, et le plus solide, attrapa un drap, en déchira un bout et s'en servit pour protéger sa main. Avec la délicatesse d'un greffier, il retira l'organe du bol et l'inséra précautionneusement dans la poitrine, ce qui produisit un bruit répugnant.

Les domestiques entreprirent ensuite d'envelopper la dépouille tandis que le père l'aspergeait d'eau bénite, bras tendu pour se tenir le plus loin possible, chantonnant du bout des lèvres des *Notre Père* étouffés par son mouchoir. Une fois le corps transporté à la sacristie, il arrosa l'autel avec le précieux liquide.

Matea ne pouvait lâcher des yeux la tache de sang à laquelle, par terre, les gouttes d'eau bénite se mélangeaient.

— Qu'est-ce que tu attends ? lança Nuñez après avoir

ânonné quelque chose sur la miséricorde divine. Apporte de quoi nettoyer. Je dois consacrer cette église… une fois de plus !

Seule dans l'obscurité complète, Matea arpenta les couloirs avec l'impression que quelque chose – ou quelqu'un – la suivait. À son retour, le prélat s'était mis à genoux face au retable, front collé au sol, priant en latin.

La jeune fille n'attendit pas ses instructions. Elle jeta d'épaisses serpillières sur la flaque visqueuse et prit une profonde inspiration. Elle n'avait aucune envie d'y toucher, mais puisqu'il le fallait… elle n'avait qu'à imaginer qu'elle était en train de laver l'évier où l'on éviscérait les poulets.

Le père Nuñez, alerté par l'odeur aigre, vint l'interroger.

— Que fais-tu ?

— Le vinaigre enlève les taches de sang. Il faut le mettre le plus tôt possible.

Le prêtre plissa les yeux.

— Comment le sais-tu ?

— Je m'occupais des sols des cuisines de doña Marina, avant. Elle adore le cochon, et les pauvres porcelets se laissent pas faire…

— Tais-toi ! éructa Nuñez.

Il montra le bol, où le sang commençait à coaguler.

— Emporte ça.

Matea le posa par-dessus le tas de chiffons sales.

— C'est comme ça que les *tlamacazqui* sacrifiaient les gens, sur leurs autels, lâcha-t-elle.

Le père Nuñez ouvrit des yeux ronds.

— *Tlama*… tlama-quoi ?

— Les curés des Indiens.

Le père souffla si fort que Matea crut voir la buée se condenser sur son front. L'expression de l'homme changea du tout au tout. Il se signa et s'approcha de la jeune fille à pas lents, projetant sur elle une ombre menaçante.

— Et comment le sais-tu ?

— Je… je suis indienne, *padre*, balbutia-t-elle. Ma grand-mère m'a raconté ce que sa grand-mère à elle lui racontait.

Les petits yeux jaunâtres du prédicateur s'étrécirent comme ceux d'un coyote évaluant sa proie. Matea, assaillie par l'odeur de transpiration que dégageait sa soutane rapiécée, fut forcée de reculer.

— J'ai… j'ai besoin d'autres chiffons. Avec vot' permission, votre grâce.

Le père lui barra la route.

— Fais attention. Être née indienne n'excuse pas tout.

Matea hocha la tête et s'éloigna à toute vitesse, comprenant son erreur. À partir de maintenant, elle réfléchirait à deux fois avant d'ouvrir la bouche.

— Juste ciel, quelle frayeur !

Alina avait écouté le récit de Matea, sans même poser sur son front la compresse imbibée d'eau de romarin que l'Indienne lui avait apportée.

— Ne dites pas aux petites mères que je vous ai raconté tout ça. Jurez-le-moi, *niña*. Si j'vous l'ai dit, c'est pour que vous fassiez attention.

Elle lui toucha le front.

— Votre température est en train de baisser.

— Tu es sûre que c'est ainsi que procédaient les *tlamacazqui* ?

Alina prononçait ce mot sans difficulté ; plus jeune, elle avait passé beaucoup de temps à écouter les histoires des vieux Indiens.

Matea soupira.

— Aïe, *niña*, je sais pas ce qui m'a pris de dire ça. J'avais déjà vu des morts, mais jamais des comme ça ! Ni Indien ni chrétien ! Ensuite, je me suis souvenue de ce que me racontait ma grand-mère. Les *tlamacazqui* utilisaient des poignards en obsidienne pour retirer le cœur des prisonniers. Ils les offraient à Tláloc et à Huitzilopochtli dans le temple de Cholula, dans des bols à l'or.

— *En* or.

— Peu importe.

Alina réfléchit un instant.

— J'ai l'impression que les sœurs s'y attendaient. Qu'est-ce que tu en penses ?

— C'est évident, *niña*. Depuis le déjeuner, elles étaient toutes drôlement nerveuses... surtout celle qui est morte. Ah, et avant de rapporter vos compresses, j'ai entendu dire que cette satanée Encarnación était introuvable.

— Ne parle pas sur ce ton. Tu crois peut-être qu'une religieuse âgée de 70 ans est capable de casser le tour et de s'échapper par là ?

— Qui sait ? Âgée, âgée, on voit quand même qu'elle a une force de cheval, la...

— Matea, surveille ton langage !

— Aïe, c'est pas ma faute ! J'ai tellement la chair de poule que je serais bien heureuse si j'attrape pas une colique.

— Matea !

— Je ferais mieux d'aller me coucher. Vous préférez garder les compresses ?

— Non, emporte-les. Et...

Alina prit la main tannée et calleuse de sa domestique et la serra avec affection.

— Je suis vraiment désolée que tu aies dû assister à ça. À ta place, je me serais évanouie de frayeur.

Matea ébaucha un sourire hésitant.

— *Niña*, je peux vous demander une faveur ?

— Dis-moi.

— Maintenant que vous êtes presque entrée dans les ordres… priez pour la pauvre bonne sœur de ma part, vous voulez bien ? Je l'aurai presque pas connue. Elle aura même pas eu le temps de m'apprendre à écrire… mais person mérite de finir comme ça. *Person*.

Alina allait la corriger, mais elle se ravisa, et se contenta de lui demander de laisser la petite chandelle allumée.

Une fois seule, la novice s'affala sur son lit, inquiète.

Devait-elle se séparer des idoles de tezontle qui dormaient dans son coffre ? Ou valait-il mieux les garder cachées jusqu'à ce que les esprits se calment ?

Elle aurait tout le loisir d'y penser le lendemain. En attendant, elle tenta, en vain, de retrouver le sommeil.

Cette nuit-là, à San Jerónimo, seule sœur Felipa se reposa.

MATINES

Alina n'eut aucun mal à répondre à l'*Ave Maria* ; elle avait passé la fin de la nuit à fixer la chandelle qui se consumait pour ne pas fermer les yeux. La flamme mourut au chant du coq. Le jour se levait.

Puisque les domestiques n'avaient toujours pas retrouvé sœur Encarnación, c'est l'abbesse qui vint ouvrir la porte.

Matea était en train de ramasser les pots de chambre quand elles virent arriver sœur Juana, les yeux rouges et le visage marqué par le manque de sommeil.

— Matea, j'aurai besoin de toi en cuisine après l'office. J'ai plusieurs missions à te confier.

La jeune fille acquiesça avec une révérence et s'éloigna.

— Veux-tu marcher à mes côtés jusqu'à l'église ? proposa Juana à Alina.

Et comment ! La novice n'avait aucune envie de déambuler seule dans le cloître.

Sous le ciel couvert, on eût dit que l'air du couvent s'était raréfié. Les servantes, toujours à la recherche de la hiéronymite égarée, couraient comme des fourmis affolées, et les religieuses avançaient par petits groupes, tête basse, tels des corbeaux effarouchés.

— Ta domestique a été très courageuse, cette nuit, dit sœur Juana. T'a-t-elle raconté ce qu'elle a vu ?

— N… non… non. Bien sûr que non.

Les yeux de la poétesse brillèrent d'une lueur amusée.

— Les mensonges se disent avec conviction ou ne se disent pas. Sinon...

Elle s'arrêta net.

— Vous pensez à un vers ?

— *Le mensonge se prononce avec conviction... Audacieux, rapide et sans hésitation... Mais si de nerveux gloussements paraissent... ne permets pas que sur tes lèvres il naisse...*

Elle secoua la tête et reprit sa marche.

— C'est le genre de poème qu'on ne pourrait déclamer qu'au palais.

Alina fit la moue.

— Ne punissez pas Matea, je vous en prie. Si elle m'a tout raconté, c'est parce qu'elle s'inquiète pour moi.

— La punir ? Une telle force de caractère se fait rare... Des jours funestes nous attendent.

Alina ne put supporter le doute plus longtemps.

— Ma sœur... Vous saviez qu'il allait se passer quelque chose, dit-elle d'une voix brisée.

Ce n'était pas une question. Plutôt une affirmation qui, malgré elle, sonna presque comme de l'arrogance. Juana lui pressa le bras, mais ne répondit pas.

— Cela s'était déjà produit, insista Alina. N'est-ce pas ?

La poétesse regarda alentour. Son intonation se fit grave.

— Certains prétendent que le démon hante les couloirs de San Jerónimo depuis des années.

Alina porta instinctivement une main au chapelet qui pendait à sa ceinture.

— Êtes-vous de cet avis ? Je vous trouve très préoccupée.

— À cet instant, je t'avoue que je redoute davantage les chrétiens que le diable.

Trois religieuses passèrent, marchant d'un pas pressé. Sœur Juana ralentit l'allure.

— Je te raconterai tout, mais pas ici. Je viendrai vers toi au moment voulu. En attendant, promets-moi de ne rien dire à personne.

— Je...

— Et encore moins de chercher à satisfaire ta curiosité en menant ta propre enquête. J'attends ton serment.

Alina contempla les doigts fins et tachés d'encre qui lui cramponnaient le bras. Le ton de Juana n'admettait pas d'objection.

— Je vous le jure.

La poétesse frissonna.

— Des hommes armés de machettes à San Jerónimo... Qui l'aurait cru ?

Elles étaient parvenues à l'avant-chœur, où les sœurs les plus matinales attendaient, en rang, qu'on leur permît d'entrer.

Ces matines furent une torture. Sœur Leocadia ne réussit pas à jouer plus de cinq mesures sans se tromper, les chants étaient désaccordés, et on ne savait où poser les yeux sans tomber sur un regard en biais, dubitatif, voire franchement suspicieux.

De l'autre côté de la grille, le père Nuñez prononçait une messe sans éclat pour une audience quasi inexistante. Alina n'y prêta pas attention, puis le prédicateur se racla la gorge.

— Priez, dit-il, pour l'âme de notre sœur, Felipa María Canitina de La Paz y de La Fuente, qui a quitté notre monde hier sans avoir eu l'opportunité de recevoir la sainte onction. Raison pour laquelle, en dépit de ses nombreuses décennies de clôture au service du Seigneur, elle est descendue dans l'infâme purgatoire...

Plusieurs religieuses se signèrent. Leocadia, qui avait délaissé l'orgue pour écouter le sermon, faillit tourner de l'œil, rattrapée in extremis par une autre nonne.

— Priez, continua le prêtre, pour que ce pénible séjour dans la vallée des larmes lui soit rendu supportable. Seigneur, prenez soin d'elle tandis qu'elle errera dans ces cachots de douleur et de remords infinis, où, entre feu et épines, son esprit si indigne sera condamné à expier ses perfidies jusqu'au jour du Jugement dernier...

Après ces pieuses paroles pleines de réconfort, le père Nuñez entreprit de donner la communion aux professes, qui se pressèrent face à la minuscule ouverture au centre du grillage. Alina profita de l'agitation pour murmurer à l'oreille d'Isabel :

— Il n'a rien dit au sujet de... tu sais quoi.

— Bien sûr que non ! Et personne ne demandera d'explications. Quoi de plus banal que la mort d'une sœur d'âge mûr ?

Nuñez déposa l'hostie dans les mains d'Alina (et non dans sa bouche, puisque les hiéronymites devaient garder le voile sous peine de tenter la vertu du prélat avec leurs yeux obscènes). À travers le tissu, la jeune fille entrevit tout de même le profond mépris qui animait le prêtre.

De retour à son prie-Dieu, elle attendit dans le silence sépulcral des caveaux que le fragment de pain azyme fonde sur sa langue, incapable de prier. La communion, au lieu de la réconforter, ne fit que décupler son angoisse.

C'est alors que le père Nuñez annonça qu'il désirait confesser l'ensemble des religieuses au plus vite.

Matea appliquait un onguent d'eucalyptus et de camphre sur les mollets de Demetria. La peau de l'Indienne avait enflé ; d'énormes cloques menaçaient d'éclater.

Sœur Juana examinait sa blessure tandis que les servantes préposées aux cuisines s'alignaient devant les fourneaux.

— Et vous dites que vous vous êtes brûlée pendant que nous étions réunies au réfectoire ? demanda Juana.

— Oui, *madre*, maugréa Demetria comme si la question la choquait. Cette *xoloitzcuintla* de Matea a tout vu.

La religieuse acquiesça, pensive, avant de se mettre à faire les cent pas devant les domestiques. Indiennes, Africaines, *zambas*, métisses... On eût voulu faire collection de représentantes des castes non libres qu'on n'eût pas mieux fait. Si Matea observait la poétesse du coin de l'œil, les autres, très tendues, n'osaient même pas lever la tête.

— Nous avons beaucoup à faire pendant que le père Nuñez s'entretient avec le reste des sœurs, annonça Juana.

— Votre grâce ne se confesse pas ? laissa échapper Matea.

Demetria lui flanqua un coup de coude comme pour dire : « C'est moi qui pose les questions aux petites mères, ici. »

Par bonheur, Juana ne s'en formalisa pas. Au contraire, elle répondit avec une certaine satisfaction :

— Non. Antonio Nuñez n'est plus mon confesseur depuis sept ans.

À ces mots, son expression s'adoucit, comme si elle venait de savourer une friandise. Elle procéda ensuite à la répartition des tâches.

Outre les besognes quotidiennes, il fallait nettoyer la sacristie, le parloir et la nef, arranger le *sotocoro* pour la veillée funèbre, préparer assez de chocolat pour l'évêque, sans oublier de cuire les pains sans sel et les condiments qu'on avait l'habitude de consommer pendant et après les obsèques d'une sœur.

— Demetria, conclut Juana, je veux que vous vous reposiez. Laissez les jeunes se charger du repas. Riz, bouillon de poule et salade feront l'affaire. Si quelqu'un, continua-t-elle en toussotant deux mots qui ressemblaient fort à « sœur Caridad », vient se plaindre, nous dirons que cela fait partie du deuil.

— Et vos *suspiros de yema* ? demanda Demetria.

Sœur Juana hésita. Ce n'était pas le moment de passer son temps à cuisiner, pourtant...

— Manuel Fernández... Je dois le recevoir comme il se doit ! Il nous paie très largement ces *villancicos*... Et il arrive de Puebla... Ne vous en faites pas, Demetria. Dictez-moi la recette et je les préparerai dans ma cellule. Quant aux fleurs pour la crypte...

— Matea peut s'en charger, suggéra Demetria. Je lui ai montré le chemin de la place.

— Parfait, répondit sœur Juana.

Elle déchira un morceau de papier et griffonna le nom des fleurs funéraires. Matea fut ébahie par son écriture. Une calligraphie aussi belle qu'incompréhensible.

— Ah, tu ne sais toujours pas lire, n'est-ce pas ?

Le pourpre monta aux joues de la jeune Indienne. Demetria vola à son secours :

— Pas de problème. Donne cette liste à Casio, le marchand de fruits. Dis-lui que c'est moi qui t'envoie et je suis sûre qu'il t'aidera.

Là-dessus, elle lui adressa un clin d'œil complice.

CONFESSIONS (II)

— Je vous salue Marie pleine de grâce ?

— Le Seigneur est avec vous, *padre* Nuñez.

— Dis-moi, mon petit, quand t'es-tu confessée pour la der…

— Comme si vous ne vous en souveniez pas.

— Insolente ! Perfide ! Blasphématrice !

— Oui. Vous n'avez qu'à l'ajouter à ma pénitence.

Alina eut bien quelques remords, mais elle ne pouvait s'en empêcher ; après les punitions de sœur Encarnación, les sanctions des confesseurs lui semblaient puériles.

Le père Nuñez frappa contre la grille, faisant vibrer le confessionnal tout entier. Les religieuses qui attendaient dehors sursautèrent.

— Comme j'aurais aimé te voir la bague au doigt ! Un bon mari t'aurait appris à te taire à coups de gifles.

— Et vous, *padre*, à qui confessez-vous tous ces désirs pervers ?

— Assez ! Ici, c'est moi qui pose les questions.

Il s'éclaircit la voix et grommela :

— Quels sont tes péchés ?

— En plus de la perfidie et…

— Ne me provoque pas, Alina. Sept rosaires rien que pour tes fourberies. Et comme je doute que quelque chose d'utile franchisse tes lèvres de ton plein gré, je te le demande sans ambages : sais-tu quelque chose à propos du lamentable meurtre de sœur Felipa ?

— Non.

— Le jures-tu au nom du Seigneur ?

— Oui. Et sur votre vie, *padre*.

Nouveau coup de poing. Le battant sortit quasiment de ses gonds.

— Comprends-tu la gravité de l'affaire ?

— Mieux que vous ne le croyez. Et je ne m'explique pas pourquoi vous nous avez appelées à confesse. Il vous est impossible de révéler ce que nous racontons ici. À moins que vous commettiez ce genre de sacrilèges ?

— Je n'ai pas à te répondre, mais je le ferai tout de même : c'est mon devoir de veiller au salut de vos âmes. Particulièrement pour les plus retorses et égarées dans ton genre. Maintenant, dis-moi : as-tu vu ou entendu quelque chose ?

— Non, *padre*. J'étais enfermée dans ma cellule, endormie. Je me suis réveillée avec de la fièvre peu avant que sonnent les cloches.

— Ta cellule se trouve face aux confessionnaux, n'est-ce pas ?

— Oui. De l'autre côté du cloître des novices. Pourquoi ?

— Es-tu sûre de n'avoir vu personne ?

— Pourquoi aurais-je vu quelqu'un ? *Padre*, il s'est passé quelque chose devant ma cellule que vous ne voulez pas me dire ?

— Rien ne m'oblige à te répondre.

Alina réfléchit. C'était l'occasion parfaite de soutirer des informations au prélat ; aussi devait-elle manœuvrer avec tact.

— Bon… Vous savez que nous, les femmes, sommes naturellement peu dotées pour ce qui est de l'intellect…

— Indubitablement.

— Il se peut que ma petite tête omette quelque chose. Peut-être pourriez-vous m'aider à me le rappeler ?

Le prêtre pesta, tambourina sur le bois vermoulu, puis finit par déclarer :

— En ouvrant les cellules ce matin, la mère Augusta a trouvé une idole païenne. Près du puits qui, précisément, fait face à ta cellule.

— Une idole… païenne ?

— De celles que les Indiens vénèrent, pour être exact. Et dans cette pierre rouge qui doit être du tezontle.

Le cœur d'Alina se souleva.

— En… en pierre rouge ?

— Oui.

— Et… qu'en a fait la mère Augusta ?

Le père Nuñez grogna.

— Elle n'a pas osé la toucher. Elle est allée chercher une de ses domestiques, et quand elle est revenue, l'objet avait disparu.

Alina se mit à trembler. Elle devait à tout prix se défaire de ses statuettes. Si on les trouvait en sa possession…

Elle se signa.

— Pourquoi es-tu si nerveuse, tout à coup ? s'enquit le prêtre. Te souviens-tu de quelque chose ? Un détail que tu ne voudrais pas me signaler ?

— Non, mentit Alina. Seulement… je suis étonnée que de tels fétiches aient réussi à s'introduire dans la maison du Seigneur.

Même à travers la grille, Alina put voir l'éclat du soupçon dans les yeux du prélat. Il les plissa jusqu'à ce qu'ils ne soient plus que d'abominables petits traits.

— As-tu fait… des cauchemars récemment ?

Le simple mot suffit à la ramener à cette nuit au cours

de laquelle l'œil répugnant des Grées l'observait, tout près, et la dent qu'elles se partageaient revenait tout à coup la dévorer. Elle se rappela alors le message de sa grand-mère, qu'elle avait brûlé aussitôt après l'avoir lu. « Tu vas faire des cauchemars… »

— N… non, bredouilla-t-elle.

— Pas même avec la fièvre ? N'est-ce pas… un mauvais rêve qui t'a réveillée ?

La voix du vieux Nuñez n'avait jamais paru si mielleuse. Ni dangereuse.

— Non, répéta-t-elle. C'est la fièvre, *padre.* C'est elle qui m'a réveillée.

S'ensuivit un silence glacial et si tendu qu'Alina retint son souffle. Le père Nuñez semblait savoir exactement ce qu'elle cachait. À quoi bon continuer à mentir ? Ne valait-il pas mieux tout lui confesser et implorer sa miséricorde ?

Alina décida de tenir bon. L'intimidation avait toujours été la meilleure arme des inquisiteurs. Quand le prélat inspira enfin, ses narines résonnèrent comme un soufflet.

— Soit, prononça-t-il d'un ton grave, laissant entendre qu'il n'en croyait pas un mot. Je t'absous, *in nomine Patris, et*… oh, et cetera, et cetera.

En retournant à sa cellule, Alina, mortifiée, ne put s'empêcher d'observer les alentours du puits. Une fois sa porte fermée, elle alla directement à son coffre et en souleva le fond, juste assez pour y glisser une main.

Elle ne comprit pas immédiatement pourquoi, mais une étrange sensation de manque s'empara d'elle. Alors elle ôta la paroi… et se couvrit la bouche pour se retenir de crier.

Des deux statuettes de tezontle qu'elle avait soigneusement cachées, il n'en restait plus qu'une seule.

PLAZA

Lorsque Matea put sortir du couvent de San Jerónimo, c'est comme si on lui avait enlevé un poids de sur le cœur. Elle respirait enfin librement, même si le sort de sa maîtresse l'attristait ; pauvre Alina, à qui l'on refusait le simple réconfort d'une promenade à l'extérieur !

La jeune Indienne jeta un coup d'œil à ce qui restait du tour. Les serviteurs du père Nuñez s'étaient décidés à le réparer, c'est-à-dire qu'entre deux tournées de *pulque*, un alcool traditionnel indigène, ils clouaient de grosses planches de bois pour colmater la brèche.

Matea ressentit un léger frisson en regardant la rue San Jerónimo. Celui qui avait arraché le tour s'était sans doute échappé par là, empruntant ce même chemin.

Impossible, cependant, de relever le moindre indice : sur ce sol terreux, bêtes et chrétiens transitaient chaque jour en masse.

Incapable de chasser de son esprit les horreurs de la veille, elle essaya de s'en remettre aux rues de Mexico si riches en arômes ; par chance, la puanteur du purin laissait place à des saveurs épicées ; elle sentait ici et là de grands plats de tomates, d'ail et d'oignons qui mijotaient, le maïs, la vanille et la cannelle de l'*atole*, sans oublier cette odeur si particulière des feux de bois. Certains charretiers lui crièrent des compliments qu'elle ne comprit pas, mais qui eurent le mérite de lui rendre le sourire.

Après le petit pont, elle resta à contempler le ballet des *trajineras*. Si seulement elle pouvait demeurer là toute la matinée, ne plus penser au sang et aux drames du couvent… Non, cela n'aurait pas été prudent. Entrer à San Jerónimo était la meilleure chose qui lui soit arrivée. Il n'était pas question de laisser la peur ou la flânerie mettre en péril ses nouveaux projets.

Elle poussa un profond soupir et s'enfonça dans le tumulte de la Plaza Mayor, avec sous le bras un panier bien trop large pour elle.

Elle vit d'abord les échoppes des fleuristes, débordant de roses, d'œillets et de lis de toutes les couleurs – sans parler du parfum exquis des clous de girofle. Elle était sur le point de se rendre directement à l'échoppe proposant les plus jolis bouquets lorsqu'elle remarqua, sur l'un des étals, des plantes d'un vert intense qui lui rappela les yeux de Casio. Après tout, on lui avait ordonné d'aller voir le séduisant mulâtre pour qu'il l'aide. Qui était-elle pour désobéir ?

Elle le trouva occupé à servir des *señoras* à l'allure élégante, qu'il oublia sitôt qu'il aperçut Matea.

— Petite comtesse ! s'exclama-t-il, agitant son bras musclé. Quel plaisir de vous revoir si vite ! Allez-vous vraiment emporter tant de fruits ? dit-il en désignant sa corbeille, presque aussi large que les jupons de la vice-reine.

Les joues de Matea s'empourprèrent. Les clientes, des *gachupinas* à n'en point douter, la regardaient de haut.

— Non… on m'a envoyée chercher des fleurs, mais…

Les Espagnoles commencèrent à glousser. Avant que Matea ait eu à reconnaître devant tout le monde qu'elle était analphabète, Casio sortit de derrière ses tréteaux et s'empara de la liste.

— Je vais vous aider, petite comtesse, ne vous inquiétez pas. Chrysanthèmes, glaïeuls, gypsophiles... le tout blanc...

Il leva les yeux, alarmé.

— Quelqu'un est mort ? Ne me dites pas qu'il s'agit encore d'une religieuse !

Sans trop savoir pourquoi, Matea fut submergée par ses émotions. Lui revint en mémoire le trou béant dans la poitrine de sœur Felipa, puis ce sang, partout, qu'elle avait eu à nettoyer... Et voilà que pour des choses aussi banales que des moqueries frivoles ou admettre qu'elle ne savait pas lire, elle se mit à pleurer toutes les larmes de son corps.

À peine séchait-elle ses joues que les sanglots reprenaient de plus belle. Casio posa sa main lourde et chaude sur son épaule. Il n'y avait pas de meilleur réconfort ; comme quoi, cela valait la peine de se mettre à pleurer au bon moment !

L'une des Espagnoles se racla la gorge.

— Et ces raisins, c'est pour quand ? Si ça continue, je vais aller les acheter chez le borgne...

Casio rendit sa liste à Matea.

— Attendez-moi ici, comtesse. Je vous conduirai moi-même chez la marchande de fleurs.

Matea, dos tourné aux Espagnoles, se concentra sur les badauds qui passaient non loin.

Tout à coup, elle distingua parmi la foule les traits familiers d'un jeune métis, grand et de belle allure – quoique pas autant que Casio.

Il fonçait droit vers elle.

Ce n'est qu'en entendant sa voix qu'elle le reconnut.

— Tu es servante à San Jerónimo, n'est-ce pas ?

Les Espagnoles, qui étaient toujours là, gloussèrent de plus belle.

— Non, mais regardez-la, la petite coureuse !

— Après, il ne faut pas s'étonner qu'on prétende que les Indiennes se reproduisent comme des lapines.

Matea, serrant son châle contre elle, les ignora. Selon les dires de Demetria, ce jeune homme était l'amant de sœur Andrea.

— En quoi ça vous regarde ? lui lança-t-elle.

— Ne… ne soyez pas méchante. Je n'ai pas voulu vous manquer de respect. Je… je m'appelle Germán. J'espérais juste…

L'homme leva brusquement les yeux et, sans rien dire, détala à toutes jambes. Matea vit que Casio revenait, avec des cageots de raisin rouge.

— Un peu plus et la petite vous filait sous le nez, se moquèrent encore les Espagnoles.

Dès qu'elles eurent le dos tourné, Casio leur fit une série de grimaces.

— Ne faites pas attention à elles, dit-il, mortifié, tandis qu'il offrait à Matea des tranches de sa plus belle variété de mangue, la *petacón*. Ces femmes ne manquent jamais de passer par mon échoppe lorsqu'elles se rendent aux *tertulias* du palais. Si elles ne me rapportaient pas tant d'argent, je ne prendrais même pas la peine de les saluer.

Matea, quoique fort heureuse de l'intérêt que lui portait son mulâtre, continuait de chercher le dénommé Germán parmi la foule.

— Au fait… Comment se fait-il que vous connaissiez si bien le vendeur de blé ?

Rien n'aurait pu la flatter davantage que cette pointe de jalousie sur le visage de Casiodoro.

CACHETTES

Alina tourna en rond dans sa cellule, se rongeant les ongles jusqu'au sang.

Qui avait bien pu lui voler l'idole indienne ? N'importe qui était susceptible d'entrer ici puisque les portes demeuraient ouvertes toute la journée. Mais qui pouvait être au courant, pour le double fond dans sa malle ? Elle n'en avait parlé à personne, pas même à Matea.

Et si la harpie qui était venue fouiller dans ses affaires avait déjà tout confessé au père Nuñez ?

On l'accuserait du meurtre de sœur Felipa. On la brûlerait pour assassinat et hérésie. Et avant cela, Dieu sait à combien de supplices on la soumettrait. Elle se rappela les terribles histoires qu'on racontait sur les machines de torture sadiques utilisées par le Saint-Office.

Elle devait partir de là. S'échapper. Et le plus tôt serait le mieux.

Elle ne lâchait pas la statuette qui lui restait, la serrant avec tant de force que sa forme s'imprima dans la paume de sa main. Elle tenta de retrouver son sang-froid et de réfléchir. Avant de s'enfuir (ce qui supposait un minimum de préparation), il fallait d'abord se débarrasser du tezontle. Si quelqu'un l'avait déjà dénoncée, l'abbesse pouvait faire irruption à tout moment pour exiger des explications.

Le poing toujours serré sur l'idole, elle la cacha sous son scapulaire et sortit en coup de vent.

Dehors, elle tomba nez à nez avec sœur Leocadia. Derrière une pile de gros ouvrages, les cheveux filasse de la nonne dépassaient de son capuchon.

— Sœur Elena ! fit-elle avec un enthousiasme exagéré. Quel plaisir de te voir. Je voulais te demander pardon pour mon accès de colère, l'autre jour. Je n'ai pas arrêté de penser à...

— Il n'y a rien à v... vous faire pa... pardonner, bredouilla Alina.

Elle tenta de la contourner, mais celle-ci lui barrait le passage.

— Peux-tu m'aider à transporter ces livres jusqu'à l'église ? demanda l'organiste. Ces louanges funèbres sont plus lourdes que je le pensais.

Le cœur d'Alina se serra. Elle sentait l'idole de tezontle entre ses doigts tremblants.

— Non... non... je vous prie de m'excuser. Je ne peux pas.

Et elle partit en courant. Sans réfléchir, elle dirigea ses pas vers le grand cloître, où plusieurs domestiques frottaient des draps dans le lavoir. Qu'allait-elle faire de sa statuette ? Elle devait trouver une solution, et vite !

La jeter dans le puits, pour que les femmes de chambre la trouvent dès qu'elles iraient chercher de l'eau ? L'enfouir parmi les déchets des cuisines, et qu'elle refasse surface au moment où on donnerait à manger aux cochons ? Ou sous une dalle que les fillettes du catéchisme pourraient soulever en jouant ?

Non. Il lui fallait une meilleure cachette. Un lieu isolé du couvent, un endroit où les sœurs entraient rarement, où l'idole ne serait découverte que dans de nombreuses années, ensevelie sous les toiles d'araignée. Personne, alors, ne serait plus susceptible de l'incriminer.

La bibliothèque de San Jerónimo était le lieu idéal ; d'ailleurs, il y faisait frais et l'air était parfumé d'un arôme de cannelle caractéristique des vieux manuscrits.

Elle ne ressemblait en rien à celle que possédait sœur Juana dans sa cellule ; la bibliothèque du couvent était aussi vaste que peu fournie, mais ses rayonnages étaient faits d'un acajou raffiné, sûrement légués par une âme pécheresse qui, même avec mille *Ave Maria*, n'était pas parvenue à expier ses fautes. Et aussi bien les exemplaires de la Bible que les bréviaires et les encycliques avaient tous de majestueuses couvertures en cuir aux finitions d'or et de nacre. Il y avait beau y avoir là de nombreux écritoires, bougies, papier et plumes d'oie à disposition des professes, à l'évidence, personne ne les avait utilisés depuis des mois. Tandis que la bibliothèque de sœur Juana, au contraire, avec ses étagères improvisées, était modeste mais pleine à craquer.

Alina s'enfonça rapidement dans les rayons. Elle chercha le recoin le plus haut et isolé, et monta sur un petit banc pour atteindre le sommet. Elle ne vit que des ouvrages aux reliures fendillées, recouverts de toiles d'araignée et de poussière. Ce serait parfait ! La novice mit un peu d'ordre au cas où quelqu'un aurait l'idée de venir faire le ménage, puis glissa l'idole derrière un volume du pape Innocent IX. Suffisamment ironique pour qu'elle s'en souvienne.

Le cœur battant, elle se retourna pour remettre la banquette en place… et poussa un cri.

Sœur Quintina était là, appuyée sur sa canne, le dos toujours aussi voûté, les jambes toujours aussi tremblantes, le regard toujours aussi dément.

— Sœur… sœur Quintina, bégaya Alina. Je ne m'attendais pas à… Je… j'étais en train de chercher un livre…

La vieille femme ne bougea pas d'un cil.

— … mais je ne l'ai pas trouvé ! se hâta de clarifier la novice.

Sa voix s'était faite de plus en plus discordante, et sœur Quintina ne quittait pas des yeux le haut de l'étagère.

— Voulez-vous m'accompagner auprès de sœur Juana ? Peut-être qu'elle…

Sœur Quintina fit « non » de la tête, après quoi elle baissa les yeux pour contempler Alina avec une intensité perturbante.

— Je ne crois pas que Juana Inés puisse t'aider, *niña*. Personne ne le peut.

Une fois de plus, Alina ne parvint pas à la cerner. Cette religieuse était-elle folle, ou était-ce la plus perspicace de San Jerónimo ?

Et si… ?

— Seul le Seigneur peut nous secourir, soupira sœur Quintina. Jusqu'alors, cependant, il semble heureux de laisser le démon nous tourmenter.

De ses doigts squelettiques et froids, la vieille femme palpa les mains d'Alina en murmurant d'obscurs propos au sujet de l'enfer et des damnations, avant de quitter la bibliothèque.

Alina lui courut après, décidée à lui demander sans détour de quoi elle parlait. En sortant, elle manqua de percuter la mère Augusta.

L'abbesse, surprise, poussa un cri et attira l'attention

de toutes les sœurs et domestiques qui se trouvaient dans le grand cloître. Bientôt, la moitié du couvent fut témoin qu'Alina était entrée dans la bibliothèque.

— Sœur Elena, tu m'as fait une de ces peurs !

La supérieure serrait avec angoisse les perles de son chapelet. Elle semblait sur le point de s'effondrer.

— Par... pardonnez-moi, révérende mère. Je...

Mais la prieure n'attendit pas ses explications ; elle accéléra le pas jusqu'à sa cellule, dans le coin sud-est de la galerie, et claqua la porte si fort que le son se répercuta sur les murs de la cour.

Dans le cloître, les regards se portèrent alternativement d'Alina à la cellule de l'abbesse.

C'est alors que Matea émergea de l'entrée principale, ensevelie sous des tonnes de fleurs blanches.

Alina n'avait plus le choix : elle devait quitter la bibliothèque sur-le-champ. Bien sûr, il faudrait qu'elle revienne plus tard déplacer la statuette.

Elle retourna à sa cellule et, pour la première fois depuis son arrivée, se prosterna à genoux et pria avec une dévotion sincère.

Dès qu'elle fut calmée, elle repensa à son départ. Elle s'échapperait le lendemain, juste avant les matines, moment où les sœurs étaient à l'église.

Elle emporterait les quelques bijoux qu'elle avait cachés dans le fond de son coffre. Elle y tenait, puisqu'ils avaient appartenu à sa mère, mais en les vendant, même à prix bradé, elle pourrait se payer le voyage jusqu'à l'hacienda. Là-bas, Demián pourrait peut-être l'aider.

Son regard se porta sur ses habits. Elle ne pouvait se promener ainsi dans les rues ; aussi décida-t-elle de se rendre au cellier pour troquer ses vêtements contre une tunique de domestique.

Il n'eût servi à rien de chercher à se cacher pour se rendre là-bas : situé dans le coin nord-est du grand cloître, entre les cuisines bruyantes et l'entrée principale, le cellier était le lieu le plus visible de tout San Jerónimo – d'ailleurs, on le distinguait parfaitement depuis la cellule de la mère Augusta.

Alina se mit en route, s'efforçant de paraître le plus naturel possible, comme si elle avait tous les droits de se rendre là-bas. Contre toute attente, personne ne l'arrêta ni ne l'interrogea. Elle ouvrit la porte, qui n'était pas fermée à clef, et laissa échapper le soupir le plus long de son existence.

Le cellier était l'image même de l'abondance : des chorizos et des jambons secs pendaient au plafond, des sacs de haricots, de maïs et de farine étaient entreposés dans tous les coins, ainsi que des barils de vin et de xérès et des montagnes de *piloncillo*.

Alina mit la main sur une pile de tabliers, de jupons et de chemisettes de toile, les mêmes que portait Matea, et s'en saisit avec convoitise : le tissu était doux, fin, léger – tout le contraire de ses habits rêches et lourds.

Si rêches et si lourds qu'elle n'eut aucun mal à dissimuler ses trouvailles en boule sous son scapulaire. Avant de sortir, elle avisa des corbeilles pleines de provisions. Peut-être serait-il judicieux d'emporter quelque chose à se mettre sous la dent pour le voyage ? Puisqu'il ne restait guère de place sous son scapulaire, elle dut se contenter d'un cône de sucre et d'une petite poche remplie d'amandes.

S'assurant que le tout ne se voyait pas trop, assez fière de son astuce, elle se retourna et…

… se retrouva nez à nez avec Matea.

Saisie de stupeur, Alina lâcha son butin.

— Que fais-tu ici ? s'écria-t-elle.

Sa servante s'agenouilla aussitôt pour l'aider.

— Je voulais vous interroger au sujet de ce qui s'est passé tout à l'heure avec la mère Augusta. Quand je suis rentrée du marché, je vous ai trouvée drôlement bizarre, et Demetria m'a dit qu'elle vous avait vue entrer ici.

Matea avisa alors les vêtements, le *piloncillo,* les amandes.

— C'est pour quoi faire, ça ?

À la moue de sa maîtresse, elle comprit tout de suite. Elle lui arracha le tablier des mains et alla le remettre sur l'étagère.

— Ah, non, pas question que vous partiez !

— Mais enfin, Matea, tu ne comprends pas, je dois...

— Où est-ce que vous comptiez aller ?

— À San Hipo...

— Parce que vous croyez qu'avec un *piloncillo* et une poignée d'amandes vous seriez arrivée là-bas toute seule ? Juste au moment où je commençais à me faire à l'idée de manger des *tacos* aux haricots tous les matins !

Alina allait la réprimander pour son insolence, mais elle aurait eu l'air d'imiter le père Nuñez et elles avaient déjà eu assez de vexations pour la journée. Elle prit Matea par le bras et, à voix basse, lui raconta toute l'histoire des idoles : l'esclave indienne qui les lui avait offertes, le double fond dans sa malle...

— Aïe, *niña*, vous êtes sacrément pas futée !

— Matea !

— Excusez-moi, mais... comment vous avez pu emporter ces choses ? Ici, quand il s'agit d'aller sur le bûcher, *gachupin* et Indien sont dans le même panier.

— Jamais je n'aurais pensé être confrontée à...

— Vous avez dit qu'il y en avait deux. Qu'avez-vous fait de l'autre ?

— Je l'ai cachée.

— Où ? Je vais m'en débarrasser. Si vous êtes aussi douée pour planquer les objets que pour les…

Sa bouche dessina un « O » de surprise.

— La bibliothèque ! C'est pour ça que vous faisiez une tête de *chinicuil*, tout à l'heure ?

Alina acquiesça, même si elle ne savait pas bien ce qu'était un *chinicuil*.

Matea retroussa ses manches.

— Ne vous inquiétez pas. Je vais de ce pas…

Alina lui attrapa le bras.

— C'est hors de question ! Si on me surprend avec, je pourrai au moins inventer un pieux mensonge. Mais si on la voit dans tes mains, peu importe ce que tu diras…

La porte s'ouvrit brutalement. Toutes deux sursautèrent.

— Sœur Elena a raison. Si on la trouve en ta possession, tu signes ton propre arrêt de mort.

Alina ouvrit des yeux grands comme des soucoupes. Avant même de distinguer son visage, elle reconnut le médaillon disproportionné qui ornait la poitrine de sœur Juana.

Matea s'interposa entre Alina et la religieuse, comme si une lionne était sur le point de se jeter sur sa maîtresse.

La novice voulut dire quelque chose, mais seul un balbutiement franchit ses lèvres. Juana leva la main.

— J'en ai suffisamment entendu, Elena.

Après avoir jeté un coup d'œil dans le cloître, elle ferma la porte et observa les deux filles avec un regard pénétrant.

— Calme-toi, *niña*, dit-elle à Matea, toujours sur la

défensive. Contrairement à mes consœurs, je n'ai pas pour habitude de frapper les novices.

Puis elle se tourna vers Alina.

— Quant à toi…

Elle poussa un soupir profond et exténué, comme si son corps ne parvenait plus à contenir l'agitation de son esprit.

— Dis-moi la vérité, ordonna-t-elle d'un ton sévère. Cette statuette n'a rien à voir avec la mort de sœur Felipa, n'est-ce pas ?

— Si elle a joué un rôle dans cette histoire, ce n'est pas de mon fait. Je vous le jure !

— Oui, oui. Ne t'inquiète pas. Cela dit, je suis d'accord avec Matea : c'est une grosse imprudence de l'avoir apportée ici.

Alina baissa les yeux, les joues rouges.

— Je ne blâme pas ta réaction, poursuivit sœur Juana. Moi-même, j'aimerais m'enfuir en courant. Mais partir maintenant, ce serait crier à la moitié du cloître que cette horreur fut ton œuvre.

Alina se cacha les yeux, au bord des larmes. Sœur Juana lui donna une petite tape sur l'épaule.

— Nous allons chercher un moyen de te sortir de là. J'ai entendu que tu avais caché l'idole dans la bibliothèque. À quel endroit, exactement ?

Alina mentionna, en bredouillant, le volume des sermons du pape Innocent IX.

— Bien, dit sœur Juana, à qui l'ironie n'avait pas échappé. Là-bas, elle est en sûreté, du moins pour l'instant. Dieu me pardonne ce que je vais dire, mais nos sœurs sont aussi dévotes qu'incultes…

Tout à coup, elle redressa la tête, comme si elle percevait un délicieux arôme.

— *Les religieuses si dévotes... incultes s'il en est... Ignorantes, sur les parvis, font cliqueter leurs chapelets...*

— Ma sœur ! l'interrompit Alina.

— Bien, bien. Ne t'en fais pas. Je tenterai de me débarrasser moi-même de la statuette. Personne ne s'étonnera de me voir à la bibliothèque. À part moi, la seule à entrer là-bas est sœur Leocadia, et elle ne s'intéresse qu'à la section musique.

— Et sœur Quintina ?

Juana eut l'air de tomber des nues.

— Que vient faire Quintina dans...

Matea leva un doigt et souffla comme pour dire de faire attention.

Sœur Juana colla son oreille à la porte, et son teint déjà blafard devint cadavérique.

— Cachez-vous.

— Mais...

— Maintenant !

Par chance, dans le cellier, les cachettes étaient nombreuses : Matea se tapit entre deux barils de vin, Alina derrière les sacs de farine.

Elle y reconnut l'estampe de l'hacienda de sa grand-mère, mais ce n'était pas là le plus surprenant : de petites traces rouge sang, certaines ressemblant clairement à des empreintes de doigts, tachaient la toile de jute.

Elle n'eut pas le temps de faire part de sa découverte aux autres : la porte venait de s'ouvrir sur la mère Augusta.

— Juana Inés, je vous ai cherchée partout !

— Pardonnez-moi, *madre*. J'avais besoin de sucre et de liqueur d'anis pour les confiseries. Que vous arrive-t-il ?

Elles l'entendirent fermer à clef.

— Juana Inés, vous devez m'aider.

— À propos de… ?

— Oui, oui. Quoi d'autre ?

— *Madre*, nous ne devrions pas parler ici. Suivez-moi. Mieux vaut…

— Il n'y a pas de meilleur endroit que celui-là, protesta l'abbesse d'une voix pétrie d'angoisse. Juana Inés, je n'ai plus aucun doute. Je suis possédée par le diable.

— *Madre,* je vous en conjure…

— Juana… ma sœur… je crois que c'était moi.

PECCAVI NIMIS[1]

Le silence fut absolu. Alina dut se couvrir la bouche pour réfréner un gémissement. Elle n'osait plus bouger.

Sœur Juana, la grande poétesse, resta un moment sans voix.

— Ne me dites pas que… les visions ?

Soudain, Alina et Matea entendirent un bruit sourd. Juana s'exclama :

— *Madre*, pour l'amour de Dieu, il n'est pas nécessaire de…

À travers un minuscule espace entre les sacs, la novice constata que l'abbesse s'était jetée au sol. Sœur Juana l'aida à se relever ; hélas, son habit occulta le peu de visibilité qu'avait Alina.

— Enfin, *madre*, je refuse de croire que…

— J'avais les clefs, Juana Inés ! C'est moi qui les avais !

Le cliquetis du trousseau appartenant à sœur Encarnación s'arrêta, sans doute interrompu par les mains fermes de Juana. Il y eut des geignements, des petites tapes, et Alina s'imagina la mère Augusta pleurant sur l'épaule de Juana comme une petite fille.

— Encarnación n'a toujours pas réapparu ? chuchota Juana.

1. J'ai trop péché.

— Je suis la dernière à l'avoir vue… Elle est venue me donner les clefs… comme chaque nuit… et ensuite, elle s'est volatilisée, sanglota la prieure.

— *Madre…*

— Le démon est revenu me rendre visite, Juana Inés. J'ai eu les mêmes visions terrifiantes que…

— Oui, oui. Ne répétez pas ces horreurs, je vous en conjure.

Surtout qu'une novice et une domestique sont cachées dans cette pièce, pensa-t-elle sans doute très fort.

— *Madre*, ces visions ne font pas de vous la coupable. Peut-être est-ce le don de clairvoyance que vous évoquiez… ? Ou une indigestion… Ou encore de simples rêves qui n'ont rien à voir avec la pauvre sœur Felipa.

— C'est précisément ce dont j'ai voulu me persuader. Mais je le sens, Juana Inés. Ici. Ici ! cria-t-elle en se martelant la poitrine. La perversion. La souillure de Satan.

— Pour brandir un poignard même le démon a besoin d'une main. Une…

Elle ne put s'empêcher de faire une rime.

— *Une main d'os et de chair qui fait le mal et pervertit le bien…*

— Et pour couronner le tout, marmonna l'abbesse, cette lettre vient de me parvenir de la part de frère Nicanor Romero.

Sœur Juana eut un hoquet de stupeur.

— Miséricorde ! Justement aujourd'hui ?

— Oui, ma sœur. Cette lettre est partie du Yucatán il y a des semaines, et comme par un hasard de la providence, elle arrive ce matin. Le démon se rit de moi, vous dis-je, à gorge déployée ! Lisez donc !

À la grande frustration d'Alina, sœur Juana parcourut la missive en silence.

— Nicanor Romero vient enquêter… sur les drames de l'an passé. Mais comment a-t-il su ? Je peux compter sur les doigts d'une main ceux qui…

Elle marqua un temps d'arrêt.

— Seigneur. Le père Nuñez ?

— C'est envisageable.

— Et le secret de la confession ?

— Les confesseurs sont des gens malintentionnés et trompeurs. S'ils le souhaitent, ils trouvent toujours un moyen de contourner les règles…

— Il est dit ici que frère Nicanor Romero se déplace au nom du pouvoir octroyé par la Sainte Inquisition.

— Et voyez ce qu'il va trouver ! Quand on me demandera si je savais quelque chose, je ne pourrai pas mentir.

Alina entendit un bruit de papier froissé.

— *Madre*, avez-vous fait part de vos cauchemars au père Nuñez ?

— Non. Pas encore. Je voulais vous en parler d'abord.

— Bien. Ne lui dites rien.

— Mais je ne peux pas me taire ! Il est mon confesseur. Je n'ai pas autant de libertés que vous.

Sœur Juana parut entrer dans une transe momentanée.

— Quelque chose me dit que ma liberté ne durera pas…

Après quelques secondes d'absence, elle revint à elle.

— Faites-moi confiance. N'avouez rien pour l'instant.

— Vous me demandez de mentir à mon confesseur ? C'est un sacrilège.

— J'en ai conscience, toutefois, c'est un sacrilège dont on peut s'amender. Pour l'heure, j'ai besoin de gagner du temps.

— Pour quoi faire ?

Sœur Juana se mit à arpenter le cellier.

— Je sais, comme je sais que mon nom de naissance

est Juana Inés de Asbaje y Ramírez, que vos mains sont incapables de donner la mort. Le diable pourrait venir me le dire ici en personne, je ne le croirais pas.

— De grâce, ne l'invoquez pas !

— Laissez-moi le temps de trouver qui a commis ce crime.

Les perles du chapelet de la prieure s'entrechoquèrent. Sa voix se fit plus grave.

— Ma sœur… Ne jouez pas avec le feu. Je ne veux pas vous attirer d'ennuis.

— Nous sommes toutes concernées par le problème. Toutes. Maintenant, il va falloir agir.

Alina et Matea comprirent que cela s'adressait également à elles deux.

— Juana Inés, vous rendez-vous compte de ce que vous suggérez ? Suivre la trace de ce démon qui…

Augusta ne put se résoudre à terminer sa phrase, et de sa gorge sortit un son qui tenait du haut-le-cœur.

— Je vais suivre sa trace, comme vous dites. Je ne suis pas butée au point de l'affronter. J'agirai avec discrétion, et lorsque les inquisiteurs arriveront, si Dieu le veut, nous aurons un coupable. Alors, nous les laisserons prendre en main la situation.

La mère Augusta respira difficilement pendant un long moment. À la manière dont son chapelet et ses clefs s'entrechoquaient, elle grelottait sûrement.

— Si les indices vous… vous ramènent à moi…

Le bruit cessa soudain.

— Ne pensez plus à cela, *madre.* Je vous aiderai. J'ai besoin que vous me racontiez certaines choses, mais pas ici… Non… Vous êtes si troublée… Retournez dans votre cellule et demandez une tisane de tilleul avec une bonne dose de miel. Je passerai vous voir plus tard.

— Mais la veillée… Il faut ensevelir sœur Felipa ! Et Monseigneur l'évêque qui arrive aujourd'hui…

— Je m'en charge. À quoi nous servirait-il que l'abbesse de San Jerónimo s'effondre d'épuisement ?

Sœur Juana s'adressait à elle d'un ton presque maternel, comme on parlerait à une petite fille, ou encore à une vieille dame trop hardie pour son âge. L'abbesse, en reniflant, quitta le cellier.

Matea allait jaillir hors de sa cachette, mais Alina lui fit signe de ne pas bouger. Mieux valait attendre le signal de Juana.

— Vous pouvez sortir, grommela la poétesse après avoir refermé la porte.

Assise sur un énorme sac de pommes de terre, le crucifix de son chapelet pressé contre sa lèvre inférieure, elle roulait des yeux, signe de profonde réflexion. Quand enfin elle reprit pied dans la réalité, ce fut pour foudroyer du regard les deux jeunes filles.

— Satisfaites ? Vous venez de vous mettre dans de beaux draps.

— Mais c'est vous qui nous avez dit de nous cacher…

— Matea ! la reprit Alina, mais sœur Juana rit aux éclats.

— Tu me rappelles Pepita, mon ancienne esclave africaine. Un jour, je vous raconterai sa triste histoire. Pour le moment, il nous faut… Que se passe-t-il, ma sœur ?

Apeurée, Alina montra le sac taché.

— Vous devriez venir voir…

Juana se pencha sur les marques rouges, la bouche entrouverte.

— Cela ressemble-t-il à ce que tu as vu hier ? demanda-t-elle à Matea.

La jeune Indienne opina.

Sœur Juana examina le sac avec minutie, comme pour tenter d'en mémoriser chaque tache. Elle posa son index sur une marque de doigt, puis elle se signa.

— Sœur Elena, Matea, je vais avoir besoin de vous. Je ne peux œuvrer seule sans que mon comportement paraisse suspect.

Ses yeux se posèrent sur la domestique.

— Et il est des lieux où je ne peux me rendre personnellement.

— À vos ordres, *madre*, répondit Matea avec une petite révérence.

Alina n'était pas convaincue.

— Et si… et si la statuette indienne venait à réapparaître ? Celle qui l'a prise n'hésitera pas à révéler l'endroit où…

Sœur Juana leva une main.

— Voilà pourquoi je me propose de t'aider. J'ignore encore comment nous gérerons cela, mais je finirai bien par trouver une solution… Crois-moi, ton dilemme n'aurait pu tomber entre de meilleures mains que les miennes.

Alina balbutia un « merci », la bouche sèche. Si sœur Juana avait raison, son intelligence pourrait-elle pour autant la sauver ?

La religieuse alla à la porte.

— Suivez-moi, j'ai besoin de vous pour une tâche de la plus haute importance.

— Embaumer le corps ? Retrouver sœur Encarnación ? Chercher d'autres indices dans… ?

— Non. Nous devons préparer les *suspiros de yema* pour l'évêque Manuel Fernández de Santa Cruz.

CONVEXUS

Elles vidèrent le sac en toile de jute souillé de sang, Alina le cacha sous son scapulaire, puis toutes trois s'acheminèrent vers la cellule de sœur Juana.

Si la recette des *suspiros de yema* n'était pas des plus difficiles, elle requérait toutefois un certain effort. Il fallait séparer les jaunes des blancs de quatre douzaines d'œufs, les fouetter sans vergogne (aucun poignet n'en sortait indemne), mélanger le tout avec de la farine, du vin blanc, de la liqueur d'anis et une quantité très généreuse de sucre (ce dessert aurait fasciné la comtesse de Gijón).

Alina ne se donna pas la peine de cacher son malaise. Elle ne cessait de penser aux idoles, aux taches de sang, à la prieure angoissée qui se croyait sous l'emprise du diable. Et cependant, elles étaient là, enfermées dans la cuisine de sœur Juana, œuvrant à engraisser encore davantage l'évêque de Puebla. La novice aurait préféré aider à mettre au propre les *villancicos* que la poétesse destinait à l'ecclésiastique, mais sœur Isabel avait déjà commencé et il était préférable de conserver une seule et même calligraphie tout au long du manuscrit. Aussi la regardait-elle un peu jalousement, inclinée sur son secrétaire dans le petit salon adjacent à la cuisine.

— Les *suspiros* doivent faire cette taille, dit Juana en montrant une petite boule grande comme son pouce.

S'ils sont trop gros, ils brûlent avant d'être cuits… Et sais-tu pourquoi ?

Elle jeta à Alina un regard amusé tandis que la novice fronçait les sourcils.

— Vous me demandez de ces choses ! Pourquoi l'intérieur d'une boule de pâte met-il plus de temps à cuire que l'extérieur ?

— Oui, c'est une vraie question. La chaleur tarde à traverser les solides, t'en es-tu aperçue ? Et ce temps varie en fonction de la substance en question. Les carottes et les pommes de terre nécessitent un temps de cuisson important, alors il faut les couper finement ou les mettre en premier dans les bouillons. Les courgettes et les courges de Siam, à l'inverse, cuisent vite, c'est pourquoi on les ajoute en dernier.

Tandis que Matea donnait forme aux petits gâteaux avec une certaine dextérité, Alina méditait.

— Maintenant que vous le mentionnez, dit-elle, les métaux chauffent très rapidement… Une cuillère en argent devient brûlante sitôt qu'on la plonge dans le potage, et elle refroidit à peine sortie de l'assiette.

Sœur Juana porta à sa bouche un morceau de pâte (même crue, elle était délicieuse).

— Et il se passe le contraire avec l'eau.

— L'eau met du temps à chauffer, intervint Matea, le visage couvert de farine, mais une fois qu'elle bout bien, comme on fait pour le chocolat, elle met longtemps à refroidir.

— L'air aussi, renchérit Alina. Il faut du temps avant que les premiers rayons du soleil réchauffent le matin, et c'est lentement que la fraîcheur retombe après le crépuscule.

Sœur Juana sourit.

— Je te prêterai les traités d'Anaxagore. Ce philosophe a des théories très intéressantes sur le chaud et le froid, la lumière et l'obscurité. Ses écrits ont inspiré Socrate ; c'est de là que dérive la théorie moderne des quatre éléments.

Alina réfléchit.

— Anaxagore… Dante ne le mentionnerait-il pas dans sa *Divine Comédie* ?

— C'est exact, au premier cercle de l'Enfer. Dante le place aux côtés des païens vertueux, ceux qui n'ont commis aucun péché, mais qui ne reconnaissent pas le Christ comme le messie.

— Anaxagore était-il… hérétique ? demanda Alina à voix basse.

— Il avait une théorie déconcertante à l'égard de la Création. Il prétendait que toute chose avait toujours existé, comme de minuscules fragments d'une seule masse uniforme…, répondit sœur Juana tout en contemplant la pâte à gâteaux.

— Je vois, dit Alina. Cela va clairement à l'encontre des Écritures.

— Pas nécessairement, marmonna sœur Juana.

Elle prit un morceau de pâte et entreprit de le modeler délicatement.

— Et si le Seigneur avait pris ces fragments et leur avait donné des formes variées ?

Elle contempla la figurine qu'elle avait formée, à la silhouette vaguement humaine.

— Et quel était le châtiment pour ces gens-là ? interrogea Matea sans interrompre son travail.

Sœur Juana poussa un soupir avant de pétrir le personnage pour en faire une sphère indifférenciable des autres.

— Passer l'éternité dans les limbes. Un… semblant de paradis. Sans tortures ni souffrances.

— Bah ! ça n'a pas l'air si mal, commenta la petite Indienne.

Mais sœur Juana paraissait mélancolique.

— Dans ces limbes, on leur refusait les plus grandes joies du paradis… et les réponses aux grandes questions… et l'explication des merveilles de la Création… En somme, tout ce que nos cerveaux de simples mortels ne peuvent comprendre. Je ne peux imaginer pire destin pour… pour des esprits comme ceux de Platon et d'Aristote, reprit-elle après s'être raclé la gorge.

Elles continuèrent à travailler en silence.

— Et maintenant, *madre* ? voulut savoir Matea dès qu'elle eut formé la dernière boule de pâte.

En réalité, c'est elle qui avait réalisé la majeure partie du travail.

— Tu peux chauffer l'huile, dit sœur Juana. Il faut frire les *suspiros* jusqu'à ce qu'ils soient bien dorés, comme des galettes de banane plantain. En as-tu déjà fait ?

— Non, mais les Africaines de la cuisine m'y ont fait goûter. Ne vous inquiétez pas, je m'en occupe. Vous et la *niña*, vous n'avez qu'à parler de…

Elle regarda du coin de l'œil sœur Isabel qui, bien qu'affairée dans son coin, semblait écouter tout ce qu'elles disaient.

— … vous savez quoi.

Après s'être lavé les mains, Alina et sœur Juana ôtèrent leurs tabliers et allèrent examiner le travail d'Isabel. Alina ressentit de nouveau une pointe de jalousie : la calligraphie de la jeune femme était encore plus fine et régulière que celle de sœur Juana.

— Comment cela se passe-t-il ?

— Bien, ma tante. J'ai déjà copié le *Tercero Nocturno*. L'encre sera sèche pour l'arrivée de Monseigneur l'évêque.

Les cernes de la novice étaient profonds. Si elle tenait encore debout grâce au chocolat chaud, bien corsé, Dieu seul savait comment elle parvenait à accomplir un travail si délicat.

Après l'avoir félicitée, Juana alla prendre un drôle de vase en verre sur une étagère. Une sphère parfaite, transparente et encastrée sur un pied.

— Apporte le sac, dit-elle à Alina.

Elles se rendirent à l'étage. Sœur Juana remplit l'espèce de calice avec l'eau de son bassin à ablutions et alla s'asseoir près du balcon, où la lumière était plus vive.

— Tiens le sac comme cela, indiqua-t-elle à Alina, qui glissa l'endroit taché sous ce qui se révéla être une ingénieuse loupe. Ce que nous avons pu nous amuser avec cet objet, au palais ! C'est un présent de ma défunte Laura... C'est ainsi que nous autres, demoiselles de la marquise de Mancera, appelions l'ancienne vice-reine[1]. Elle nous racontait que ce genre d'objet et de subterfuge plaisait beaucoup à la reine Marie-Anne d'Autriche.

— Doña Leonor fut ménine[2] à la cour d'Autriche ?

— Oui. Avec ces hivers germaniques, elles devaient bien se trouver des divertissements comme celui-là.

— Je doute qu'elles l'aient utilisé pour examiner des traces de...

Alina fit la moue, écœurée par le tissu souillé de sang qu'elle tenait entre les mains.

— Penses-tu ! Laura adorait contempler les ailes des papillons.

---

1. Leonor del Caretto, marquise de Mancera, fut vice-reine de la Nouvelle-Espagne de 1664 à 1673.

2. Jeune noble attachée à la cour d'une famille royale.

Sœur Juana eut un sourire qui cachait une certaine tristesse.

— Tu m'as fait penser à elle, le jour où nous t'avons reçue au parloir, lorsque tu as dit que tu n'aimais pas tuer des papillons pour les clouer sur des coussins. Doña Leonor disait la même chose.

Ses lèvres tremblèrent, comme si elle hésitait à en dire plus, mais elle baissa rapidement les yeux et se concentra sur les empreintes laissées sur le sac.

La tête inclinée d'un côté puis de l'autre, elle s'approcha autant que possible et essaya de comparer les empreintes sanglantes avec ses propres mains.

— Tu vois ce doigt, là ? Ce pourrait aussi bien être l'auriculaire d'un homme fort que l'index d'une femme menue. La seule chose que je peux en déduire, c'est que le sac a été tenu fermement et pendant un long moment.

— Peut-être quelqu'un qui se cachait ? conjectura Alina, et Juana opina du chef.

— Comme toi ce matin.

Avec un soupir de frustration, l'écrivaine mit de côté la loupe et prit le sac des mains d'Alina.

— Jetons-le au feu. Il ne nous apprendra plus rien.

La novice fronça les sourcils.

— Et maintenant ?

— Je veux que tu m'accompagnes à la cellule de sœur Felipa. Nous devons lui mettre ses habits de cérémonie pour la veillée… et… ce sera l'occasion d'examiner ses affaires, lui murmura sœur Juana.

Alina acquiesça, non sans quelque nervosité. L'idée de fouiller dans les affaires d'une personne – de surcroît une personne qu'elle venait à peine de rencontrer et dont le corps démembré gisait à l'infirmerie – ne lui plaisait guère.

MISSEL

La cellule de sœur Felipa était située dans un coin reculé du cloître, au nord, non loin du dortoir des employées de cuisine.

Alina aurait beaucoup aimé loger là. Cette cour possédait son propre puits ; elle était petite et accueillante, tout le contraire du patio froid et intimidant réservé aux novices. Des arômes de piment, de tomate et de maïs grillés émanaient des cellules et des chambres des domestiques.

En les voyant arriver, celles-ci interrompirent leur travail et esquissèrent une révérence. Sœur Juana les salua et alla directement au second niveau où, à la surprise d'Alina, elle pénétra dans une des pièces les plus misérables du couvent.

— Sœur Felipa vivait ici ? interrogea la jeune fille.

La cellule était encore plus exiguë que la sienne, il n'y avait pas de foyer pour chauffer la pièce, seulement une couche, étroite et sans draps, un crucifix et un pot de chambre. Sur une malle délabrée au pied du lit reposait une lampe à huile en étain dont la mèche paraissait quasi neuve. La paillasse n'avait pas bougé ; la cellule était exactement dans le même état que la veille.

— Autrefois, sœur Felipa possédait un appartement à deux niveaux, comme le mien, raconta Juana. Le jour où elle a renoncé au poste de prieure, elle a vendu sa cellule et a acheté celle-ci, sans même engager de domestique.

Elle a donné l'argent restant aux pauvres. Personne n'a compris pourquoi. On raconte qu'elle avait… certaines fautes à expier.

— Savez-vous lesquelles ?

— Non. Sa vie fut un mystère. Les décisions qu'elle prenait étaient incohérentes, voire absurdes.

Sœur Juana sourit avec amertume.

— Elle n'est pas la seule à agir ainsi, d'ailleurs…

Son regard erra de nouveau dans la pièce. Alina crut qu'elle allait déclamer des vers, mais la poétesse se contenta de pousser un soupir.

— Ces « fautes » expliqueraient-elles pourquoi… il s'est passé ce qui s'est passé ? demanda la novice.

— C'est possible. Peut-être trouverons-nous un indice ici.

— Je ne sais même pas ce que nous cherchons.

— On le saura quand on tombera dessus. Ce pourrait être quelque chose d'incongru, à quoi on ne s'attend pas… Mais une personne qui possède un double fond dans sa malle devrait s'y connaître mieux que moi, ajouta malicieusement sœur Juana.

Dès lors, Alina redoubla d'attention. Elle regarda sous le lit, tâta les murs, donna de petits coups sur le plancher. Sœur Juana, pendant ce temps, étudiait la serrure de l'entrée et les gonds.

— La porte est intacte, dirait-on.

— Sœur Felipa dormait-elle enfermée, elle aussi ?

— Oui. Les seules à y échapper sont la mère supérieure, la maîtresse des novices et les sœurs de l'infirmerie. Et, bien entendu… les domestiques de la cuisine.

— J'aurais pensé que Felipa, en tant que sœur de haut rang…

— Elle-même a demandé à être enfermée. Elle ne souhaitait aucun privilège. Elle se sentait même gênée de manger à la table principale.

— Alors, comment a-t-elle pu arriver jusqu'à l'église ?

Sœur Juana s'assit sur le lit.

— Récapitulons : selon ce que m'a raconté la mère Augusta, hier soir, sœur Encarnación a fermé les cellules et lui a remis le trousseau, comme d'habitude. Elle lui a souhaité bonne nuit et est rentrée dans sa cellule. Jusque-là, tout allait bien.

— Et ensuite ?

— L'abbesse s'est réveillée en sursaut. Cette nuit, elle prétendait avoir fait un cauchemar. Ce n'est qu'aujourd'hui qu'elle a admis avoir eu des visions.

Alina sentit un fourmillement dans ses mains.

— De quel genre ?

Sœur Juana secoua la tête.

— J'y reviendrai en temps voulu. Sache seulement que la mère Augusta était si nerveuse qu'elle s'est rendue au *sotocoro* pour s'en remettre au Seigneur. C'est là qu'elle a aperçu une forme sur le maître-autel. Comme elle n'y voyait pas bien de derrière la grille, elle est entrée dans la nef et a trouvé sœur Felipa.

— N'a-t-elle rien vu d'autre ? Une ombre, peut-être, comme Matea ? Celle de celui ou celle qui a brisé le tour ?

— Elle ne m'a rien dit de plus. Je tâcherai de l'interroger lorsqu'elle sera plus calme. Une chose est sûre : elle s'est empressée d'aller chercher sœur Encarnación pour qu'elle l'aide à nous réveiller. Mais celle-ci n'était pas dans sa chambre.

— Voilà pourquoi la prieure a dû ouvrir elle-même les portes de nos cellules, déduisit Alina.

— Exactement. Elle est d'abord venue dans ce cloître

réveiller les sœurs. J'ai cru comprendre que les domestiques, alertées par le tintamarre, sont allées d'elles-mêmes proposer leurs services en cuisine.

— La mère Augusta est-elle entrée dans cette cellule ?

— Oui. Elle dit n'avoir rien remarqué de particulier.

— Et la pièce était fermée à clef ?

— Il semble que oui. Et comme tu le vois, à l'intérieur, tout était en ordre.

Alina se mit à décrire des cercles en marchant.

— Ma sœur, puis-je vous parler avec franchise ?

— Il ne saurait en être autrement.

— Comme vous me l'avez dit, les seules à avoir la liberté d'aller et venir sont la mère Augusta, sœur Encarnación et les domestiques. Et comme par hasard, l'abbesse aurait fait un rêve prémonitoire… qui l'aurait menée directement là où sœur Felipa, Dieu ait pitié de son âme, gisait, sans vie ?

— Cela te semble difficile à croire, n'est-ce pas ?

Alina ne sut que répondre. Nier la possibilité d'une prémonition était-il considéré comme un blasphème ?

Heureusement, Juana reprit la parole.

— Moi non plus, je n'y crois pas. Mais quoi qu'il en soit, je ne conçois pas qu'elle puisse commettre un tel acte. Entre nous… j'ai parfois l'impression que cette femme manque de courage. Sa prétendue fermeté n'est qu'apparente. Tu l'as entendue toi-même dans le cellier ; elle est au bord du désespoir.

Alina avait l'air songeuse.

— Sœur Encarnación, alors ? Elle avait la possibilité d'ouvrir la cellule de Felipa et de la refermer, et voilà qu'elle a disparu. Vous-même avez entendu quelqu'un s'échapper par le tour.

— Et pourtant, dit Juana, contemplant le crucifix

grossier fixé au mur, sœur Encarnación capable de telles atrocités… Non, cela ne me paraît pas logique… Pour commencer, il eût fallu qu'elle ouvre puis qu'elle referme cette cellule avant de donner les clefs. Le couvent était encore plein de professes. De plus…

Elle se frotta le menton.

— Rappelle-toi comment nous avons retrouvé la pauvre sœur Felipa. Je doute qu'il s'agisse d'un vulgaire crime.

— Matea m'a parlé de… de sacrifices païens, dit Alina d'une toute petite voix.

Le regard de sœur Juana se posa de nouveau sur la croix.

— La foi de sœur Encarnación est profonde. Aveugle. Elle a fait partie des sœurs carmélites déchaussées, elle a pratiqué la mortification de la chair. Quand elle est arrivée ici, sous prétexte de son âge avancé, on le lui a interdit, quoique je doive admettre que j'ai rarement vu un corps aussi résistant que le sien. Je la crois capable de brandir un poignard pour défendre sa foi. Je la crois capable d'arracher un tour pour s'enfuir. Mais je ne la crois pas capable de profaner un autel ou d'outrager un mort selon des rites païens.

Alina réfléchit un instant, et hésita avant de prononcer les mots suivants :

— Il reste… les domestiques.

Juana se rassit, la tête dans les mains.

— Indiennes, métisses et noires. Que nous avons arrachées à leurs foyers, affublées de nos habits étrangers, endoctrinées selon les coutumes européennes et la religion chrétienne… que nous avons réduites en esclavage, et dont les idoles et les temples ont été mis en pièces pour que les nôtres puissent s'élever.

Alina faillit prononcer un nom, mais sœur Juana l'arrêta.

— Non, ne dis rien. Autrefois, déjà, on a montré du doigt quelqu'un, sans savoir, ici même, à San Jerónimo. Et cela n'a apporté que du malheur.

— Mais... vous savez que ce n'est pas impossible.

— Impossible, non. C'est même probable. Toutefois, ne formulons rien à voix haute tant que nous n'aurons pas la moindre preuve. M'as-tu comprise ?

Alina hocha la tête.

— Nous n'avons toujours pas ouvert ce coffre, fit remarquer sœur Juana en retirant la lampe à huile posée dessus.

À l'intérieur, elles trouvèrent en tout et pour tout deux sous-vêtements de rechange, quelques pains de savon, une paire de sandales éculées, un second jeu de vêtements quotidiens, et, soigneusement rangée, la tenue de cérémonie de sœur Felipa. De petits brins de romarin et d'oranger préservaient le linge de l'humidité.

— Voilà tout ce qu'elle possédait dans ce monde, constata Alina, aussi surprise que peinée.

En dépliant la tenue de cérémonie au-dessus du lit, sœur Juana fit tomber un objet rutilant.

— Un missel ! dit Alina, qui le feuilletait déjà.

Il ne provenait pas d'une imprimerie ; il avait été copié à la main dans une calligraphie gothique, et sa reliure était incrustée de perles et de filigrane en argent. Ce devait être un très vieux missel, et le métal avait beaucoup noirci.

— Je me disais bien, fit sœur Juana en consultant à son tour le petit livre. *Si sainte et dévouée soit notre mission... À la fin, d'amasser des trésors, nous en avons tous besoin...* Regarde ces lettrines en feuille d'or ! Je n'en avais pas vu d'aussi splendides depuis les visites de la comtesse de Paredes.

— Vous avez été l'amie de deux vice-reines ? s'étonna Alina.

La comtesse de Paredes, réputée pour sa sagesse autant que pour sa beauté, était récemment rentrée en Espagne.

Sœur Juana ne répondit pas. Elle secoua la tête, concentrée sur le missel. Un ruban de soie rouge gardait une page particulièrement abîmée. Elle en lut les premières lignes à voix basse.

— *Si ton œil est pour toi une occasion de chute, arrache-le. Mieux vaut pour toi entrer borgne dans le royaume de Dieu que de t'en aller dans la géhenne avec tes deux yeux, là où le ver ne meurt pas et où le feu ne s'éteint pas.*

— Est-ce l'extrait que sœur Felipa a lu dans le réfectoire ?

La poétesse confirma.

— Évangile selon saint Marc, chapitre 9, verset 47.

Elle lut un autre passage.

— *En ce temps-là, Jean, l'un des Douze, disait à Jésus : « Maître, nous avons vu quelqu'un expulser les démons en ton nom ; nous l'en avons empêché, car il n'est pas de ceux qui nous suivent. » Jésus répondit : « Ne l'en empêchez pas, car... »*

Quelqu'un frappa à la porte, les faisant sursauter toutes les deux.

C'était une domestique, hors d'haleine.

— *Madres*, pardonnez-moi. Monseigneur l'évêque vient d'arriver.

Sœur Juana ferma le missel d'un coup sec.

— Jésus ! C'est déjà l'heure ?

À cet instant, les cloches qui conviaient les sœurs au réfectoire sonnèrent.

— Je lui demande de vous attendre, *madre* ?

— Non, non, j'arrive. Emporte ces vêtements à l'infirmerie. Dis-leur que je préparerai moi-même sœur Felipa pour le rosaire.

La servante se signa, prit les habits et repartit aussitôt.

Juana cacha le missel sous son scapulaire et se hâta de gagner l'église, Alina sur les talons.

Elles trouvèrent sœur Isabel et Matea dans l'entrée de l'avant-chœur, l'une chargée de documents, l'autre de *suspiros de yema* tout chauds et d'un énorme pichet de chocolat chaud.

— Ma tante, commença Isabel, les mains tremblantes et pleines de feuillets, sœur Leocadia est indisposée. Il paraît qu'on l'a emmenée à l'infirmerie, mais sa domestique n'a pas su nous dire pourquoi.

— Seigneur, encore une de ses transes ?

— Je crois.

Juana se frappa le front.

— Il ne manquait plus que ça. Qui va jouer de l'orgue, maintenant ?

Elle tourna vers Alina un regard malicieux.

— Serait-ce trop demander qu'en plus de l'astronomie et des mathématiques, tu saches lire des partitions musicales ?

Alina se mordit les lèvres.

— Je ne sais déchiffrer que les portées à cinq lignes. Et je n'ai jamais joué de l'orgue ; seulement du clavecin, chez ma grand…

— Isabel, accompagne-la, coupa sœur Juana en fourrant une copie des *villancicos* dans les mains d'Alina. Quand tu entendras la clochette, commence à jouer.

Et sans attendre, elle se tourna vers Matea et la conduisit jusqu'à la nef.

— Essaie de faire en sorte que le cacao reste bien

mousseux, lui conseilla-t-elle. Sinon, une petite pellicule se forme sur le dessus, et l'évêque est si délicat qu'il n'en voudra plus.

Alina et Isabel, tout en se signant, la regardèrent entrer dans le *sotocoro*, où l'attendait Monseigneur l'évêque.

— Ta tante semble nerveuse, murmura Alina tandis qu'elles montaient l'escalier.

Sœur Isabel lui adressa un regard en coin.

— Depuis que la comtesse de Paredes est repartie à Madrid, les *villancicos* et les *loas* sont devenus sa principale source de revenus. Manuel Fernández de Santa Cruz est un bon mécène. Il paie bien et il est très cultivé, mais il faut réussir à lui plaire. Ma tante dit qu'il est... d'une loyauté quelque peu versatile, lui chuchota-t-elle à l'oreille.

REFRAINS

Alina s'assit sur le petit banc et sentit soudain, devant l'orgue, son cœur battre plus fort.

Sœur Isabel ne lui adressa pas un mot. Elle se contenta de disposer sur le pupitre les partitions qu'elle avait copiées, lui fit un clin d'œil, et alla chercher une esclave.

Les épaules de l'Africaine étaient si larges, ses cheveux coupés si court et, en retroussant ses manches, elle dévoila des biceps aux veines si saillantes qu'Alina dut la regarder deux fois avant d'être sûre que c'était une femme.

— Je vous donne le bonjour, *madre*, la salua l'esclave avec un fort accent antillais.

Son expression et sa voix étaient chaleureuses. Alina se sentit coupable de l'avoir scrutée avec tant d'insistance.

— Comment te nommes-tu ? demanda la novice.

— Vous pouvez m'appeler Lupita, *madre*.

On entendit tout à coup sonner la clochette du *sotocoro*. Lupita se pencha sur la pompe des énormes soufflets. Installés sous le clavier, ils emplissaient d'air les tubes de l'orgue, qui pouvaient atteindre une hauteur de 5 mètres. Une fois le morceau entamé, le flux d'air devait être constant ; voilà pourquoi l'esclave était si musclée !

Alina déchiffra la première ligne de la partition et,

puisqu'elle n'avait plus le choix, inspira un grand coup et commença à jouer.

À peine avait-elle posé ses doigts sur les touches que l'église entière vibra au son de l'orgue. Elle ne pouvait pas se permettre la moindre erreur : même la plus infime fausse note, amplifiée dans les tuyaux, résonnerait dans tout l'édifice.

Heureusement, ce morceau n'était qu'un simple accompagnement, conçu pour mettre en valeur les vers des *villancicos*.

Alina pouvait entendre l'harmonie des chants de sœur Juana et sœur Isabel. La nièce faisait la voix principale tandis que la tante, avec son timbre plus grave, assurait les reprises. En écoutant sœur Juana, elle ressentit une profonde admiration pour cette femme qui ne cessait de s'exprimer en vers, parlait aussi bien de cuisine que du mouvement des astres, et qui était d'un même élan capable de philosopher sur les éléments et de blanchir des œufs, de faire frire des beignets et d'entonner des chants sacrés qu'elle avait elle-même composés.

La novice se sentit plus sereine et se laissa même bercer par la mélodie. Mais cette tranquillité fut de courte durée. Certains refrains étaient décidément trop macabres, d'autant plus après le terrible drame qui venait de se produire à San Jerónimo. Pour une messe de Noël, Alina ne pouvait supporter d'entendre des phrases comme :

> *Écoutez ce que le Roi décrète :*
> *« Il n'en est pas question pour l'instant,*
> *puisque cet Enfant*
> *rachète par sa mort,*
> *et non par sa naissance. »*

Et dans le *villancico* suivant, sœur Juana faisait allusion, en des termes presque glaçants, au tragique destin de l'Enfant Jésus :

Laissez-le dormir,
car celui qui dort, dans son sommeil
s'entraîne à mourir.

Laissez-le veiller !
Laissez-le dormir !

Si sa peine est la gloire de tous,
il ne voudra pas dormir,
car même en dormant, refuse de se reposer
celui qui est né pour la peine...

Alina perdit le rythme lors de ce passage, et l'écho de son faux pas grinça dans la nef. Elle grimaça en entendant le crissement, mais se reconcentra rapidement sur la suite des partitions.

Le dernier *villancico*, plus rapide et somptueux que les autres, truffé de termes latins, fut presque une torture. Après l'ultime accord, quand elle put enfin reposer ses doigts, Alina poussa un long soupir. Lupita s'essuya les tempes, et toutes deux échangèrent un regard complice, comme une marque d'admiration réciproque.

Sœur Isabel arriva peu après, et elle aussi paraissait soulagée.

— Monseigneur l'évêque est enchanté, dit-elle d'un air triomphant. Il désire te rencontrer. Ma tante lui a dit le plus grand bien de toi.

Alina, qui n'avait pas encore recouvré son souffle, n'eut d'autre choix que de suivre Isabel dans le *sotocoro*.

Là, de part et d'autre de la clôture, sœur Juana était en grande conversation avec un homme aux joues roses.

La grille gênait la vue et ne laissait passer que peu de lumière, mais on ne pouvait ignorer la riche soutane rouge vif de l'évêque. Tout, dans son visage, était rond : son menton, ses joues, ses yeux débonnaires, presque bovins, et son nez pour ainsi dire formé de trois boules de chair – une pour l'arête, les autres pour les narines. Alina n'aurait su évaluer l'âge de l'ecclésiastique, toutefois sa peau couleur albâtre, dépourvue de rides, aurait suscité la jalousie de n'importe quelle dame du palais de la reine.

Ce n'est qu'après l'avoir longuement détaillé qu'Alina se rendit compte qu'un autre prélat se tenait à ses côtés. Lui était tout le contraire de l'évêque : mince, la mine blême, la peau fripée, vêtu d'une humble robe noire défraîchie.

On leur avait installé une petite table et des chaises face à la grille, et Matea était en train de remplir leurs tasses de chocolat chaud. Sur le plateau d'argent ne restait que quelques *suspiros de yema* et l'évêque avait du sucre tout autour de la bouche.

— Sœur Elena, commença Juana, voici Monseigneur l'évêque de Puebla, Manuel Fernández de Santa Cruz. Il dit connaître ta grand-mère.

Rien d'étonnant à cela : l'hacienda de San Hipólito n'était pas très loin de Puebla, et doña Marina fournissait en blé presque toute la ville. Le diocèse faisait sans doute partie de ses meilleurs clients.

— Enchantée, Monseigneur, répondit Alina avec une brève révérence.

— Petite-fille de doña Marina, dites-vous ? demanda-t-il d'une voix douce et affable, avec ce cheveu sur la langue caractéristique du castillan.

— Tout à fait.

L'évêque leva les mains comme pour louer le Ciel.

— Ah, quelle divine *señora* ! Nous devons tant à la très pieuse comtesse de Gijón…

— Vraiment ? laissa échapper la novice en repensant à l'expression sanguinaire de son aïeule.

Parlaient-ils de la même personne ?

— Tu es sûrement trop jeune pour te rappeler les famines de 78. La générosité de ta grand-mère fut sans limites.

Alina hocha la tête. Elle s'en souvenait très bien ; du haut de ses 5 ans, elle avait vu des gens mourir de faim tandis que la cathédrale de Puebla inaugurait en grande pompe son clocher. Doña Marina avait offert aux plus nécessiteux une douzaine de charrettes pleines de blé. Ce que la bonne comtesse ne mentionna jamais, c'est que ce stock n'était que l'invendu de l'année précédente et qu'il était ravagé par les charançons. Le peuple avait faim ; il n'allait pas cracher sur un insecte croustillant à se mettre sous la dent.

— Je ne m'étonne guère que doña Marina ait confié sa petite-fille au Seigneur ; cela ne fait que confirmer la bonté de son âme.

Alina dut se pincer pour s'empêcher de rire. Juana, suffisamment perspicace pour le noter, intervint :

— Et voici Antonio de Salazar. C'est le maître de chapelle de la cathédrale de Puebla. C'est lui qui a composé le morceau que tu viens de jouer.

L'homme, qui semblait plus occupé à admirer les copies des *villancicos* qu'à déguster les biscuits, se contenta de saluer Alina d'un bref mouvement de la tête.

— Ces reproductions sont excellentes, ma sœur, la félicita-t-il d'une voix curieusement nasillarde. Les avez-vous réalisées vous-même ?

— Non. C'est ma nièce, sœur Isabel.

La jeune femme exécuta une révérence, les joues empourprées.

— Votre voix, ma sœur, est aussi exquise que votre calligraphie. Pourrais-je vous demander de me dupliquer quelques partitions des archives de la cathédrale ? J'ai trouvé la bibliothèque dans un état déplorable. Pleine de trésors musicaux qui se décomposent à cause de l'humidité. Soyez certaine que votre travail sera rétribué.

— Vous pouvez les envoyer dès qu'il vous plaira, don Antonio, répondit sœur Juana, qui adressa un clin d'œil à sa nièce.

Cela ne faisait guère de doute que sœur Juana avait tout prévu depuis le début.

— Dieu a béni San Jerónimo de moult raffinements, intervint l'évêque, savourant les *suspiros* et le chocolat avec une telle délectation qu'il était difficile de savoir à quels raffinements il se référait. Si seulement les Éminences de notre sainte Église pouvaient reconnaître les vertus de nos sœurs…

— Ne me dites pas que vous vous êtes de nouveau querellé avec l'archevêque Francisco de Aguiar, dit sœur Juana.

— Nous l'avons justement rencontré hier, expliqua l'ecclésiastique, époussetant sa soutane constellée de sucre. Cette entrevue fut pour le moins gênante. C'est un vulgaire et immonde jésuite. Dès que nous l'avons informé de notre visite au couvent, ses poils se sont hérissés. Vous connaissez son opinion sur les femmes.

Alina leva les yeux.

— Quelle est-elle ?

— Nous serions des succubes au service du Malin, répliqua sœur Juana, ce à quoi les prélats et Isabel réagirent en se signant. Il prêche au pupitre que Dieu nous a créées dans le seul but de tenter les hommes et de les faire condamner.

L'évêque s'approcha de la grille et fit signe à Alina d'avancer.

— Je ne sais où s'arrête la vérité, chuchota-t-il, mais ses domestiques rapportent qu'il a refait tous les sols et les enduits de son archevêché, et il va jusqu'à faire remplacer inlassablement la moindre pierre ou faïence sous prétexte que tout a été souillé par les femmes.

Il s'adressa ensuite à sœur Juana.

— Ô, comme je regrette d'avoir refusé la charge d'archevêque ! Ses idées sur le sexe faible ne sont pas les seules en cause ; cet homme est incompétent, tyrannique... Il exècre les castes et s'offusque que l'Inquisition n'envoie pas davantage d'Indiens au bûcher.

Matea faillit lâcher le pichet de chocolat.

— Ce que vous dites est préoccupant, se lamenta sœur Juana. Ne croyez pas que les rumeurs restent à la porte du couvent ; la colère monte.

Elle regarda Alina.

— Celle des domestiques et des Espagnols aussi. Je crains les révoltes. Le moment viendra où les murs de San Jerónimo ne suffiront plus à nous protéger de la juste indignation de la population.

Le prélat approcha sa main du grillage. S'il l'avait pu, songea Alina, il aurait saisi celle de sœur Juana.

— Aidez-moi, ma sœur. Prêtez-moi vos talents pour que l'Église retrouve la raison.

Sœur Juana s'éclaircit la voix, visiblement gênée. Manuel Fernández de Santa Cruz attendit sa réponse patiemment – et il fallut que son chocolat chaud se couvre de la redoutable peau de lait pour que l'évêque repose enfin sa tasse.

— J'en serais honorée, murmura sœur Juana, mais je crains que les petits poèmes d'une nonne servent peu votre cause. *Épineux sont ces sentiers hostiles... Et vous voulez envoyer un pauvre lièvre... combattre de venimeux reptiles...*

— Nous trouverons une solution, ma sœur. Avec l'aide du Seigneur, je suis sûr que...

Sœur Juana l'interrompit brutalement :

— Je ne voudrais point vous retenir, Monseigneur.

— Ma sœur, ne croyez pas que...

— Pardonnez mon ton péremptoire, mais nous devons vêtir et fleurir une sœur qui nous a malheureusement quittées hier.

L'évêque et le maître de chapelle se signèrent pour la seconde fois.

— Très-Sainte Mère ! Pourquoi ne pas l'avoir dit avant ?

— Précisément pour ne pas vous faire perdre votre temps, mentit sœur Juana, soudain crispée.

Elle récupéra sa solde à travers la petite grille que le père Nuñez utilisait pour leur donner l'hostie et mit un terme à cette rencontre avec la rapidité que lui permettaient les usages du couvent.

Ces sentiers étaient littéralement jonchés d'épines, songea Alina. Et sœur Juana voulait les éviter coûte que coûte.

MORTALIS CORPORIS[1]

Sœur Gertrudis, la religieuse à la mâchoire large qui s'occupait toujours de la vieille Quintina, se trouvait être l'infirmière principale.

— Le corps est dans l'officine, leur dit-elle, les guidant parmi les lits faits avec soin du dispensaire.

La pièce sentait le savon et le romarin.

— Comme vous le voyez, nous n'avons pas de convalescentes en ce moment, mais la mère Augusta préfère éviter les regards indiscrets.

Derrière la porte de l'officine, l'obscurité était presque totale et les arômes d'herbes et de médicaments étaient plus concentrés.

À la lueur de la lampe, la dépouille de sœur Felipa apparut, étendue sur une paillasse à même le sol, entourée d'étagères regorgeant de fioles et de plantes médicinales (il y avait une quantité importante de feuilles séchées d'orme, héliotrope, stramoine, saule blanc, pissenlit...).

— Pouvez-vous nous laisser un instant, ma sœur ? demanda Juana. Nous souhaiterions nous recueillir avant de la fleurir.

— Bien entendu, consentit Gertrudis. J'enverrai bientôt quelqu'un procéder à l'onction du corps.

---

1. Corps mortel.

Dès qu'elle fut sortie, sœur Juana se pencha sur le cadavre.

Alina, d'abord hésitante, finit par s'avancer. La défunte paraissait faire la plus paisible des siestes. On l'avait déjà lavée et enveloppée dans des suaires blancs. Seule sa peau froide et desséchée trahissait son état : on voyait bien que le sang ne circulait plus.

— Tiens ça, dit sœur Juana en lui passant la lampe.

Après un signe de croix, elle écarta précautionneusement le linceul. La plaie du torse avait été comblée à l'aide d'un emplâtre à base d'huile d'eucalyptus et de menthe odorante.

— Pour éviter les mouches et les émanations, expliqua sœur Juana.

Elle retira la gaze, révélant toute l'horreur de la blessure.

Alina avait le cœur au bord des lèvres. Mais, curieusement, cette vision ne l'épouvanta pas autant qu'elle s'y attendait. Maintenant qu'elle était propre, la plaie lui rappelait les tranches de bœuf fraîches qui pendaient dans les cuisines de San Hipólito.

— Approche la lumière, demanda sœur Juana.

Elle contempla le corps pendant un long moment solennel.

— *Os, nerfs, fluides et artères... D'aspect funeste et d'odeur âcre... Rien, finalement, que du sang et de la chair...*

Elle récita ensuite un *Notre Père* entre ses dents, penchée en avant, puis se mit à palper les bords de l'entaille, tirant de temps à autre un muscle ou un tendon. Entre la peau et la chair, Alina remarqua une couche luisante et blanchâtre.

— Qu'est-ce que c'est ? s'enquit-elle.

— De la graisse. Comme celle avec laquelle on prépare le *chicharrón*.

Alina ravala sa salive et se promit de ne plus jamais toucher à ces fritures de porc.

— Je suis parfois surprise de constater à quel point nos enveloppes charnelles s'apparentent à celles des animaux, chuchota sœur Juana. Tout se passe comme si le Seigneur avait fabriqué un moule élémentaire, et qu'à partir de là il avait donné forme à toutes les créatures. Nous nous ressemblons tellement qu'à l'université d'Alcalá ils utilisent des cadavres de porcs afin que les futurs chirurgiens s'exercent.

La religieuse palpa le cœur, qu'on avait replacé sans ménagement dans la poitrine, les artères tournées vers le ciel. Elle manipulait les organes avec autant d'aisance que si elle avait lavé une patte de poule.

— Ces entailles ne sont pas nettes... Sans doute réalisées par une main nerveuse... puissante, mais pas tant que ça. Regarde cette incision en biais sur le torse. Si on s'imagine le moment...

— Je préfère éviter, marmonna Alina.

Mais sœur Juana poursuivit son exposé en imitant les mouvements avec ses propres mains.

— On a porté un coup une première fois, découpé, frappé à nouveau, coupé encore, et ainsi de suite jusqu'à pouvoir extraire le cœur.

Cette fois, même l'estomac de sœur Juana se révulsa.

— On n'a pas rompu le sternum, on a plutôt glissé les doigts sous les os. Ensuite... soit on a arraché l'organe à la racine, soit on a sectionné les artères à travers les côtes, à l'aveugle, pour ainsi dire.

Alina eut soudainement la nausée.

— Cela vous renseigne-t-il sur la nature du meurtrier, ma sœur ?

— Ce n'est pas la mère Augusta. La prochaine fois, observe ses poignets. Ses os sont trop fragiles.

— L'Inquisition allèguera que la force lui est venue du diable.

Sœur Juana se redressa et chercha un chiffon pour s'essuyer les mains.

— Si on écoute l'Inquisition, San Jerónimo tout entier est un nid de démons. Quel… quel grand sonnet cela ferait ! *San Jerónimo, nid de démons… ombres infectées qui promptes se traînent… Messagers noirs que ses murs malmènent… au chant de sacrilèges prédictions…*

— Ma sœur, pourriez-vous remettre la poésie à plus tard ? Tant que nous sommes face à…

— L'Inquisition est précisément la raison pour laquelle nous avions passé ces meurtres sous silence… jusqu'à maintenant en tout cas. As-tu entendu les propos de l'évêque au sujet de l'archevêque Aguiar ? S'il l'apprenait, l'homme serait bien capable de toutes nous envoyer au bûcher.

Alina baissa la voix.

— Combien de femmes sont mortes, ma sœur ?

Juana ferma les yeux, accablée.

— Felipa est la troisième. Avant elle, il y a eu une autre religieuse, et la première était une domestique.

Elle contempla ses mains encore maculées de sang.

— Je n'ai été informée de ce premier crime qu'il y a peu. Sœur Felipa, paix à son âme, était abbesse en ce temps-là, et l'affaire fut tenue absolument secrète. Elle voulait certainement nous épargner des problèmes, surtout qu'il ne s'agissait que de la mort d'une simple servante.

— Croyez-vous que cela fasse partie des fautes qu'elle prétendait avoir commises ?

— C'est possible, soupira la poétesse. Je vais avoir besoin d'eau et de savon. Peux-tu recouvrir la blessure ? Bande-lui le buste pour que nous puissions l'habiller.

Avant qu'Alina ait pu répondre, sœur Juana était déjà sortie de la pièce, la laissant seule avec la défunte et une flammèche vacillante.

Alina repositionna l'emplâtre du bout des doigts et se mit en quête de bandages. Le plus difficile fut de soulever le torse pour glisser les compresses par-dessous. Non pas que le corps eût été trop lourd, mais chaque fois qu'Alina le déplaçait, on entendait l'effroyable frottement des organes encore humides.

Elle était en train d'attacher la dernière bandelette quand la porte s'ouvrit. Sœur Quintina apportait une éponge et une jatte contenant de l'eau de rose.

— Pauvre *niña*, murmura-t-elle sans se départir de son éternel sourire. Tu devrais être chez ta grand-mère, pas assister à ces horreurs.

— Que faites-vous ? lança Alina en reculant.

La vieille religieuse ne répondit pas. Elle commença à déclamer des *Ave Maria* en passant son éponge sur la moindre parcelle de la dépouille, s'arrêtant pour détailler chaque pli, chaque tache avec une minutie perturbante.

Alina allait s'enfuir, mais sœur Juana revint à ce moment-là, accompagnée de l'énorme Lupita qui tirait un cercueil en pin brut. Matea les suivait, chargée de fleurs blanches.

— Merci, sœur Quintina, dit Juana. Pouvez-vous nous aider à l'habiller ?

Elle remarqua alors la pâleur d'Alina.

— Que se passe-t-il, sœur Elena ?

— Je... j'ignorais que sœur Quintina travaillait à l'infirmerie.

Le buste de Juana se souleva à peine, assez cependant pour signifier qu'elle comprenait qu'Alina voulait lui dire quelque chose.

— Dépêchons-nous, dit-elle. Le rosaire va bientôt commencer.

Une couronne de chrysanthèmes, œillets et glaïeuls entourait le visage de sœur Felipa, agrémentée de petites branches de giroflier et de genévrier. Ses mains reposaient sur sa poitrine, entrelacées avec une chaînette en or et un crucifix, à l'endroit exact où elle avait été blessée. Autour du cercueil, la lumière dorée et vacillante d'une douzaine de cierges irradiait le cadavre et les cryptes. À travers le clair-obscur, Alina crut voir trembler les paupières de la défunte, comme si ses cauchemars recommençaient. La novice tenta de se convaincre que ce n'était que le fruit de son imagination – ce à quoi les chants funèbres des sœurs, dans un latin obscur, n'aidaient pas.

Quand le volume du chœur s'éleva, Alina murmura à l'oreille de sœur Juana :

— N'allez-vous point rendre le missel ?

La réponse de la poétesse tarda à venir.

— Que Dieu me pardonne.

Ce chuchotement lui donna le frisson, mais Alina fit comme si de rien n'était. Elle priait en silence tout en observant les autres religieuses. Cachées derrière leurs voiles, on ne voyait d'elles que leurs mains égrenant le chapelet. Certaines tremblaient, d'autres étaient tendues vers le Ciel. Alina identifia les doigts noueux de la mère Augusta, ceux-là mêmes qui, d'après sœur Juana, étaient incapables de commettre un crime. Elle reconnut également les mains pâles et potelées de sœur Caridad, et les poignets enchaînés de sœur Andrea. La jeune femme ne faisait pas défiler les perles, mais elle serrait si fort le rosaire que ses veines saillaient.

Alina se rappelait les mots de la poétesse : *Pour brandir un poignard même le démon a besoin d'une main.* Dire que celle qui avait profané le corps de sœur Felipa se trouvait sans doute dans cette pièce, à quelques pas...

Alina avait rarement ressenti une émotion si forte en priant. Elle prononçait chaque mot de tout son cœur, et implorait la protection divine de toute son âme.

Les sœurs se relaieraient jusqu'au lever du jour pour veiller la défunte et les prières ne cesseraient pas avant les obsèques. Sœur Juana avait tenu à ce que les serviteurs du père Nuñez veillent également toute la nuit, de l'autre côté de la clôture. À la fin du rosaire, la mère Augusta raccompagna la majeure partie des sœurs dans leurs cellules respectives et les y enferma.

Dans le cloître des novices, on entendait encore les chants et les invocations des religieuses restées auprès de Felipa. Matea attendait Alina devant la porte. Avant même que l'abbesse ait le temps de brandir la clef, sœur Juana s'approcha pour lui murmurer quelque chose à l'oreille.

Augusta jeta un regard en coin à Matea et Alina, acquiesça à contrecœur et repartit vers l'église.

Une chandelle à la main, Alina et Matea suivirent la poétesse jusqu'à la bibliothèque.

La vaste salle, plus froide que le reste du couvent, était plongée dans un silence absolu.

— Il nous faut de quoi écrire, dit simplement sœur Juana en désignant une étagère pleine de fournitures.

Et tandis que la novice et sa domestique rassemblaient

papier et encre, Juana se perdit dans l'ombre des rayonnages.

Ni Alina ni Matea n'ouvrirent la bouche, mais toutes deux savaient ce que la sœur était partie chercher.

Elles l'entendirent grimper sur une banquette, fourrager parmi les livres puis s'écrier :

— Seigneur, elle a disparu !

ENCRES

L'encrier glissa des mains d'Alina et se brisa en mille morceaux.

La novice n'y prêta guère attention et courut retrouver sœur Juana. Matea la suivait de près.

— Quelqu'un l'a prise, répéta la nonne, fouillant désespérément parmi les ouvrages et les toiles d'araignée. Es-tu sûre de l'avoir cachée là ? Derrière les sermons d'Innocent IX ?

— Oui, ma sœur, à cet endroit précis.

— Viens vérifier par toi-même, dit Juana en laissant Alina monter sur la banquette.

Pas de doute : le recoin poussiéreux était vide. La novice avait envie de hurler, de lancer les livres par terre, de se jeter au sol de désespoir. Sans Matea et Juana pour la soutenir et l'aider à redescendre, elle aurait perdu l'équilibre.

La servante et la religieuse la portèrent jusqu'au secrétaire le plus proche.

— Sœur Quin… Quintina, bafouilla Alina une fois assise. Sœur Quintina m'a vue dissimuler l'idole. Elle m'a suivie ! Et elle travaille à l'infirmerie. Elle a accès au couvent entier à toute heure. C'est forcément elle ! Elle s'est introduite dans ma cellule et elle m'a volé le tezontle !

Sœur Juana, perturbée, s'installa sur la chaise que lui apporta Matea et prit les mains d'Alina avec autorité.

— C'est possible, admit-elle sans détour.

La novice tenta de se libérer, mais Juana resserra son emprise.

— Ne perds pas espoir. Nous devons recueillir des preuves avant toute chose.

— Cette vieille me fiche la frousse, chuchota Matea.

— Tu n'es pas la seule, déclara sœur Juana. La pauvre n'a pas... Comment dire ? Elle manque parfois de lucidité.

— Suffisamment pour entrer dans des cellules et voler nos affaires ? s'emporta Alina. Et pour commettre...

— Tais-toi, l'exhorta sœur Juana. Les murs ont des oreilles. Et il serait parfaitement inutile, pour ne pas dire catastrophique, de l'interroger directement. Mieux vaut d'abord enquêter auprès de l'infirmière principale, Gertrudis. Sœur Quintina est peut-être d'une grande aide au dispensaire, mais il faut savoir qu'à l'origine on l'y a assignée pour que les infirmières et la mère supérieure la surveillent...

L'écrivaine se redressa.

— Je me souviens, maintenant... Sœur Felipa a pris cette décision du temps où elle était encore abbesse. Auparavant, Quintina dirigeait les cuisines. Ensuite, elles sont passées aux mains de...

Elle se tut, épouvantée.

— Qui donc ? la pressa Alina. Sœur Caridad ?

Juana secoua la tête.

— Non. Jacinta. L'autre sœur qui... Il y a un an...

Alina et Matea se couvrirent la bouche, la première avec les mains, l'autre avec son tablier.

— L'une des autres mortes ? marmonna Matea à travers le tissu.

Sœur Juana acquiesça.

— C'est alors que, faute de meilleure candidate, sœur Caridad a été désignée. Quintina n'a jamais voulu travailler à l'infirmerie. Elle aimait beaucoup les cuisines, mais entre son grand âge et sa démence, c'était devenu dangereux. Un jour, elle a fait tomber une marmite pleine de sirop brûlant, et même si personne n'a été blessé, Felipa a décidé de l'écarter.

Alina réfléchit quelques instants.

— C'est donc la mère supérieure qui l'a renvoyée et la religieuse qui a pris son poste qui sont décédées. Pensez-vous que…

— Je l'ignore encore. Compte tenu de son état mental, ce n'est pas impossible. Je vais parler à sœur Gertrudis.

Elle leva un doigt.

— *Je* lui parlerai. Il faudra poser ces questions avec prudence ; la pauvre Quintina éveille déjà bien assez les soupçons.

— Pas étonnant, répliqua Matea. Il n'y a qu'à voir sa tête d'axolotl…

— Matea ! la réprimanda Alina.

Mais sœur Juana se contenta de hocher la tête.

— Tout cela reste assez logique, soupira-t-elle. J'irai voir Gertrudis dans la matinée. Mais assez parlé, il y a une chose que je voulais faire depuis longtemps… Si je vous ai amenées ici, ce n'est pas que pour récupérer le tezontle.

Elle déroula une longue feuille vierge sur le secrétaire. Avant qu'elle ait besoin de le demander, Matea avait déjà apporté une plume et un nouvel encrier. La domestique s'apprêtait à nettoyer la flaque sur le sol, mais Juana lui demanda de s'intéresser plutôt à ce qu'elle traçait sur le papier. Alina reconnut le plan de San Jerónimo. Après vingt ans de clôture, la poétesse en connaissait chaque pièce et chaque mesure sur le bout des doigts.

— Il est parfois bon de prendre du recul, déclara-t-elle. Sœur Jacinta et sœur Felipa gisaient ici, précisa-t-elle en indiquant l'emplacement du maître-autel. Quelqu'un a pu entrer depuis la rue, mais pour une religieuse, les seuls accès possibles sont la sacristie ou le *sotocoro*. Et les deux sont fermés à clef.

Alina examina le croquis dans ses moindres détails.

— Peut-on... peut-on s'introduire à travers les confessionnaux ?

Sœur Juana leva la tête.

— En théorie, non. Les ouvertures sont grandes, mais protégées par des barreaux en bois.

Elle médita un moment, étudiant son dessin.

— Il faudrait toutefois aller vérifier leur état.

— Je n'ai rien remarqué de suspect lorsque je les ai nettoyés, déclara Alina. Quoique... je dois avouer que je n'ai pas vraiment insisté.

— Je peux aller voir ça, *madre*, proposa Matea. Je n'aurai qu'à dire que vous m'avez envoyée faire un peu de ménage avec toutes ces allées et venues aujourd'hui.

— Parfait. Tu t'y rendras demain matin à la première heure. Alina, toi et moi passerons chaque recoin de la sacristie au peigne fin.

— Le père Nuñez s'y est rendu ce matin pour préparer la messe, précisa Alina. Il nous aurait déjà averties, s'il avait constaté quelque chose d'a...

— Le père Nuñez ne voit rien à plus de deux pieds devant lui. Nous nous en chargerons nous-mêmes. Je veux aussi interroger les servantes de la cuisine. Comme tu le vois, leurs dortoirs sont voisins de l'église...

La respiration de Matea s'emballa. Si la poétesse se souciait de protéger la mère Augusta, Matea, elle, désirait ardemment défendre Demetria.

— L'infirmerie aussi est proche de l'église, lança la jeune Indienne avec précipitation.

Sœur Juana allait répondre, mais on entendit des bruits de pas affolés et des cris perçants dans le grand cloître.

— *Madre, madre !*

Sœur Juana roula le plan à toute vitesse.

— Allons bon, que se passe-t-il encore ?

Arriva une pauvre domestique, nerveuse et grassouillette, haletant de frayeur.

— Sœur Encarnación a réapparu !

MORTIFICATION

Matea avait mentionné l'infirmerie, et c'est justement dans cette direction qu'elles se précipitèrent, couvrant leurs bougies pour qu'elles ne s'éteignent pas. Dans l'obscurité du dispensaire, elles reconnurent à grand-peine la silhouette de l'esclave Lupita, trahie par ses larges épaules.

Elle portait dans ses bras un corps inanimé ; une main osseuse pendait d'un côté, les doigts maculés de sang séché.

— Dieu tout-puissant, murmura sœur Juana.

Alina et Matea, quant à elles, demeuraient muettes, incapables de prononcer la moindre parole.

— Où est-ce que je l'installe, *madre* ? demanda Lupita, au bord des larmes.

Juana désigna le lit le plus proche.

— C'est que… je ne peux pas la mettre sur le dos, expliqua Lupita.

Elles aperçurent une traînée de gouttes de sang sur le sol.

Sœur Gertrudis arriva enfin, munie de couvertures et d'oreillers. Lupita allongea sœur Encarnación sur le côté avec une délicatesse infinie, et ce n'est qu'à ce moment-là qu'Alina osa la regarder. Ce qu'elle découvrit alors la terrifia bien plus que la vue du corps démembré de sœur Felipa.

Le capuchon, tombé de la tête de la victime, laissait voir des cheveux blancs et courts, un crâne dégarni parsemé de taches. Il y avait du sang partout, jusque dans le cou. Alina détourna les yeux, vit ensuite le dos de la victime et pâlit d'effroi. Sous l'habit déchiré de la religieuse, ce n'était que des lambeaux de chair...

Sœur Gertrudis se tourna vers Matea et Lupita.

— Rapportez-moi des ciseaux et des éponges ; nous aurons également besoin d'eau tiède.

— Flagellation ? questionna Alina tandis que les domestiques couraient chercher le matériel.

Juana acquiesça en tentant de décoller le tissu des blessures.

— Tout porte à croire qu'elle s'est fouettée pendant des heures.

Par endroits, le sang était tellement coagulé, poisseux, noir, qu'il était difficile de savoir où se terminait l'habit et où débutait la chair. Certaines plaies, toutefois, étaient toujours ouvertes et presque purulentes.

Sœur Gertrudis alla chercher sa propre paire de ciseaux et revint presque en même temps que Matea et Lupita. À elles trois, elles découpèrent la robe autour des lésions.

— Où l'a-t-on retrouvée ? interrogea sœur Juana.

— Dans le clocher, répondit Lupita. J'étais en train de préparer l'orgue pour la messe du matin quand j'ai entendu des gémissements.

Alina se rappela les plans du couvent et de l'église tracés par la poétesse. La tour du clocher était adjacente à la chambre de l'orgue, accessible depuis le *sotocoro*.

— Je n'ai pas voulu interrompre les *madres*, poursuivit Lupita. Je suis montée à la tour, et c'est là que je l'ai trouvée. La pauvre se traînait dans l'escalier, le fouet toujours à la main. Je le lui ai pris et j'ai couru directement ici, mais toutes les *madres* qui étaient en train de veiller la défunte m'ont vue.

— Y avait-il quelqu'un d'autre dans la tour ? interrogea sœur Juana.

— Je ne sais pas, *madre*. Je vous l'ai dit, je suis venue ici en courant.

— Il faut envoyer quelqu'un. Il se peut que…

— C'est inutile, déclara la mère Augusta qui entrait à cet instant. J'ai déjà envoyé les valets du père Nuñez. Ils ont inspecté chaque recoin du clocher, et n'ont trouvé que ça.

Elle montra un fouet à sept branches, chacune terminée par une petite griffe en acier ensanglantée. Dans son autre main, la prieure tenait un missel et ce qui ressemblait grossièrement à un filet de pêche – à ceci près que celui-ci était fait de fils de fer rouillés. Alina préféra ne pas imaginer à quoi il servait.

Sœur Juana s'approcha.

— *Madre*, ces instruments sont très anciens. Depuis combien de temps sœur Encarnación les utilise-t-elle ? Depuis son entrée au couvent, peut-être ?

La mère Augusta acquiesça, incapable d'en dire plus. Sœur Juana lui ôta ces horribles outils de flagellation des mains et l'aida à s'asseoir sur un lit.

— Elle devait œuvrer en cachette, fit remarquer sœur Gertrudis, qui avait maintenant terminé de retirer les morceaux de tissu des blessures et mélangeait des huiles et du camphre dans une jarre d'eau tiède. En tout cas, elle n'est jamais venue se faire soigner.

— Pratique-t-on la mortification, à San Jerónimo ? questionna Alina.

La réponse de sœur Juana ne lui plut guère.

— Seulement lorsque le confesseur le juge nécessaire.

Gertrudis imbiba une éponge de baume et tamponna les plaies de sœur Encarnación. Soudainement, et bien que l'infirmière fît preuve d'une grande délicatesse, la religieuse se mit à convulser.

— Tiens-la, Lupita, ordonna Gertrudis.

Les gémissements de sœur Encarnación étaient inquiétants. Les paupières closes, elle bredouillait des choses incompréhensibles.

— Il faudra lui demander depuis quand elle était dans le clocher, dit Juana en s'adressant à Gertrudis, mais pas tant qu'elle se trouve dans cet état. Ma sœur, je vous en conjure, ne la torturez point avec vos questions. Je reviendrai la voir demain matin.

— Si elle est toujours parmi nous..., marmonna sœur Gertrudis.

FOSSOYEURS

Sous les dalles du *sotocoro*, après tant d'années à supporter le poids de l'église, le sol était argileux, rougeâtre, sec.

Les fossoyeurs suaient à grosses gouttes, enfonçant tant bien que mal pioches et pelles dans cette terre qui ne cédait pas. Les hiéronymites, dissimulées sous leur voile, chantaient pour accompagner l'âme de sœur Felipa tandis que le père Nuñez récitait des psaumes de circonstance pour les funérailles. Tout le monde toussait, se raclait la gorge, gêné par une poussière si fine qu'elle mettrait des heures à retomber.

C'était le seul moment durant lequel on autorisait la présence simultanée des deux sexes dans le *sotocoro*. Fasse le Ciel que cela ne se reproduise pas de sitôt !

Les hommes parvinrent enfin à creuser la tombe et déposèrent délicatement le cercueil. La mère Augusta, d'un pas mal assuré, s'approcha pour prononcer une dernière bénédiction. Elle venait de passer une nouvelle nuit sans repos, à courir entre le chœur et les cellules. Arrivée devant la sépulture, elle trébucha. L'espace d'une seconde, Alina crut qu'elle allait s'étaler de tout son long dans la tombe. Sœur Caridad, par miracle, bondit avec une surprenante agilité et la retint par le bras.

Sœur Juana, profitant de l'émoi suscité par cet incident,

marcha vers le père Nuñez qui fit aussitôt un pas en arrière comme s'il s'agissait d'un démon.

Alina n'assisterait jamais plus à une telle scène : sœur Juana, majestueuse, faisant face au prêtre, rachitique.

Nuñez murmura quelque chose d'inaudible, sa bible brandie devant lui telle une épée, mais sœur Juana tint bon. Elle parla suffisamment bas pour que lui seul entende ce qu'elle avait à dire. L'homme fit de même, remuant à peine les lèvres – ce qui n'empêchait pas de voir ses dents jaunâtres. Après quoi il recula de manière à se placer hors du *sotocoro*, là où sœur Juana ne pouvait le suivre sous peine de rompre son vœu de clôture.

Retranché derrière ce mur invisible, il la toisait, immobile, le menton relevé. L'éclat des vitraux vint se refléter sur les épais verres de ses lunettes ; dans le noir, il ressemblait à une espèce de chat, les yeux luisants. La religieuse fut bien forcée de battre en retraite.

Les fossoyeurs scellaient déjà la sépulture avec une lourde dalle gravée au nom de sœur Felipa. La pierre fraîchement taillée détonnait parmi les autres tombes, érodées et vétustes.

Alina se rappela les taches écarlates qu'elle avait aperçues sur le tombeau de sœur Jacinta. Elle tendit le cou, mais entre les nonnes, la poussière et le voile qui lui couvrait le visage, elle ne parvint pas à les entrevoir.

La mère Augusta, toujours agrippée au bras de Caridad, tendit une petite bourse aux fossoyeurs, et quand tout le monde fut sorti, elle ferma à clef la grille du *sotocoro*.

Alina rejoignit sœur Juana tandis que le reste des sœurs repartaient vers leurs tâches respectives.

— Que vous a dit le père Nuñez ? chuchota la novice, se libérant de son voile qui l'étouffait.

Juana l'imita avant de lui répondre, le regard noir.

— Je lui ai demandé s'il savait quelque chose à propos de la visite de frère Nicanor Romero…

Elle fronça le nez.

— Seigneur, je ne me souvenais pas à quel point sa bouche empestait !

— Que vous a-t-il répondu ?

— Qu'il n'avait reçu aucune information à ce sujet. Qu'il était lui-même stupéfait. Je lui ai rappelé que…

Sœur Andrea arrivait, traînant ses chaînes. Juana donna une petite tape sur l'épaule d'Alina et l'invita à marcher.

Parvenues non loin des confessionnaux, où Matea s'affairait comme convenu, sœur Juana poursuivit à voix basse :

— Je lui ai rappelé que seuls lui et une poignée de femmes de San Jerónimo connaissaient les détails du meurtre. Personne d'autre n'a pu révéler le secret.

— Et c'est là qu'il s'est écarté ?

— Oui. En se cachant derrière sa soutane et en qualifiant mon comportement de séditieux.

Sœur Juana tordit son chapelet.

— Pensez-vous qu'il mente ? demanda Alina.

— Ce ne serait pas la première fois. Quoi qu'il en soit, son entremise ne nous est plus nécessaire. Impossible d'en apprendre davantage grâce à lui. Il faut désormais se concentrer sur les autres pistes, dit-elle en montrant l'infirmerie. Commençons par la plus proche.

Tandis qu'elles traversaient le cloître des novices, elles entendirent prononcer le nom de sœur Encarnación à plusieurs reprises.

— Décidément, rien ne peut être tenu secret entre ces murs, chuchota Juana. Nos sœurs doivent imaginer que c'est elle la coupable, et je ne les blâme pas.

— Mais vous n'y croyez pas, n'est-ce pas ?

— Non. Toutefois, elle est l'une des seules personnes ayant des clefs, et sa disparition attise les soupçons. Quand les inquisiteurs arriveront, elle sera la première accusée. Elle et toutes les Indiennes de San Jerónimo.

Alina réprima un frisson. Heureusement, Matea avait une excuse : elle était restée auprès d'elle toute la nuit.

À l'infirmerie, deux esclaves nettoyaient les sols et changeaient les draps – manifestement, bien qu'inoccupé, ce lieu faisait l'objet d'une très grande attention.

Sœur Gertrudis émergea de l'officine, affairée à frotter ses doigts dont les ongles étaient incrustés de sang séché.

— Bonjour, mes sœurs. L'enterrement est-il terminé ?

— Oui. La mère Augusta viendra prendre la relève dans un moment et vous pourrez aller prier pour sœur Felipa.

— Merci. Vous savez combien je l'appréciais.

Elle prononça ces mots avec une certaine gêne, comme un automate – à croire que veiller une défunte était une perte de temps. Sœur Juana, au lieu de lui répondre, attendit.

— Si vous êtes là pour sœur Encarnación, s'empressa de continuer Gertrudis, je crains qu'elle ne soit point encore en état de vous recevoir.

— En réalité, c'est à vous que j'aimerais parler. Loin des oreilles indiscrètes, si cela ne vous dérange pas, répliqua-t-elle.

L'infirmière hésita un instant, mais finit par jeter son chiffon dans un panier de linge sale et les conduisit à sa chambre, dans un recoin du dispensaire. Alina remarqua qu'il y avait deux portes, toutes deux donnant sur le cloître des novices, l'une d'elles ouvrant directement sur le puits où l'on avait retrouvé l'idole de tezontle.

Il régnait dans cette pièce une forte odeur d'huile et

d'alcool de canne. Et pour cause, sœur Gertrudis avait un passe-temps très particulier : la cellule était pleine de toiles, de pinceaux et de flacons de poudres de diverses couleurs.

Sur un chevalet de fortune reposait un portrait à moitié achevé, réplique fidèle du beau visage de sœur Andrea, au regard ferme et décidé.

— Ce tableau est splendide, lâcha Alina, captivée.

Les traits représentant les cils étaient aussi fins que des cheveux. Elle avait capté avec une grande subtilité toutes les nuances de la peau et les perles du chapelet, étincelantes, étaient reproduites avec une telle précision qu'elles semblaient prêtes à sortir de la toile.

— Vous êtes très aimable, sœur Elena, répondit Gertrudis après avoir demandé à sa domestique de leur fournir des chaises et du chocolat chaud. Quel dommage, avec la pénitence de sœur Andrea, je n'ai pas pu le terminer.

— Sœur Gertrudis peint aussi les dames de la cour, commenta sœur Juana.

L'infirmière contempla son propre travail avec nostalgie.

— Le corps humain me fascine. C'est un vrai chef-d'œuvre du Seigneur. Je hais la façon dont on le méprise et le maltraite.

Alina s'installa près d'un secrétaire couvert d'esquisses au fusain.

— Condamnez-vous la mortification ? questionna sœur Juana.

— Bien entendu ! Si le salut de l'âme est primordial, celui du corps l'est tout autant. Sans lui, comment pourrions-nous exercer la charité ? Voyager et prêcher la parole de Dieu ? C'est abject, ce qu'on a fait à sœur Felipa. J'ai moi-même dû laver sa dépouille et…

Un silence sinistre s'abattit sur la cellule. Dans cette atmosphère glaciale, de nouveau, sœur Juana attendit que Gertrudis parle la première tandis qu'Alina admirait les superbes croquis de mains, de pieds, de bras, avec force détails de veines et de muscles.

— Vous ne m'avez toujours pas dit en quoi je peux vous être utile, signala enfin Gertrudis.

— Nous voulions savoir si vous étiez là la nuit... la nuit où s'est passé... Vous m'avez comprise.

La réaction de sœur Gertrudis fut pour le moins inattendue. Elle pâlit, comme prise par une soudaine nausée. Pendant un moment, les yeux sur la porte béante, elle resta absorbée dans la contemplation du cloître des novices.

— Je n'ai rien à voir avec cette histoire, dit-elle finalement, la voix brisée. Ne m'avez-vous point écoutée ? J'ai horreur de la mutilation. Voilà pourquoi je suis entrée à San Jerónimo ; pourquoi je me consacre aux soins ; pourquoi je peins.

— Ma sœur, intervint Alina, personne n'a suggéré que...

Sœur Juana réclama le silence, la main levée, et s'avança vers l'infirmière.

— Sœur Gertrudis, je vous demande seulement si vous avez vu ou entendu quelque chose. L'infirmerie est très proche de l'église.

— D'ici, on ne voit pas l'entrée du *sotocoro*. Regardez par vous-même.

— Auriez-vous entendu des pas ? Des voix ?

— Je dormais profondément, bougonna-t-elle, comme cela ne m'arrive guère. Nous n'avions plus ni religieuses, ni domestiques, ni femmes de la rue à soigner depuis deux jours. C'est si rare... J'en ai profité pour me coucher très tôt. Je n'ai rien vu. Je n'ai rien entendu.

Quelque chose sonnait faux dans cette déclaration. Et ces deux portes, toujours ouvertes, même au petit matin, prêtes à accueillir les urgences… Alina faillit insister, mais Juana changea de sujet.

— Je voudrais aussi vous poser quelques questions à propos de sœur Quintina.

Le pouls d'Alina s'accéléra. Vraisemblablement, toutes les sœurs cachaient un secret. Pourquoi la vieille femme aurait-elle fait exception ?

— Sœur Quintina ? répéta l'infirmière.

— Avez-vous remarqué un comportement étrange, chez elle ?

Gertrudis tenta, en vain, de contenir son amertume.

— Rien de plus que d'ordinaire. Quand il n'y a pas de convalescentes, elle erre dans le couvent. Elle passe beaucoup de temps dans le cloître des novices, près du puits. Cet endroit lui plaît et elle a l'habitude de donner des restes aux chats qui viennent là.

Alina se rappela ce premier matin où la vieille religieuse l'avait scrutée, assise au centre de la cour. Elle était effectivement en train de nourrir les chats.

— Si vous dormiez si profondément, intervint Alina, vous n'avez pas pu l'entendre entrer dans l'infirmerie ou en sortir.

Gertrudis déglutit. Ses cernes s'assombrirent.

— C'est… c'est exact.

Sœur Juana se rapprocha.

— Ne l'avez-vous pas vue… dans les cellules d'autres sœurs par exemple ?

La réponse arriva trop vite, sur un ton trop aigu.

— Non ! Mais c'est une possibilité qu'on ne peut écarter. J'espère que vous ne comptez pas lui poser ce genre de question directement. Sœur Quintina peut se montrer si nerveuse, parfois…

Elle regarda Alina.

— Rappelez-vous le scandale qu'elle a fait lors de la cérémonie de sœur Elena.

— Nous nous conduirons avec prudence, réagit sœur Juana.

Elle fit signe à Alina, mais avant qu'elles aient franchi le seuil, Gertrudis les arrêta.

— Mes sœurs, il y a une chose qui... qui pourrait peut-être vous intéresser.

Juana se retourna, les yeux écarquillés.

— Sœur Leocadia. Hier, elle est venue me réclamer quelque chose pour calmer ses nerfs...

— Je vois, marmonna la poétesse. Elle était incapable de jouer de l'orgue pour l'évêque Manuel Fernández de Santa Cruz. Que lui arrivait-il ?

— Physiquement, tout allait bien, mais elle semblait très perturbée ; tellement perturbée qu'elle a failli s'évanouir devant moi. Je lui ai donné une tisane à la stramoine, puis je l'ai sommée de se reposer. Je ne serais pas surprise qu'elle soit toujours en train de dormir.

Sœur Juana médita un instant.

— Et en quoi cela pourrait-il nous intéresser ? Outre notre infinie charité chrétienne, cela va de soi.

— Dans son délire, continua sœur Gertrudis, elle a mentionné certaines... fautes qu'elle aurait commises.

Sœur Juana émit un léger sifflement, avant de remercier l'infirmière et de sortir avec Alina dans le cloître des novices. Un soleil tardif baignait la cour de ses rayons éblouissants.

On entendit un bruit de ferraille. Soudain, Matea émergea des confessionnaux, une serpillière et une bassine d'eau à la main, en nage.

— *Madre*, *niña*, venez voir, vite !

Il s'agissait du confessionnal le plus proche de l'autel. À travers le treillis, on apercevait le portail qui, de l'autre côté de l'église, donnait sur la rue. Alina et sœur Juana se penchèrent à l'endroit indiqué par Matea. Le cadre en bois vermoulu était fixé au mur à l'aide de pointes rouillées.

— Tirez sur ce clou, *madre*, demanda Matea.

Sœur Juana s'exécuta, et aussitôt le clou céda. Près du trou, la pierre s'effritait.

— Ces murs sont rongés par le salpêtre, déclara la poétesse. Cela ne me surprend guère, avec toutes ces inondations ! J'ai l'impression qu'on a ôté et replacé ce grillage à de nombreuses reprises.

Si les autres demeuraient solidement fixées, il était clair que cette grille-là pouvait être démontée sans aucun problème ; il suffisait de connaître son secret.

— Il faut la réparer aujourd'hui même, dit Juana. Matea, va chercher Lupita.

Matea acquiesça, et sœur Juana lui glissa à l'oreille :

— En passant, va à la nef et fais semblant de balayer. Cherche s'il y a quelque chose d'inhabituel de ce côté du confessionnal.

— Tout de suite, *madre*.

Sœur Juana la regarda détaler avant de palper l'épaule d'Alina.

— Tu vas m'accompagner auprès de la révérende mère. Pour poursuivre nos investigations, elle va devoir nous ouvrir la sacristie.

Mais en chemin, on ne cessa de les interrompre. Des provisions manquaient dans le cellier, personne ne savait quoi cuisiner, les novices étaient désœuvrées et un tas de marchands venaient réclamer des règlements dont personne ne savait s'ils étaient réels ou fictifs. Sans sœur Encarnación, la maîtresse des novices, ni sœur Felipa, responsable des domestiques, et en l'absence de la mère Augusta alors alitée, il ne restait que sœur Juana.

Il leur fallut une demi-heure pour atteindre le grand cloître, juste à temps pour tomber sur sœur Quintina en train de frotter des linceuls ensanglantés – ceux-là mêmes qui avaient servi à couvrir sœur Felipa le soir de sa mort – dans le bac du lavoir, à la vue de toutes.

Juana, avec un soupir de frustration, envoya une domestique avertir sœur Gertrudis.

— La pauvre Felipa doit se retourner dans sa tombe…

Enfin, elles parvinrent à la chambre de la mère Augusta, qu'elles trouvèrent allongée, sirotant une infusion de tilleul tandis que son esclave lui appliquait des rondelles de pomme de terre sur les tempes.

On ne pouvait pas lui en vouloir ; la femme avait veillé sœur Felipa toute la nuit.

— Révérende mère, dit Juana, j'espérais que vous seriez endormie.

L'abbesse indiqua à son esclave de les laisser seules. Sœur Juana s'assit au bord du lit.

— Je ne trouve point le repos, Juana Inés. Chaque fois que je ferme les yeux, je revois le diable.

Elle se couvrit la bouche, prenant conscience qu'elle venait de parler devant Alina.

Sœur Juana lui serra la main.

— Ne vous inquiétez pas, *madre*. J'ai demandé à la sœur Elena de m'assister.

— Mais…

— Ce n'est pas une entreprise que je peux réaliser seule, *madre*.

Son ton était devenu catégorique, et avant que la prieure proteste encore, la poétesse lui raconta l'histoire de la grille défectueuse du confessionnal.

La mère Augusta, au-delà du trouble, parut soulagée.

— Cela signifie que le coupable venait de l'extérieur. Il le faut !

— Je n'en suis pas convaincue, la contredit sœur Juana.

Elle fut alors forcée de se taire, car l'esclave revenait avec le petit déjeuner de sa maîtresse. Sœur Juana décida d'aller droit au but.

— *Madre*, nous souhaitons inspecter la sacristie. Ouvrez-nous la porte.

La mère Augusta acquiesça.

— Donne-moi les clefs, dit-elle à son esclave, après quoi elle tendit le trousseau à sa consœur.

— Tenez, Juana Inés. Vous pouvez vous charger des cellules. Je ne confierai cette tâche à personne d'autre.

Juana fut sur le point de s'en saisir, mais bien vite elle retira sa main, comme si elle s'était risquée trop près du feu.

L'abbesse paraissait si désespérée... On eût dit qu'elle n'attendait qu'une chose : pouvoir se décharger de sa responsabilité. Sœur Juana (sans compter qu'elle suivait la trace du meurtrier) faisait désormais office de trésorière et de chef des cuisines, en plus de diriger domestiques et novices. Accepter ces clefs serait revenu à prendre le poste de prieure.

— Vous me faites honneur, *madre*, et je vous remercie de votre confiance. Mais ceci n'est point ma place.

La mère Augusta resta le bras en l'air. Pendant un instant, Alina crut qu'elle allait supplier la poétesse. Alors une des rondelles de pomme de terre tomba, la tirant de sa transe. La femme s'éclaircit la voix.

— C'est tout à votre honneur, Juana Inés, marmonna-t-elle, même si son regard ne correspondait en rien à ses paroles.

Les mains tremblantes, elle retira une des clefs de son trousseau et la remit à sœur Juana.

PASSÉS

La sacristie ressemblait davantage à un salon du palais qu'à une enceinte réservée au recueillement religieux. Les sols étaient couverts de velours grenat, les meubles, en acajou sculpté, doublés de toile de Damas, et même la panoplie cléricale (calices, encensoirs, patènes, ciboires) était faite de métaux précieux. Outre des lits moelleux et une salle de séjour prévus pour accueillir les confesseurs et prélats en visite, on trouvait une petite cuisine destinée aux domestiques des invités.

— Voilà donc où passent les aumônes, murmura Alina, et elle pensa aux « hérétiques » protestants qui, disait-on, gagnaient du terrain en Europe et prônaient une certaine austérité.

Sœur Juana allait lui répondre, mais elle préféra garder ses remarques pour elle et se mettre au travail.

— Quand sœur Felipa a abdiqué, les sœurs m'ont élue prieure, raconta-t-elle tout en inspectant les placards où l'on rangeait les hosties et le vin de messe. Bien entendu, j'ai décliné la proposition, même si le vote était unanime. Cela n'a guère plu à la mère Augusta.

— Vous auriez fait une très bonne abbesse, commenta Alina avec sincérité. Pourquoi avez-vous refusé ?

Sœur Juana soupira.

— C'est à peine si j'ai le temps d'étudier ; entre les

liturgies, la trésorerie, les *villancicos* et les *autos sacramentales* à rédiger... sans compter les domestiques qui s'en remettent à moi dès lors qu'elles veulent cacher quelque chose à la mère supérieure... Devenir prieure aurait signifié renoncer aux livres, et voilà une chose à laquelle je ne pourrai jamais me résoudre. Le père Nuñez n'a jamais cessé de le clamer : mon péché le plus grave est l'avarice. À mon grand regret, il dit vrai. Je désire tout connaître, tout savoir, tout comprendre. Et il n'y a pas suffisamment de littérature pour étancher ma soif. J'ignore ce que je ferai lorsque l'espace viendra à manquer dans ma cellule ; il me faudra commencer à choisir entre les ouvrages...

Alina ne put s'empêcher de demander :

— Vous manquez de place, de temps, vous-même m'avez récité des vers que vous déplorez ne pouvoir mettre par écrit tant que vous vivrez ici... Pourquoi avoir pris le voile ?

Sœur Juana claqua d'un coup sec la porte de l'armoire qu'elle était en train d'examiner.

— Pa... pardonnez-moi. Je ne voulais pas être indiscrète..., s'excusa la novice.

— Si tu étais sotte, je te répondrais ce que j'ai répondu à toutes et tous : que je suis entrée au couvent pour avoir la liberté d'étudier... que je ne voulais pas m'occuper d'un mari gros et ennuyeux...

— N'auriez-vous pas eu la même liberté, voire plus, en vous mariant ? Bien sûr, il vous aurait fallu satisfaire les caprices de votre époux, jongler avec les compromis de la cour, la maternité... Mais ici, ce n'est pas très différent. Entre les Pâques, la trésorerie...

— Ne m'en parle pas. J'ai encore trois poulets qui courent dans la nature.

— Du reste, à la cour, vous auriez pu organiser des *tertulias*. Vous devez aimer cela, vous réunir et discuter avec vos amis en toute liberté. Vous auriez eu davantage d'espace pour vos livres, plus d'argent pour acquérir vos instruments… Et vous auriez été libre d'écrire sur les thèmes qui vous tiennent à cœur.

Il y eut un instant de silence.

Sœur Juana la fixa droit dans les yeux, le front légèrement plissé comme si elle était en proie à un conflit intérieur. Mais son regard semblait voir au-delà, vers un événement lointain qui ne cessait de la tourmenter.

— Il s'est passé… il s'est passé quelque chose, avoua-t-elle, et elle s'approcha d'un secrétaire pour fouiller dans les papiers. Une chose dont je ne parle même pas en vers.

Alina se sentit coupable.

— Vous n'avez pas à me le dire si vous n'en avez pas envie.

Sœur Juana sourit de travers, les yeux plongés dans les documents.

— *Comme le corps, le cœur se défait… Et comme le corps, il y a des blessures… desquelles l'âme ne se relève jamais.*

Apaisée par ses vers, baume aussi efficace qu'une infusion, elle observa Alina.

— Peut-être te le raconterai-je un jour.

Matea, un bol de soupe dans une main et une lampe à huile dans l'autre, appela, hésitante, à la porte. Il faisait déjà nuit ; une brise gelée soufflait dans son dos.

— Qui c'est ?

— Matea, *señora* Demetria. Je vous apporte un bouillon de poule.

— Entre.

L'Indienne était la seule domestique de San Jerónimo à posséder sa propre cellule, et quoique la petite pièce fût à peine assez large pour abriter une paillasse, un garde-manger et un foyer, c'était une grande distinction pour une femme de son sang. Le feu ronronnait, baignant la chambre de sa lueur ambrée et d'une chaleur agréable.

— Comment allez-vous ? demanda Matea.

Demetria, étendue sur son lit, les jambes bandées, tenait un fusain et un morceau de papier.

— Je vais mieux, mais la Gertrudis m'a ordonné de passer ma journée ici. Elle m'a transmis ça pour que je m'occupe... Les exercices d'écriture de sœur Felipa... Dieu ait son âme.

Matea approcha une cagette pour y déposer le bol de soupe. Sur la feuille que tenait Demetria, elle reconnut des lignes de lettres d'un alphabet qui n'avait aucun sens pour elle. Et tout en bas, une rangée de symboles très différents, carrés et aux bords arrondis, représentant des animaux ou des visages aux larges narines...

— Qu'est-ce que...

Demetria déchira le bas du papier avant que Matea finisse sa phrase, le roula en boule et le jeta au feu.

— Mieux vaut que tu l'ignores.

Elle prit le bouillon fumant, assaisonné d'épazote et de coriandre, épaissi avec des restes de riz du déjeuner des sœurs.

— Comment va la cuisine ?

— Pas trop mal, répondit Matea avec une certaine fierté. Cette fichue sœur Caridad est enfermée dans sa cellule à cause des nerfs, il paraît.

Demetria fit claquer sa langue.

— Celle-là sait pas distinguer le cumin du piment. Assieds-toi. J'ai pas ouvert la bouche de toute la journée.

Matea attrapa une couverture colorée et s'installa à même le sol.

— Tu as du sang *ñuiñe*, déclara la vieille Indienne, avant d'expliquer, devant l'incompréhension de Matea : Ça veut dire que tu es née près de Puebla.

— Oui, *señora*. C'est de là que viennent mes parents et mes grands-parents. Comment le savez-vous ?

Demetria lui souleva délicatement le menton.

— Tu as la tête de Cholula. Les *gachupines* croient que tous les Indiens se ressemblent, mais c'est pas vrai. Moi, je suis du Yucatán. Pas pour rien que j'ai ce nez.

Il était identique à ceux qu'elle avait dessinés.

— Les gens de Texcoco étaient les plus beaux ; les hommes étaient grands, les femmes avaient des yeux immenses. Ils étaient les plus cultivés, aussi. La sœur Juana aurait été jalouse de la bibliothèque du roi Nezahualcóyotl.

Matea sourit.

— Comment savez-vous tout cela ?

— Parfois, au coin du feu, comme toi et moi en ce moment, on passait des heures à écouter notre grand-mère, mes sœurs et moi.

— Qu'est-ce qu'elle vous racontait encore ?

— Des histoires de royaumes très puissants, où l'on parlait plein de langues différentes, où l'on se faisait la guerre depuis des milliers d'années... De princesses et d'impératrices si douées et si belles qu'elles mettaient fin aux batailles dès qu'elles se montraient.

L'éclat du feu se refléta dans ses yeux. Un instant, il sembla que ses pupilles elles-mêmes flamboyaient.

— Elle nous a aussi conté comment tout s'est effondré.

Les aïeules de mes grands-mères étaient des… Les religieuses les auraient appelées « prêtresses ». Elles soignaient les gens, elles lisaient dans les étoiles et elles prédisaient l'avenir. Un beau jour, une boule de feu a surgi dans le ciel. Elle annonçait la fin de notre peuple, de nos dynasties et de nos histoires. Notre monde allait brûler dans les flammes et laisser sa place à un autre. Et les premiers à nous abandonner furent nos dieux… Parfois, quand j'ai très peur ou très mal, je les invoque encore. Ils m'entendent rarement…

Matea sentit un poids dans sa poitrine.

— Vous… vous savez lire les astres ? Les langues oubliées ?

Demetria ne répondit pas. Elle se contenta d'observer le brasier et ses dessins réduits en cendres, avant de commencer à boire son bouillon.

L'imagination de Matea s'emballa. Que serait-il advenu si les *gachupines* n'étaient jamais arrivés ? Demetria aurait été prêtresse, une aristocrate sans doute aussi admirée que la sœur Juana. Au lieu de cela, elle devait cuisiner et laver les sols de religieuses qui la traitaient comme une gamine ignorante, condamnée à manger des restes que les nonnes n'auraient même pas donnés à leurs chats.

Elle songea à son père, qui n'avait pas eu le temps de lui dire au revoir à cause des caprices de la comtesse de Gijón. Peut-être ne le reverrait-elle jamais.

Mêlée à sa tristesse, elle ressentit soudain de la terreur. Si les petites mères venaient à entendre que Demetria invoquait toujours les anciennes divinités… Non, c'était impossible !

La jeune Indienne essuya ses larmes avec son tablier.

— Mieux vaut que tu n'en saches pas plus, lui murmura Demetria en lui pressant la main, tout aussi émue.

Tu me rappelles beaucoup ma sœur… La pauvre est morte quand elle avait à peu près ton âge. Et personne, pas même ceux qui prétendaient l'aimer, n'a eu le courage de se porter à son secours.

La porte de la cellule s'ouvrit à la volée. Alina faillit renverser son encrier.

— Matea, te voilà enfin ! Je suis en train d'écrire à mon frère. Veux-tu que j'envoie aussi un message à ton…

La petite Indienne avait les yeux rouges, les mains tremblantes.

— Que t'arrive-t-il, Matea ? Est-ce que tout va bien ?

La domestique renifla et battit nerveusement des paupières, peinant à réprimer ses larmes. Elle voulut dire quelque chose…

— Rien, *niña*. Je vous apporte tout de suite votre dîner.

INVESTIGATIONS

Cette nuit-là, Alina dormit d'un profond sommeil et se réveilla fraîche comme une rose.

Après les matines et un premier rosaire pour sœur Felipa, elle prit le chemin de la cellule de sœur Juana. En passant devant les confessionnaux, elle vit que l'énorme Lupita clouait un nouveau cadre en bois.

Dans le grand cloître, la vie conventuelle suivait son cours avec un stoïcisme inouï : les domestiques entraient et sortaient des cuisines, quelques nonnes se rendaient à la salle de travail, les bras chargés de toiles à broder, sœur Andrea traînait ses fers... Et parmi le chant des oiseaux et les murmures occasionnels des servantes, on percevait les échos ténus de l'orgue. Personne n'aurait soupçonné qu'à peine deux jours auparavant une religieuse avait été assassinée à cet endroit. Peut-être était-ce là le secret de la longévité des ordres ecclésiastiques ?

En entrant, Alina trouva sœur Juana face à son balcon, penchée sur le plan de San Jerónimo. À ses cernes noirâtres, on devinait qu'elle n'avait pas fermé l'œil de la nuit. Elle n'avait pas touché à son chocolat.

— Ferme la porte, demanda la poétesse.

Elle avait gribouillé des noms dans chaque pièce. Professes, novices, domestiques, esclaves... Des flèches sinueuses reliaient les cellules des femmes libres de leurs mouvements aux différents points d'accès à l'église.

— Je n'ai rien pu déduire que nous ne sachions déjà, grommela-t-elle. Les seules religieuses qui auraient pu sortir sont Augusta et Encarnación... laquelle est apparue à l'endroit et au moment les plus compromettants.

Le clocher était encadré d'encre plus foncée.

— Voulez-vous que nous allions voir si elle va mieux ?

— Je me suis rendue à l'infirmerie pendant que tu étais aux matines. La pauvre n'est toujours pas en état de répondre.

— Il reste... les domestiques.

Sœur Juana hocha la tête à contrecœur.

— Qui... Dieu me pardonne... doivent en connaître plus sur les offrandes de cœurs humains que la majorité des sœurs.

— Devrions-nous nous entretenir avec elles ?

— Non, surtout pas. Nous ne pouvons pas laisser entendre que nous les soupçonnons. Si la coupable est parmi elles, il lui sera très facile de partir au marché sur un prétexte quelconque et de disparaître à jamais. Nous en avons perdu beaucoup ainsi, et pour des fautes infiniment moins graves.

— Alors ?

— Il faut continuer l'enquête. Nous ne mettrons la responsable devant le fait accompli que lorsque nous aurons des preuves.

— Je ne vois pas où nous pourrions trouver de nouveaux indices. Nous avons déjà passé tout le couvent au peigne fin.

Sœur Juana partageait sa frustration.

— Pour ce meurtre-là, en effet... Mais il reste les autres.

Elle médita un moment, avant d'ouvrir le petit coffre près de son lit. Elle en tira l'éclatant missel de sœur Felipa.

— Sœur Jacinta est morte le jour où ce même passage a été récité au réfectoire. Nous nous en souvenons toutes très bien car, en plein repas, elle avait eu une violente dispute avec Felipa et Encarnación.

— Violente ? Pourquoi ?

— Ce jour-là, je m'occupais des comptes et n'étais pas présente. Je peux simplement te dire ce que l'on m'a rapporté : sœur Jacinta aurait remis en cause ces quelques lignes de l'Évangile.

Elle passa le missel à Alina qui, à mesure de sa lecture, fronça les sourcils.

— « Celui qui n'est pas contre nous est pour nous... » Elles se sont disputées au sujet de qui est autorisé à prêcher la parole de Dieu ?

— Exact. Sœur Jacinta aurait reproché à Felipa de faire preuve d'hypocrisie en lisant ce texte. Encarnación, partisane de la discipline, s'en est mêlée.

— Et c'est cette nuit-là que Jacinta a rendu l'âme ?

— Précisément. Si je me souviens bien, c'est sœur Encarnación qui l'a trouvée.

Alina chercha où s'asseoir.

— Jésus, voilà d'où viennent tous ces ragots...

— En effet. Et si nous ne pouvons plus enquêter sur l'assassinat de Felipa, peut-être pouvons-nous, en revanche, retracer l'histoire de Jacinta.

— Par qui va-t-on commencer... ?

— Par celle qui travaillait pour elle avant sa mort.

La cuisine n'avait rien à envier aux rues de Pampelune : les domestiques couraient en tous sens pour laver les haricots, lessiver les sols, égrener des épis de maïs, moudre des amandes, frire des *bienmesabes* et piquer des betteraves et des *chirimoyas*.

Demetria, les jambes encore bandées, aboyait des ordres à droite et à gauche, appuyée sur une canne. Après un jour d'absence, elle avait certainement retrouvé sa cuisine dans un état déplorable.

Alina la contempla un instant, partagée entre la curiosité et l'admiration. Elle était la suspecte numéro un, mais personne n'osait le dire. Une femme indigène, vigoureuse, excellente cuisinière, qui pouvait aller et venir à sa guise dans tout le couvent... Était-elle aussi à l'aise avec les rites païens que derrière ses fourneaux ?

Il n'empêche, elle se comportait presque comme une mère envers Matea. C'était impossible.

— *Madres,* dit Demetria, je m'occupe de vous dès que j'aurai remis ces gamines à leur place.

Sœur Juana sourit.

— Merci, Demetria, mais nous venons chercher sœur Caridad.

Demetria se retint difficilement d'éclater de rire.

Au milieu du tohu-bohu, la religieuse, impassible, remuait tranquillement un récipient plein de chocolat. Juana dut lui donner une petite tape sur l'épaule pour capter son attention.

— Sœur Juana ! Quel plaisir de vous voir ! Ma sœur arrivera demain du palais. Il paraît que la vice-reine meurt d'envie de manger des beignets au fromage. Mais je ne peux pas les envoyer ainsi, sans rien... Pourriez-vous me communiquer votre recette du sirop de vin ?

— Bien sûr, ma sœur. En attendant, nous aimerions vous parler. En privé.

Les joues de Caridad rosirent.

— Que se passe-t-il ?

La poétesse lui murmura quelques mots à l'oreille et Alina parvint à lire « Jacinta » sur ses lèvres. Caridad faillit en lâcher sa cuillère.

— Eh bien… si vous pensez que je peux vous être utile d'une manière ou d'une autre… Mais permettez-moi de vous offrir un chocolat, il est prêt.

Toutes trois prirent le chemin de la cellule de sœur Juana. L'écrivaine offrit un siège à sœur Caridad avant d'apporter des tasses.

— Du chocolat, ma chère ? proposa aussitôt Caridad à Alina.

— Non, merci. Je crois que tout ce cacao est en train de me rendre malade.

Sœur Juana saisit une tasse fumante, mais pas avant d'avoir rangé les plans de San Jerónimo.

— Sœur Caridad, votre chocolat est aussi bon que celui de ma nièce. Est-ce la recette de sœur Jacinta, qu'elle repose en paix ?

Caridad s'étrangla.

— Non, non. C'est Demetria qui m'a appris à le faire. Je n'ai pas eu l'occasion d'apprendre grand-chose auprès de Jacinta. J'étais encore novice quand on m'a envoyée en cuisine.

— C'est vrai, fit mine de se rappeler sœur Juana, bien qu'elle se souvienne très bien de tous les détails. Combien de temps avez-vous travaillé ensemble ?

La religieuse compta sur ses doigts potelés :

— Deux… deux mois et demi. Nous n'avons pas eu le temps d'arriver à trois.

— Quel dommage, commenta Juana. Elle aurait pu vous enseigner tant de choses…

Sœur Caridad buvait comme elle mangeait, avec avidité.

— Ma sœur, je dois vous confesser que je n'ai jamais voulu me retrouver en cuisine. La mère Augusta m'y a assignée parce que…

Elle porta une main à sa bouche.

Juana se pencha vers elle.

— Votre secret sera bien gardé, ne vous en faites pas.

— Eh bien… parce que… Ma sœur, entre nous, la mère Augusta, constatant que j'étais enrobée, a dû penser que j'aimais cuisiner.

— Je vois, dit Juana.

— Quelle injustice, intervint Alina. Vous juger sur… sur…

Elle fut sur le point de dire « votre apparence » tout en désignant le ventre de sœur Caridad ; par chance, l'intéressée ne laissa pas Alina terminer sa phrase.

— Une condamnation injuste, si vous me pardonnez mon langage profane !

Sœur Juana ignora sa remarque.

— Qu'auriez-vous aimé faire, au lieu de cuisiner ? Si j'ai bonne mémoire… vous avez assisté sœur Gertrudis à l'infirmerie un peu plus d'un an ?

— Oui, ma sœur. Mais quelle plaie, cette Gertrudis ! Elle m'a très mal traitée, les mois où j'ai travaillé là-bas.

— Vraiment ?

— Oui ! Elle me disait que j'étais fainéante, refusait que je touche à ses flacons de médicaments et me forçait à surveiller sœur Quintina. Rien de ce que je faisais ne trouvait grâce à ses yeux.

Alina se pinça pour ne pas rire. Oui, Caridad était paresseuse, et elle s'imaginait parfaitement l'exaspération de l'infirmière.

— Avez-vous eu des problèmes avec sœur Quintina ? interrogea Juana.

Les yeux clairs de Caridad s'assombrirent. Un mélange de colère et de peur passa sur son visage.

— Aucun. Sœur Quintina est une âme charitable. C'est la seule qui ait été aimable avec moi, là-bas. Si vous la croyez susceptible de…

— Nous n'accusons personne, répliqua Juana en levant une main pacificatrice. Néanmoins, sœur Quintina nous inquiète. J'en déduis que vous êtes toujours amies ?

— Oui. Elle aime passer me voir dans les cuisines, quand cette affreuse Demetria n'est pas dans les parages.

— Ah, c'est vous qui lui donnez des morceaux de viande pour les chats ?

— Oui. Sœur Quintina les adore. Il se peut que son cerveau déraille, mais il suffit de voir avec quelle tendresse elle traite les animaux pour comprendre qu'elle serait incapable de faire du mal à qui que ce soit.

La tension monta d'un cran. Sœur Caridad serrait sa tasse si fort qu'Alina crut qu'elle allait la briser.

— Avant la mort de Jacinta, poursuivit sœur Juana, il y a eu une autre tragédie…

— Certes. Très peu d'entre nous ont été mises au courant. Moi…

— Vous rappelez-vous le nom de cette première défunte ? l'interrompit sœur Juana.

Caridad haussa les épaules.

— Une esclave quelconque. Africaine ou mulâtresse.

— Mais comment s'appelait-elle ?

Sœur Caridad porta une main à son front comme pour mieux se concentrer. Quelques gorgées de chocolat l'y aidèrent.

— Je ne m'en souviens pas, mais je sais qu'elle travaillait aux cuisines.

Sœur Juana entrelaça les doigts.

— Les cuisines ? Ça devient récurrent…

Caridad se frappa la poitrine.

— Je viens de me rappeler… Elle n'a pas toujours été en cuisine ! Avant cela, elle appartenait à une sœur.

Juana lui prit la main.

— À qui ? Vous en souvenez-vous ?

Caridad acquiesça, tout sourire.

— Oui, oui, je m'en souviens, mais…

Elle inclina la tête comme un chaton qui cherche à attendrir.

— Mais… ? la pressa sœur Juana.

— Avant, écrivez-moi la recette de votre sirop de vin.

COLIMAÇON

Au bout d'une demi-heure passée à expliquer à sœur Caridad ce que signifiait « cuire au petit boulé » (la sœur pensait qu'on se moquait d'elle), elles quittèrent la cellule. Sœur Juana écumait de rage.

— Et en plus, ce dessert est destiné à célébrer la nouvelle vice-reine ! Je ne la supporte pas. Je lui ai dédié ma dernière comédie, mais j'ai entendu dire que, lors de la représentation au palais, la sournoise ne s'est arrêtée de critiquer que pour bâiller. Comme je regrette le temps de la comtesse de Paredes…

À mesure qu'elles se rapprochaient de l'église, les arpèges de l'orgue devenaient de plus en plus nets.

— Je vous confesse que cela ne me plaît guère d'aller lui parler, murmura Alina. Cette femme me donne des sueurs froides.

Elles entraient dans le *sotocoro*, dont les murs vibraient sous l'écho.

— Et ses mélodies sont effroyables. Je ne veux pas le dire trop fort, mais c'est comme si sœur Leocadia souhaitait déjà s'accoutumer aux musiques réservées à l'enfer…

Lorsqu'elles entrèrent dans la chambre de l'orgue, elles furent en même temps frappées et par le grondement du son et par l'odeur âcre de transpiration de Lupita. Elle actionnait la pompe des soufflets mécaniques comme si sa vie en dépendait et sœur Juana lui fit signe de ne pas s'arrêter. Alina et elle s'avancèrent furtivement jusqu'au clavier, écoutant la musique dans le dos de sœur Leocadia.

La poétesse, l'esprit accaparé et les yeux fermés, se délecta de ces sombres accords. Ils paraissaient sortir de gigantesques gorges de démons, tandis que les doigts faméliques de sœur Leocadia tambourinaient frénétiquement sur les touches telles des araignées prises de folie.

Enfin, le front en sueur, l'organiste plaqua un ultime accord qui se prolongea à l'infini, même une fois les notes relâchées. L'écho résonnait encore lorsque la sœur se retourna. Elle faillit tomber en syncope.

— Sœur Juana !

Constatant qu'Alina était là aussi, elle fronça les sourcils. Inconsciemment, elle posa la main sur le pupitre, et les partitions voltigèrent dans tous les sens. Juana se dépêcha de l'aider à les ramasser.

— Pard… pardonnez-moi, ma sœur, bredouilla Leocadia, à genoux. Je voulais vous demander de m'excuser, pour hier. C'était mon devoir de vous assister pendant la visite de Monseigneur l'évêque.

— Ne vous inquiétez pas, Isabel m'a dit que vous étiez malade. En fin de compte, tout s'est bien passé.

— Oui, oui, mais vous aviez besoin de moi. Cela ne justifie pas mon… mon…

— Ma sœur, la coupa la poétesse d'un ton conciliant, pourrions-nous vous poser quelques questions ?

Après quoi elle pria Lupita de les laisser seules. Leocadia, agitée, serrait la liasse contre son buste.

— Que… que puis-je vous apprendre que vous ne sachiez déjà ?

— Allons au *sotocoro*, répondit Juana en l'entraînant par le bras. Il y aura davantage de lumière.

À cet instant sortait un groupe de novices qui venait de réciter le rosaire pour sœur Felipa. La pièce, plus froide que celle de l'orgue, embaumait l'encens.

Elles allèrent s'asseoir à la première stalle, non loin de la tombe de sœur Felipa, encore agrémentée de glaïeuls blancs et de cierges. Juana posa sa main sur celle de Leocadia.

— Ma sœur, j'ai besoin que vous me disiez toute la vérité. Je vous en conjure. Des vies en dépendent.

— Je le sais, grogna sœur Leocadia en montrant soudain les dents.

— On m'a raconté que vous aviez une esclave...

La nonne lâcha sa pile de partitions. Cette fois, sœur Juana ne lui laissa pas le loisir de les ramasser et lui attrapa le poignet.

— Vous voyez de qui je veux parler, n'est-ce pas ?

L'autre éclata en sanglots – des pleurs qui auraient pu rivaliser avec les mugissements de l'orgue, tant ils étaient angoissants.

— Ma sœur, insista Juana, nous savons que cette esclave, avant de mourir, travaillait aux cuisines. Et qu'elle vous appartenait.

Sœur Leocadia continuait à hoqueter, pressant si fort sa figure qu'Alina craignit qu'elle s'enfonçât les ongles dans la peau. La même réaction hystérique qu'elle avait déjà eue au réfectoire.

— L'avez-vous vendue ? demanda sœur Juana. Sinon, pourquoi aurait-elle cessé d'être à votre service ?

La pauvre femme, une fois ses larmes séchées, ne parvint à prononcer que des bribes de phrases.

— Nous... ne pouvions plus... rester ensemble.

Alina voulut dire quelque chose, mais sœur Juana, penchée tout près du visage épuisé de sœur Leocadia, la devança.

— Pourquoi ?

Une brise venue de la nef manqua d'éteindre les flammes. Lorsqu'elle reprit la parole, sœur Leocadia s'exprima à voix basse.

— Nous avions commis un acte terrible.

Alina serra son chapelet, le souffle court.

— Ma sœur, murmura Juana, je vous en prie, dites-moi ce qui vous tourmente. Peut-être pourrons-nous vous aider ?

— Si seulement...

La musicienne baissa ses yeux noir charbon, rougis et irrités, sur les caveaux.

— Tout ce sang..., siffla-t-elle. Tous ces meurtres... Les sœurs prétendent que c'est le démon, mais elles se trompent. Ce n'est pas Satan. C'est Notre-Seigneur. Notre-Seigneur qui réclame justice.

Sœur Juana avait l'air aussi effrayée qu'Alina. Toutefois, elle parvint à conserver son sang-froid.

— Qu'avez-vous fait, ma sœur ? Quel acte si tragique trouble donc votre repos ?

Leocadia serra si fort les dents que les tendons de son cou saillirent sous son capuchon.

— C'est trop affreux pour être raconté à qui que ce soit, murmura-t-elle. Je n'en ai même pas parlé à mon confesseur.

— Mais, c'est...

— Je sais que c'est sacrilège ! explosa-t-elle en se libérant de sœur Juana.

Elle se laissa tomber à genoux pour réunir les partitions.

— Peu importe, puisque désormais je suis bonne pour l'enfer. Je brûlerai pour l'éternité. Alors un péché de plus ou de moins...

— De quel péché parlez-vous ? demanda sœur Juana, la gorge serrée. Les sœurs Felipa et Jacinta y furent-elles liées d'une manière ou d'une autre ?

— Je ne vous en dirai pas plus, grogna Leocadia en se redressant, le dos tourné.

La poétesse hésita à revenir à la charge.

— Sœur Leocadia… vous devez nous aider. Et si le Saint-Office venait à condamner une innocente ? Et si une nouvelle religieuse connaissait le même sort que les trois autres ?

Leocadia inspira bruyamment avant de leur faire face, dévoilant des dents qui s'apparentaient plus à des crocs.

— Oh, nul doute que cela se reproduira, sœur Juana. Ce n'est pas terminé. Le Seigneur prendra une autre vie… Mais n'ayez crainte : il n'y en aura plus qu'une. Et ce sera la mienne. Quand mes os reposeront sous ces dalles, le Seigneur aura enfin apaisé sa fureur.

Secouée de spasmes, elle sortit en courant de l'église.

COMPTES

— Je me souviens de la mort de l'esclave, leur révéla la mère supérieure tandis qu'elles arpentaient les arcades du second cloître.

Elle semblait quelque peu rétablie.

— Mais je ne connais pas tous les détails. En ce temps-là, c'est sœur Felipa qui était abbesse.

— Vous rappelez-vous son nom ? insista Juana.

La mère Augusta s'arrêta.

— Non, ma sœur. Vous ne pensez pas que je vais retenir le nom de toutes les servantes qui passent ici.

Sœur Juana hocha la tête. Pour la plupart des religieuses, domestiques et esclaves étaient à peine plus que des mains sans visage.

— Que pouvez-vous nous dire au sujet de sœur Jacinta ?

L'abbesse se remit en route en soupirant.

— Elle avait plus ou moins votre âge quand elle a rendu l'âme. Une Espagnole de très bonne famille. Elle était venue en Amérique avec son frère, décédé avant elle. Ses autres proches étaient restés à Madrid.

— Personne ne leur a raconté comment elle est morte ? s'enquit Alina, quoiqu'elle s'en repentît immédiatement.

À cette époque, Augusta était déjà prieure ; c'est elle qui prenait les décisions.

L'abbesse la regarda avec méfiance, et ne répondit que lorsque sœur Juana réitéra la question.

— Non. Je leur ai moi-même écrit pour leur dire que sœur Jacinta avait succombé au typhus.

Elle se racla la gorge.

— Si je l'avais informée, la famille aurait sûrement sollicité une enquête du Saint-Office.

Sœur Juana secoua la tête.

— Felipa a dû suivre le même raisonnement après la disparition de l'esclave... Et en refusant de signaler sa mort, la pauvre s'est condamnée elle-même. Quel genre de justice pousse à occulter les faits... ? *Pauvre justice, celle que vous proposez... si le juge qui sévèrement condamne... engendre plus d'horreur et de blâme... que le mauvais bougre que vous inculpez...*

Elle marqua une pause, s'agrippa au bras de l'abbesse et plongea son regard dans le sien.

— *Madre*... Qu'en est-il de sœur Felipa ? Qu'avez-vous dit à ses proches ?

— Elle n'en avait plus, s'empressa de préciser la prieure. Elle était fille unique et avait pris le voile dès la mort de sa mère. Je crois que son père...

Elle ferma les yeux un instant.

— ... je crois que son père la maltraitait. À ma connaissance, il a perdu la vie à peine quelques années plus tard lors d'une bagarre. Les mauvaises langues racontent qu'il était ivre mort.

La mère Augusta répondit à quelques questions supplémentaires, mais il était clair qu'elles ne tireraient plus rien d'elle. Sœur Juana invita Alina dans sa cellule, où elle lui offrit un breuvage cacaoté que la novice déclina une fois de plus, victime de crampes à l'estomac. Le soleil n'était pas près de se coucher, mais le ciel était si gris que l'esclave de Juana dut aller chercher des bougies.

— J'ai remarqué que sœur Leocadia avait une certaine aversion pour toi, dit la poétesse dès que la servante fut sortie.

— C'est ma faute. Elle m'a dit des choses horribles sur les Indiennes et les métisses, alors je me suis emportée et je lui ai jeté à la figure qu'elle avait du sang juif.

— À cause de sa peau brune et de ses yeux noirs ?

— Et parce qu'elle m'a dit venir de Tolède.

— Je vois. Il y avait là-bas de nombreux musulmans et juifs, avant que les Rois Catholiques les expulsent...

Sœur Juana se cala sur sa chaise, savourant son chocolat. Ses yeux s'agrandirent à mesure qu'elle réfléchissait.

— Cependant, il n'y a pas qu'en Méditerranée qu'on trouve cette teinte de peau.

Alina s'assit.

— Croyez-vous que... sœur Leocadia puisse avoir du sang indien ?

Juana contempla la mousse sur le lait.

— Son père, paix à son âme, était luthier au palais. *Criollo*, me semble-t-il. Elle ne nous a jamais parlé de sa mère... Ce ne serait pas la première fois qu'un homme fait passer pour créoles les enfants qu'il a eus avec une Indienne.

La poétesse se mit debout et commença à faire les cent pas dans son bureau, se frottant le menton d'une main et serrant son chapelet de l'autre.

Derechef, Alina et Juana déduisirent la même histoire en silence : sœur Leocadia, fille d'un luthier et d'une Indigène quelconque, aurait-elle été élevée dans les traditions ancestrales, offrant du sang aux divinités d'antan ?

— Cela expliquerait pourquoi elle affirme avec tant de conviction qu'elle sera la dernière, avança Alina. Ce serait cela, les horreurs qu'elle dit avoir commises ?

— Je ne peux rien confirmer sans savoir ce que la pauvre femme nous cache. Et je me défends de l'incriminer sur sa seule couleur de peau.

— N'y a-t-il rien que nous puissions faire ? s'enquit Alina. La faire parler… ou…

— Non. Nous ne sommes pas inquisitrices. Si sœur Leocadia refuse de nous en dire plus, nous n'y pouvons rien, lâcha-t-elle avec un mugissement de frustration. Ce qui m'inquiète, c'est que le Saint-Office déroule le même fil de pensée que nous et arrive jusqu'à elle… Les inquisiteurs ont des méthodes plutôt efficaces pour délier les langues.

L'éclat des bougies dansa dans les pupilles de sœur Juana, comme si elle contemplait déjà les flammes du bûcher.

Toutes deux demeurèrent silencieuses un bon moment. Sœur Leocadia, ou sœur Quintina… ? se demandait Alina. Et sœur Encarnación, à l'infirmerie, qui ne leur avait toujours pas dit ce qu'elle avait fait la nuit de l'assassinat.

Sœur Juana fit claquer ses doigts comme pour signifier qu'elle venait d'avoir une idée.

— Le livre de comptes !

— Pa… pardon ?

— La première défunte était esclave, pas domestique. Elle était donc considérée comme une propriété.

— Pour qu'elle puisse travailler en cuisine, le couvent a dû l'acheter à sœur Leocadia. La transaction a forcément été consignée dans le livre ! comprit Alina, tout en trouvant très étrange de parler d'êtres humains comme s'il s'agissait de sacs de farine.

— Je me souviens du jour où j'ai dû vendre ma première esclave, ajouta sœur Juana avec un sourire aussi inopiné qu'involontaire. Elle s'appelait Juana de San José. Les sœurs la surnommaient Pepita pour ne pas la confondre avec moi. Ta domestique, Matea, me fait beaucoup penser à elle. Elle était franche et spirituelle, et aussi attentionnée qu'une grande sœur.

— Que lui est-il arrivé ?

— Elle a rencontré un mulâtre et elle est tombée enceinte. Pour notre malheur, c'était un garçon. Je fus forcée de la vendre à ma sœur, sans quoi nous aurions dû la séparer de l'enfant...

Elle soupira.

— Mais nous nous éloignons du sujet. Si le nom de l'esclave figure dans le livre de comptes, cela pourra nous donner une piste. Savoir est toujours préférable qu'ignorer.

Sœur Juana alla prendre dans sa bibliothèque un livre si épais qu'elle pouvait à peine le saisir d'une main. Elle l'ouvrit sur le secrétaire. Toute la vie administrative et commerciale du couvent y était consignée dans une écriture minuscule : date, nom, prix, règlement, nature de l'article.

— Sans nom ni date, cela va me prendre un certain temps, commenta sœur Juana, en suivant les colonnes de chiffres du doigt.

— Voulez-vous que je vous aide ? proposa Alina. Mon père m'a appris la comptabilité.

— Seulement si je n'ai rien trouvé d'ici demain, répondit sœur Juana. Mieux vaut que tu te reposes. Tu as eu des journées difficiles.

Alina insista.

— Pas plus que vous, ma sœur.

Sœur Juana repoussa son offre d'un geste de la main et ne releva plus la tête.

Alina trouva dans sa cellule des pains au sucre, des biscuits à la cannelle et une infusion de menthe préparés par Matea.

La novice faillit bondir de joie.

— De la menthe ! Comment as-tu su que…

— Que vous aviez des douleurs à l'estomac ? C'est la *señora* Demetria qui me l'a dit. Soi-disant que vous aviez des crampes, ce matin, quand vous êtes allée en cuisine.

Alina se souvint qu'elle s'était sentie mal, mais elle ne se rappelait pas en avoir parlé. Demetria devait être vraiment perspicace, pour…

Brusquement, elle eut une révélation. Se forçant à contenir l'émotion qui lui étreignait le cœur, elle s'assit pour déguster les gâteaux et s'exprima avec une douceur sans doute excessive.

— Matea… Demetria est une femme très intelligente, n'est-ce pas ?

— Plus qu'on ne le voudrait. Elle fait tourner en bourrique toutes les…

Matea s'interrompit, méfiante.

— Pourquoi ?

Alina baissa la voix.

— Une des femmes décédées travaillait en cuisine…

Aussitôt, Matea fronça les sourcils et commença à frotter nerveusement le secrétaire avec un chiffon.

— En cuisine ?

— Oui. Quoique avant cela, elle appartenait à sœur Leocadia, la maîtresse de musique. Nous sommes allées lui parler, mais elle ne veut rien nous dire.

— Ça m'étonne pas. Cette femme est folle. Pour peu qu'elle ait elle-même trucidé les…

— *Matea !*

— Pardon, *niña*. Me dites pas que ça vous est pas passé par la tête ?

Ce qu'Alina ne disait pas, c'est que Demetria aussi lui était « passée par la tête ». À l'évidence, Matea l'avait compris ; voilà pourquoi elle se comportait si bizarrement.

— Demetria s'en souvient sûrement. Cette femme a l'esprit vif. Elle doit connaître sur le bout des doigts les employées qui ont travaillé avec elles, tu ne crois pas ?

Matea lâcha un grognement qu'on pouvait prendre pour un assentiment.

— Pourrais-tu… pourrais-tu le lui demander ?

La grand-mère d'Alina l'aurait giflée, si elle l'avait vu supplier ainsi une domestique. La novice s'éclaircit la voix.

— Si c'est sœur Juana ou moi qui l'interrogeons, il se peut qu'elle ne veuille rien nous dire. Toi, elle te fait confiance.

Matea continuait de frotter le secrétaire bien qu'il n'y ait pas un brin de poussière. Alina s'avança vers elle.

— C'est très important, Matea. Si nous en apprenons plus sur cette esclave, peut-être parviendrons-nous à comprendre ce qui s'est passé. On peut éviter qu'un autre meurtre ait lieu… et faire en sorte qu'on ne condamne pas un innocent.

Matea garda les lèvres pincées.

— Promets-moi que tu vas tâcher de lui en parler, insista Alina.

Pas de réponse.

— Je t'en prie !

Alina saisit la main de Matea. Elle était gelée.

— D'accord, *niña*, murmura la domestique sans la regarder dans les yeux, avant d'aller se tapir sur sa paillasse.

Alina préféra ne pas la harceler davantage. Elle termina sa collation et essaya de dormir, sans succès. Ce n'est que tard dans la nuit, alors qu'elle se retournait encore et encore dans son lit, qu'elle se rendit compte de ce qu'elle venait de faire.

Si Demetria était responsable de ces assassinats, et si Matea allait naïvement lui poser des questions gênantes…

Alina frissonna.

Elle ne pouvait pas courir ce risque. Elle lui parlerait dès leur réveil.

JALOUSIE

Le lendemain, cependant, elle n'en eut pas l'occasion.

En revenant des matines, Alina trouva son petit déjeuner prêt, mais pas la moindre trace de Matea.

Elle bondit hors de la cellule complètement affolée et percuta de plein fouet la mère Augusta.

— *Madre !* Je vous prie de m'excuser. Je dois...

— C'est bon, c'est bon. J'ai vu pire, ces jours-ci.

Alina tenta de la contourner, balbutiant des explications inintelligibles, mais la mère Augusta la retint par le bras.

— Écoute-moi. Tu as de la visite. On t'attend au parloir.

— Moi ? Mais...

— Dépêche-toi. Je ne voudrais pas que tu fasses attendre des gens si respectables.

— Merci, *madre*, mais je dois...

Soudain, un engrenage se déclencha dans la tête d'Alina : qui pouvait lui rendre visite, à part Demián, son frère adoré ? D'une façon ou d'une autre, il avait dû échapper à la comtesse, ou peut-être était-ce doña Marina en personne qui l'avait traîné à la capitale pour lui dénicher une épouse.

Mais Matea...

— Que se passe-t-il, sœur Elena ? s'enquit l'abbesse.

Alina, gênée, parvint miraculeusement à trouver les mots adéquats :

— Me... me laisseriez-vous d'abord aller aux cuisines ? J'aimerais demander à Demetria qu'elle nous fasse porter du chocolat au parl...

— Demetria s'y trouve déjà. Je l'ai moi-même...

Alina n'écouta pas la suite et partit soudainement, rassurée de savoir qu'elle pourrait retenir Demetria, heureuse aussi de retrouver Demián, son rire, ses plaisanteries, sa mine enjouée... Après toutes ces épreuves, sa visite était un cadeau de la Providence.

La jeune fille poussa la porte du parloir, les yeux pleins de larmes de bonheur.

— Sœur Elena ! Quelle chance que vous soyez venue si vite !

Alina faillit se trouver mal.

Face à la grille se tenait sœur Caridad, assise sur une chaise qui ployait presque sous son poids, un chocolat chaud à la main, dans une tasse en porcelaine qu'on distinguait à peine entre ses doigts rondouillards.

— Ma... ma sœur, balbutia Alina sans comprendre. Qu'est-ce que... qu'est-ce que...

On entendit un ronflement rauque. Dans un coin de la pièce, une religieuse (qu'on appelait la « sœur écoute ») somnolait sur son siège de velours, imperturbable. Personne ne pouvait recevoir de visites sans la présence d'un chaperon, qui veillait à empêcher les blasphèmes, diffamations, commérages et d'éventuels... emportements scabreux.

La religieuse de garde ce jour-là était remarquablement vieille et ridée, aussi repliée sur elle-même qu'un raisin sec. Un filet de bave luisait sur son menton.

— Ne réveille pas sœur Teresita, dit Caridad avec un clin d'œil.

Alina bégaya :

— Pou… pourquoi m'avez-vous appelée ?

— Je voulais te présenter ma sœur, Carmen María Castrejón de La Corcuera.

Ses illusions s'effondrèrent, et en même temps Alina sentit sa poitrine se détendre. Quand Caridad la mena vers la grille, c'était comme si la jeune fille flottait dans le corps d'une inconnue.

De l'autre côté du grillage se trouvait une dame entre deux âges, aux pommettes si émaciées qu'on ne pouvait croire, au premier abord, qu'elle partageait son sang avec l'incompétente chef des cuisines. Et cependant, c'était bien là les mêmes yeux bleus, la même bouche toute fine et le même menton en galoche. La femme était affublée d'une des robes les plus extravagantes qu'Alina eût jamais vues : une explosion de brocarts, de dentelles et de froufrous débordant de perles, aux jupons si larges qu'elle ne pouvait franchir les portes que de profil.

Alors que la novice commençait à désespérer, Demetria apparut derrière les montagnes de crinolines, soutenant une cruche en argent pleine de sirop de vin, dans laquelle Mme Castrejón de La Corcuera trempait des beignets au fromage. Alina poussa un soupir de soulagement : l'Indienne n'irait nulle part pour le moment.

— Je t'en prie, assieds-toi, dit sœur Caridad en approchant une chaise qu'Alina refusa. Je racontais justement à ma sœur que nous avions une nouvelle novice…

— Quand Caridad m'a appris votre nom de religieuse, intervint l'autre, hautaine, avec un accent madrilène très prononcé, j'ai tout de suite su que vous étiez la petite-fille de la comtesse de Gijón. N'est-ce pas ?

Alina confirma d'un bref mouvement de tête.

— J'ai eu le plaisir de faire sa connaissance à Puebla. Quelle grande dame. Si raffinée, si prévenante !

Alina tenta de sourire, mais elle ne parvint qu'à faire la moue.

Pas étonnant que les Corcuera eussent fréquenté la comtesse de Gijón : tandis que des centaines de milliers de pauvres hères se brisaient l'échine à labourer les champs, à bâtir des églises et à creuser des égouts, un petit groupe d'Européens et de *criollos* s'entassaient au palais. Tous s'accordaient des faveurs et se devaient quelque chose, vantaient les mérites des uns et poignardaient les autres dans le dos, tout en s'assurant, bien entendu, qu'aucun étranger ne profane leur cercle exclusif.

Sœur Caridad se mit debout.

— À mon grand regret, je dois vous laisser. Que deviendraient ces cuisines sans moi ?

Elle se tourna vers Demetria et son ton perdit toute délicatesse.

— Traite ma sœur correctement, veux-tu ? Ou tu verras la raclée qui t'attend.

Demetria répondit par un grognement, mais se détendit dès qu'elle disparut.

— La vice-reine est fascinée par les douceurs que prépare ma sœur, dit Mme de La Corcuera, trempant de menus morceaux dans le sirop de vin. Elle dit qu'elle viendra au couvent dès que le calme sera revenu au palais. Peut-être vous la présenterai-je...

Cette dernière phrase ressemblait fort à un piège. Alina connaissait bien ces insinuations ; elle les avait entendues maintes fois lors des *tertulias* de sa grand-mère. Carmen de La Corcuera devait attendre d'elle un quelconque bénéfice. Sans doute avait-elle un objectif précis, ou bien elle semait simplement une graine pour en récolter les fruits plus tard.

Alina comprenait maintenant pourquoi sœur Juana tenait en piètre estime la comtesse de Galve, la nouvelle vice-reine. Les précédentes, la marquise de Mancera et la comtesse de Paredes, aimaient s'entourer de poètes, de scientifiques et de philosophes. Célèbres pour leur érudition, elles jouaient les mécènes auprès d'artistes en tout genre, sœur Juana en premier lieu. À l'évidence, l'actuelle gouverneure préférait la compagnie de dames cancanières qui la gavaient de sucreries et de liqueurs.

La jeune fille laissa échapper un soupir. Au moins, tant que Demetria était là, Matea ne courait pas de danger.

Elle alla s'asseoir et choisit d'adopter le même ton affecté qu'elle réservait aux prétendants cinquantenaires que doña Marina lui avait présentés au cours de ces dernières années.

— Alors comme ça, vous êtes une bonne amie de ma grand-mère ?

— Oh, oui, oui. Quoique je m'étonne de ne vous avoir vue à aucun de ses bals.

Parce qu'elle craignait que je lui fasse honte devant des gens comme vous, fut sur le point de lâcher Alina, mais elle poursuivit sur sa lancée.

— J'ai toujours été de disposition contemplative.

Mme de La Corcuera sourit, enjôleuse.

— Bien entendu… Que c'est généreux de la part de la comtesse de vous confier à l'Église ! J'imagine qu'elle aura envoyé avec vous la meilleure des femmes de chambre.

Alina réprima difficilement un éclat de rire. Sa grand-mère avait sûrement fait son choix à l'aveugle parmi sa longue liste de domestiques mineures.

— La jeune Indienne qui travaille avec moi a presque mon âge. Elle est habile et sérieuse.

Là-dessus, elle ne mentait pas.

Mme de La Corcuera considéra la mousse de son cacao avec un brin de nostalgie.

— Il n'y a pas de bras plus tendres et protecteurs que ceux d'une servante indienne. C'est ce que je dis toujours à mes filleules : ne vous fiez pas aux nourrices africaines, les meilleures, pour ces affaires, sont les Indiennes.

— Merveilleux, répondit Alina, faute de mieux.

— Peut-être trouvez-vous étrange le fait que je demande à vous parler ?

— Oh, non, pas du tout.

Néanmoins, l'autre n'était pas dupe.

— Je souhaiterais m'entretenir avec vous d'une question très sérieuse, dit-elle avec un sourire qui disparut aussitôt. Et je vois dans vos yeux que vous savez à quoi je fais référence.

Le pichet de sirop vacilla dans les mains de Demetria. La tension était palpable. Alina attendit que la femme continue.

— Vous m'avez l'air d'une grande intelligence, déclara-t-elle. Caridad prétend que Juana Inés vous a prise sous son aile.

De nouveau, la novice ne répondit pas, bien qu'elle sache pertinemment ce que son interlocutrice était sur le point de dire.

— Je ne voulais pas parler de ça avec ma sœur. Malgré tout l'amour que je lui porte…

La *señora* de La Corcuera mastiqua un beignet.

— Ma Caridad n'est pas quelqu'un de… pragmatique.

Demetria ne put retenir un grommellement, et Alina, les mains jointes, tâcha de se montrer diplomate.

— Je crois savoir de quoi vous parlez.

— Je ne veux pas inquiéter ma pauvre sœur, mais… des rumeurs courent au palais…

Elle baissa la tête pour remuer son chocolat, l'œil fuyant.

— Des… rumeurs ? demanda Alina.

Mme de La Corcuera jeta un regard à sœur Teresita, qui venait de se caler sur sa chaise, toujours aussi apathique. Demetria, elle, était tout ouïe.

La voix de la femme de cour se déforma en un murmure guttural :

— À propos de meurtres.

Alina sentit son pouls s'accélérer. Si la main de Demetria tremblait, faisant étinceler le petit récipient d'argent sous la lumière de la meurtrière, l'Indienne ne cillait pas. Alina pensa à la congédier ; mais alors, Demetria filerait aux cuisines, et Matea irait la trouver. Il n'était cependant pas plus confortable qu'elle reste là, à écouter ce que les bonnes gens du palais racontaient des crimes de San Jerónimo.

— J'imagine que la sœur Juana Inés connaît tous les tenants et les aboutissants de cette affaire.

Demetria croisa le regard d'Alina durant un bref instant. Maintenant, la domestique devait soutenir son poignet avec son autre main pour ne pas lâcher la cruche. La Corcuera, indifférente, trempait un beignet dans le sirop douceâtre.

— Sachant à quelle vitesse vous vous êtes rapprochée d'elle, qui est si célèbre pour son esprit et son influence, il se peut que…

— Je vous en prie, dites-moi ce que vous attendez de moi, laissa échapper Alina.

Loin de s'offenser, la femme lui sourit.

— Si vous pouviez me fournir une quelconque information… Nous pourrions nous arranger. Je parie que la vice-reine serait enchantée de rencontrer une demoiselle aussi brillante que vous.

Voilà donc quel était le motif de sa visite : lui soutirer des informations afin de s'attirer la sympathie de la vice-reine et des autres courtisanes du palais. Le prix était fixé, et elle s'attendait à ce qu'Alina morde à l'hameçon.

La novice se sentit humiliée. La croyait-on si naïve ?

— Même si je savais quelque chose, *señora*, il ne serait pas correct de le révéler, encore moins à quelqu'un que je connais depuis à peine quelques minutes.

La bouche de la visiteuse n'était plus que sucre et liqueur ; elle se lécha les lèvres, secouée par un rire nerveux.

— Cela prouve ton intelligence. En tant que telle, tu te doutes bien, j'imagine, que tout le monde sait pourquoi tu es ici. Ton avare de grand-mère ne t'aurait jamais donné de dot matrimoniale. Trois mille pesos pour t'enfermer ici, la belle affaire.

— Et vous croyez me convaincre, ainsi, de…

— Je peux t'obtenir des faveurs, *niña*, interrompit la visiteuse, oubliant son faux accent madrilène. Penses-y. Ne méprise pas trop vite l'amitié que je t'offre.

Alina s'apprêtait à partir, les lèvres pincées, quand Mme de La Corcuera se pencha vers la jalousie, glissant ses doigts maigres à travers le grillage.

— En gage de ma bonne foi, je vais te fournir une information sans rien te demander en échange.

Alina s'était déjà levée ; cependant, la femme abattit sa dernière carte.

— As-tu entendu parler du frère Nicanor Romero ?

L'inquisiteur du Yucatán, se rappela Alina, sans pouvoir contenir un hoquet de surprise. La dame de la cour sourit plus largement, dévoilant ses dents jaunies et cariées par l'abus de sucre.

— C'est bien ce qui me semblait. Je suis sûre que cela t'intéressera de savoir qu'il y a, en ce moment, des inquisiteurs au palais.

Demetria laissa choir sa cruche, dont le contenu se répandit sur le sol. Mme de La Corcuera n'y prêta pas attention.

— Ils sont arrivés hier, poursuivit-elle. Je le sais parce que certains de ces moines sont les confesseurs de mes amis.

Alina voulait fuir, mais sa curiosité fut trop forte.

Carmen de La Corcuera jubilait. Après avoir nettoyé ses moustaches pleines de sirop avec un petit mouchoir brodé, elle porta l'estocade finale :

— Cela t'intéressera peut-être de savoir qu'ils sont en route pour San Jerónimo.

Alina sortit du parloir en transe.

Demetria, sur ses talons, portait le peu de restes que l'odieuse Corcuera avait laissés sur le service en argent.

— D... Demetria, bafouilla Alina, j'aimerais te poser quelques questions. Pouvons-nous...

L'Indienne s'enfuit au pas de course. Alina allait la poursuivre, mais la mère Augusta s'interposa à nouveau sur son chemin, comme jaillie de nulle part.

— Enfin, te voilà ! Que te voulait Mme de La Corcuera ?

Alina bégaya tant et si bien que l'abbesse perdit patience.

— Bon, bon, des ragots, j'imagine... Bref, sœur Juana te demande à l'infirmerie. Immédiatement. Sœur Encarnación est en mesure de parler.

PILONCILLO

Demetria était introuvable. Matea ne l'avait vue ni au cellier ni aux cuisines, et dut se résoudre à interroger plusieurs domestiques et esclaves. Lupita lui apprit finalement qu'elle l'avait vue regagner sa chambre et qu'elle paraissait très agitée.

Elle s'y précipita ; la porte de la cellule était entrouverte et laissait entendre le vacarme caractéristique d'objets qu'on lance en tous sens. Elle frappa, le bruit s'arrêta ; derrière le battant, on ne percevait plus qu'une respiration saccadée que la jeune domestique connaissait bien.

— *Señora* Demetria ? insista-t-elle.

Quelque chose percuta le sol avec un fracas métallique.

— Je vais entrer !

Et c'est ce qu'elle fit, découvrant alors une pièce sens dessus dessous. Au milieu du chaos, Demetria attisait le foyer.

Matea ne parvint pas à distinguer ce que la cuisinière venait de lancer au feu.

— *Señora*... vous vous sentez bien ?

La pauvre se retourna, s'essuya les tempes, puis fonça droit vers Matea.

— Aïe, *niña*, j'ai besoin de ton aide !

Vêtements et chiffons étaient jetés à terre, et le lit, renversé. Sur un petit plateau d'argent se trouvaient des restes de beignets que, certainement, Demetria n'avait pas eu le temps de rapporter en cuisine.

— Bien sûr, *señora*. Comment ?

Demetria bondit près de la couchette, passa une main sous la paillasse et en tira un tas de guenilles qu'elle fourra dans les bras de Matea. C'était plus lourd que ce à quoi elle s'attendait.

— Emporte ça à l'extérieur du couvent et débarrasse-t'en là où personne ne te verra.

Matea allait ouvrir le paquet, mais Demetria l'arrêta.

— Je t'en supplie, ne regarde pas là-dedans, c'est mieux pour toi.

La terreur se lisait sur son visage. La femme était sur le point d'éclater en sanglots, et ses mains, qui venaient d'être si proches du feu, étaient gelées.

— Vous avez des ennuis ? demanda Matea.

Demetria plissa le front, incapable de répondre.

La jeune fille eut brusquement l'impression que le ballot qu'elle tenait était en plomb. Elle se sentait tiraillée et savait ce qui l'attendait. Il était de son devoir de faire ce que sa maîtresse lui avait ordonné, à savoir interroger Demetria ; mais si elle acceptait d'aider l'Indienne, alors elle deviendrait sa complice.

— Ne vous inquiétez pas, reprit-elle finalement. Je m'en occupe.

Demetria poussa un soupir de soulagement et baisa trois fois les mains de Matea.

— Quand tu sortiras, dis que tu vas à la Plaza Mayor. Si on te questionne, réponds que je t'ai envoyée chercher… euh… je… je ne sais pas…

Tout à coup, Demetria craqua et se mit à pleurer. Cette détresse faillit arracher des larmes à Matea.

— Du *piloncillo* ? suggéra-t-elle tout doucement.

Demetria se redressa avec difficulté, une indescriptible gratitude sur le visage.

— Oui. Du *piloncillo*.

Et elle fourra dans les mains de Matea assez d'argent pour en acheter un sac plein.

— *Señora*..., murmura la jeune Indienne avant de partir. Débrouillez-vous pour qu'on ne trouve pas votre chambre dans cet état.

Attrapant le premier panier qu'elle vit, Matea fila directement à l'entrée principale, répéta machinalement qu'elle se rendait à la Plaza Mayor pour acheter du *piloncillo*, et la sœur portière la laissa sortir sans sourciller.

Une fois dehors, elle eut la sensation d'avoir déjà fait la moitié du travail. Plus légère, elle marcha le plus naturellement possible jusqu'au coin de la rue avant de détaler. Dans le tumulte des charrettes, des mules et des passants, personne ne fit attention à elle.

Juste avant la Plaza Mayor, plutôt que de franchir le petit pont qui enjambait l'Acequia Real, elle décida de longer le cours d'eau.

En s'éloignant un peu du centre de Mexico, le canal se mettait à sillonner entre des pâturages et finissait en méandres marécageux. Là-bas, le trafic des embarcations était quasiment inexistant. Quand elle fut certaine que la voie était libre, Matea s'approcha de la rivière.

Elle n'avait plus qu'à jeter le ballot. Et en même temps... elle devait savoir. De toute façon, si on découvrait qu'elle avait aidé Demetria à se débarrasser de ce paquet, qui croirait qu'elle en ignorait le contenu ? Elle ne put donc réprimer sa curiosité. Elle souleva un coin du tissu, et resta interdite.

Elle découvrit une première sculpture en jade, d'une beauté et d'un raffinement prodigieux, qui représentait un serpent à plumes.

La seconde, plus grossière et réalisée avec du tezontle rouge, ne pouvait avoir appartenu qu'à une seule personne…

POSSESSION

Alina eut beau protester, l'abbesse la poussa jusqu'à l'infirmerie.

En entrant, elles trouvèrent les sœurs Gertrudis et Isabel en proie à une grande agitation. L'infirmière portait un tas de gazes ensanglantées et Isabel avait un bol de bouillon fumant entre les mains. Juana, assise au bord du lit, aidait sœur Encarnación à se redresser.

La religieuse ne semblait pas si mal en point : après l'avoir délicatement lavée, on avait changé ses bandages et enfilé un capuchon blanc sur sa tête – peut-être pour lui tenir chaud. Malgré tout, on voyait les ravages causés par le jeûne : sa figure était hâve, son teint presque grisâtre, et sa peau parcheminée collait à ses pommettes osseuses comme celle d'un macchabée qu'on aurait abandonné dans le désert.

Sœur Juana prit le bol des mains de sa nièce.

— Merci, Isabel. Ce sera tout.

La jeune femme sortit sans se faire prier, soulagée de ne pas avoir à assister à ce qui allait suivre.

Juana s'avança vers Encarnación avec une expression taquine.

— *Tout ce bon bouillon vous avalerez... tout jusqu'à la dernière cuillérée. Sinon, telle une novice égarée... à coups de gourdin, je vous donnerai la fessée.*

Si Encarnación ne sourit pas, ses yeux se tournèrent avec gratitude vers ceux de sœur Juana. Aussi obéissante qu'une petite fille, la religieuse avala tout le bouillon.

Après l'avoir nourrie et lui avoir essuyé la bouche, la poétesse lui tendit un chapelet, la laissa marmotter quelques invocations, puis l'interrogea avec tout le tact dont elle était capable.

— Pourquoi vous être infligé cela, ma sœur ? Pourquoi vous flageller ainsi ? Nous n'avons pas à vous juger, mais, au moins, expliquez-nous.

Les ongles d'Encarnación, encore encroûtés de sang, se crispèrent sur les perles.

— Est-ce à cause du père Nuñez ? Vous a-t-il demandé de faire pénitence ?

Alina connaissait les manières du vieux confesseur. Il pouvait se montrer fourbe, répugnant, querelleur et opportuniste, en plus d'être un médiocre scribouillard avide de pouvoir. Toutefois, elle l'imaginait mal exhorter les hiéronymites à se flageller de cette façon. Juana, de manière à faire sortir Encarnación de son silence, devait prêcher le faux pour savoir le vrai.

De fait, la nonne ôta son capuchon comme si elle étouffait et chuchota :

— C'est le Malin.

La mère Augusta se signa sur-le-champ, Gertrudis laissa tomber son tas de bandages, et même Alina porta une main discrète au crucifix de son chapelet.

Sœur Juana se positionna plus près d'Encarnación.

— Qu'est-ce qui vous fait penser cela ?

La religieuse serra les dents. Son visage cendreux devint rouge cramoisi. Cette irascibilité qui la caractérisait tant refaisait son apparition.

— Il m'est venu en rêve.

— En rêve ? répéta sœur Juana. Ne serait-ce pas seulement…

— Non ! gronda Encarnación, les faisant toutes tressaillir. Je ne suis pas une de ces empotées de novices ! Cela n'avait rien d'un cauchemar causé par une indigestion. Certes, je dormais, mais ce que j'ai vu, je l'ai vu comme je vous vois… Mieux, même.

Elle marqua une pause, comme plongée à nouveau dans cette scène. Une unique larme coula sur sa joue, zigzaguant entre les plis de sa peau.

— Le Malin se tenait dans l'encadrement de ma porte. J'ai vu chaque détail de son être immonde. Ses griffes vénéneuses… sa chair calcinée et pustuleuse… ses yeux… même les parties de son corps les plus perverses… J'aurais crié, s'il ne s'était pas déjà emparé de moi. Je voulais bouger, mais je n'y arrivais plus. Je ne pouvais même plus respirer ! J'ai eu beau invoquer le Seigneur et la Très-Sainte Vierge, le Malin ne les a pas laissés m'écouter. *Madre*, je me rappelle encore sa présence…

Elle se frictionna les bras frénétiquement, comme si elle venait de tomber dans la fange.

— Je sentais le feu, les épines… De l'acide coulait dans mes veines et me brûlait les entrailles…

— Que s'est-il passé, alors ? s'enquit sœur Juana.

— C'est lui qui… m'a demandé de faire ces choses terrifiantes.

La mère Augusta se cacha derrière ses mains. Sœur Gertrudis fit discrètement un pas en arrière.

— Quelles choses ? chuchota Juana.

Les doigts d'Encarnación farfouillèrent entre les plis des draps. À cause de ses convulsions, son chapelet lui avait échappé.

— J'ai compris que j'étais assoiffée de sang, dit-elle entre ses dents après avoir mis la main sur le crucifix. Cette rage que je connais si bien… démultipliée. Mon plus grand péché… Le démon a mis le doigt dessus si facilement ! Enfin, je suis parvenue à me lever, mais seulement parce que j'étais mue par la volonté du diable. Assoiffée de sang…

Sœur Gertrudis recula pour de bon, épouvantée. Lorsque sœur Encarnación la regarda dans les yeux, l'infirmière laissa échapper un petit cri.

— Il faut croire que le Seigneur avait pitié de moi. Il me restait encore une once de détermination. Et avant que Satan revienne posséder mon corps, j'ai couru à la tour… Je peux vous le dire, désormais, *madre*. Je cache mes instruments là-bas depuis des années. Je ne m'en sers que lorsque mon péché de colère déborde, quand je ne peux plus le contrôler…

Alina se rappela que, quelques heures à peine avant l'assassinat, Encarnación avait vociféré et tapé du poing sur la table.

La religieuse dut lire l'incrédulité sur le visage de la mère supérieure.

— *Madre*, je vous jure que c'est la vérité. Cette nuit-là, c'était nécessaire. Je devais expulser le démon de mon corps. Je me suis lacérée jusqu'à n'en plus pouvoir. Mais j'ai continué… et j'aurais continué encore et encore si j'avais pu… Plutôt mourir que de laisser le Malin faire de moi son instrument.

De nouveau, la fureur l'emporta sur la terreur. Encarnación se mit à crier si fort qu'on dut l'entendre dans tout San Jerónimo.

— Mais il était toujours là, *madre*. Il était toujours là !

Cette fois, toutes reculèrent, y compris sœur Juana.

S'armant de courage, celle-ci vint poser sa main sur l'épaule de la pauvre religieuse, sans un mot. Il y a des horreurs que même les paroles de la meilleure des poétesses ne peuvent apaiser.

Sœur Encarnación, paupières closes, serra son chapelet avec tant de force que le cordon se brisa. Les perles roulèrent sur le sol.

— Et entre le feu infernal de mes entrailles et les douleurs des coups de fouet sur ma chair… J'ai sombré dans les ténèbres…

Puis le silence tomba sur la pièce. On entendait seulement les respirations saccadées des cinq femmes, et le bruit des perles d'ivoire qui continuaient à rouler par terre.

C'est alors qu'entra sœur Quintina, aussi voûtée qu'à l'accoutumée, les yeux dans le vague. Avisant les perles, elle fit mine de les ramasser, et serait tombée à la renverse si Alina ne l'avait pas rattrapée. La jeune fille, pour masquer le tremblement de ses jambes, s'agenouilla à son tour pour récupérer ce qui restait du chapelet.

— Vous n'avez pas sombré dans les ténèbres, ma sœur, murmura Juana. Vous avez sans conteste perdu connaissance à cause des blessures.

— Non. Je sais ce que je dis. Jamais je n'avais été plongée dans une obscurité si profonde. Ensuite, la seule chose dont je me souvienne, c'est l'esclave… la négresse géante… qui me soulève et m'amène ici.

Mère Augusta, se frottant la poitrine, s'empressa de déclarer :

— Que vous ayez défailli est évident ! Vous avez martyrisé votre corps et vous l'avez laissé à la merci des enfers. Dans votre ardeur à expulser le démon, vous n'avez réussi qu'à lui ouvrir plus grand la porte. C'est là que vous avez dû…

— Révérende mère, répliqua sœur Juana, haussant le ton, vous n'allez pas insinuer que…

— C'est une certitude, intervint sœur Encarnación. La mortification du corps doit être consentie par un confesseur. La douleur n'est pas un jeu ; c'est une grâce de Dieu et il faut la manier avec précaution. On me l'a bien assez répété, et je n'en ai pas tenu compte. J'ai été bien orgueilleuse de croire que je pouvais me flageller et me purifier sans consulter un prêtre.

Gertrudis secoua la tête, indignée.

— Ma sœur, comment pouvez-vous dire cela ? Notre corps est un cadeau divin. Je doute que le Seigneur nous encourage à meurtrir la plus belle de ses œuv…

— María Gertrudis, coupa la mère Augusta, ce n'est pas le moment d'entamer une nouvelle querelle théologique. Ce que sœur Encarnación nous dit est très sensé.

Alina avait déjà perçu cet accent de désespoir dans la voix de l'abbesse, le jour où celle-ci était venue trouver sœur Juana au cellier, persuadée d'avoir elle-même commis des actes barbares à cause du démon.

Elle lança un regard entendu à Juana, qui devait partager le même avis.

— Révérende mère…, commença la poétesse. Ces jugements ne doivent pas être émis à la légère. Encore moins… quand on doute de sa propre impartialité.

Personne ne répondit.

Sur le coup, Alina ne sut pas si les mots de sœur Juana avaient pétrifié l'abbesse ou si celle-ci mettait du temps à comprendre. Mais quand elle saisit l'allusion, sa réponse fut cinglante.

— Le récit de sœur Encarnación satisfera le Saint-Office de l'Inquisition.

Gertrudis vint alors se ranger aux côtés de la sœur alitée et affronta la mère supérieure.

— Révérende mère, votre cellule n'était pas fermée non plus.

Cela eût été moins grave si elle l'avait giflée. Mère Augusta, rejetant la tête en arrière, répliqua, ulcérée :

— Gertrudis ! Comment osez-vous ? Comment...

À cet instant, sœur Quintina fut prise d'un fou rire. L'abbesse plissa les yeux, acerbe.

— Vous et cette hystérique de Quintina passez aussi la nuit en liberté. Mieux vaut que vous vous arrêtiez là si vous ne voulez pas que je mentionne ce détail aux inquisiteurs.

C'était une facette de la mère Augusta qu'Alina n'avait jamais vue – apparemment, les autres religieuses non plus. Sœur Juana était livide.

— *Madre*, ce n'est pas le moment de...

— Êtes-vous en train de nous menacer ? renchérit sœur Gertrudis sans plus aucune marque de respect.

Encarnación s'unit aux protestations et, bientôt, les trois femmes criaient et s'accusaient telles des poissonnières.

Sœur Juana porta une main à son front. Pendant ce temps, sœur Quintina s'était assise sur un lit, riant comme s'il s'agissait d'une des comédies qu'on présentait parfois dans la nef.

Alina termina de réunir les perles, les enveloppa dans sa robe et s'approcha de sœur Juana pour lui demander si elle pouvait se retirer. À cet instant, elles constatèrent que Lupita les observait dans l'encadrement de la porte, se mordillant un doigt sans savoir si elle pouvait ou non interrompre le brouhaha.

Sœur Juana lui fit signe d'entrer. La présence de la

gigantesque Africaine eut le mérite de calmer les esprits. Toutes la regardèrent avec curiosité tandis qu'elle murmurait à l'oreille de Juana.

Le silence dans l'infirmerie était absolu. Les yeux de la sœur s'écarquillaient à mesure qu'elle comprenait ce que lui disait l'esclave.

— Lupita dit que... les inquisiteurs sont arrivés.

MANGUE PETACÓN

Matea pleurnichait, assise au bord du canal, tandis que le paquet s'éloignait, emporté par le courant. Aucune embarcation ne s'était montrée, tout avait été fait le plus discrètement possible. Les statuettes sombrèrent peu à peu dans la sérénité des eaux.

Il y avait une chose qu'elle ne parvenait pas à s'expliquer. Demetria était-elle capable de faire cela ? Entrer dans la cellule d'Alina, fouiller son coffre et dérober son idole ? La statuette que Matea venait de jeter, était-elle celle qu'Alina avait égarée, ou bien l'autre, cachée fut un temps dans la bibliothèque ?

Pour le savoir, il n'y avait qu'une seule solution : le lui demander directement. Mais aurait-elle le courage d'affronter à nouveau Demetria ? Elle se souvint du corps mutilé dans l'église, du sang qu'elle avait dû nettoyer... et eut un frisson en pensant que tout cela pouvait être l'œuvre d'une femme qui l'avait traitée avec tant de douceur.

Plus elle y pensait, plus cela lui paraissait possible.

Durant le court laps de temps qu'elle avait passé à San Jerónimo, Matea avait remarqué avec quelle dextérité Demetria arrachait le cœur des poulets, dépeçait les lapins et retirait les tripes des pigeonneaux. Après tout, le sang d'un animal n'était-il pas semblable à celui d'un être humain ? Les cris des porcs devant l'abattoir n'étaient-ils pas aussi déchirants que ceux d'un chrétien qu'on mène au bûcher ?

Plongée dans ses réflexions, elle avait repris la route. On la bouscula, et alors elle se rendit compte que ses pieds l'avaient ramenée au couvent. Aïe, son panier était vide, elle n'avait plus qu'à retourner Plaza Mayor pour acheter du *piloncillo*...

En traversant le pont, la petite Indienne aperçut un domestique portant un cageot plein de goyaves ; aussitôt, elle se rappela les yeux verts de Casio, sa peau chocolatée et ses larges épaules.

Rien ne l'empêchait de profiter de cette sortie pour aller lui rendre visite. En imaginant la scène, elle ne put réprimer un sourire. Avec un peu de chance, si elle se débrouillait pour fondre en larmes au bon moment, le beau mulâtre bondirait de derrière ses piles de mangues et de pêches pour la consoler.

C'était mal de profiter de la situation, mais à quoi bon souffrir si on ne pouvait pas en tirer un minimum de profit ?

Une fois le *piloncillo* acheté, elle se dirigea vers l'échoppe de fruits et tâcha de prendre un air mélancolique.

Arrivée au coin de l'étal, elle reconnut immédiatement Casio. Sauf que...

L'homme badinait avec une métisse qui était loin d'être déplaisante. Il l'avait acculée contre un poteau de l'échoppe ; d'une main, il lui caressait le menton, et de l'autre, il lui tendait des tranches de mangue. De fait, il répétait le numéro qu'il avait employé avec elle.

Aussitôt, Matea sentit son cœur bouillonner dans sa poitrine, de la même manière que les *suspiros de yema* qu'on jetait dans l'huile frémissante.

La métisse l'aperçut et fit un clin d'œil à Casio.

— Vous avez une cliente.

Casio fit volte-face et, découvrant Matea, s'en décrocha presque la mâchoire.

— Pe… pe… petite comtesse !

Matea lui jeta à la figure certains mots qu'elle avait entendus dans la bouche des domestiques quand ils abusaient du *pulque*. Puis elle fit demi-tour et tenta de se fondre dans la foule. Elle entendait encore la voix de Casio, au loin.

— Petite comtesse, attendez !

Là, oui, elle ne put retenir ses larmes ; des larmes qu'elle versait pour lui et pour ce qui arrivait à Demetria. Casio la rattrapa.

— Ma petite madame, ne pleurez pas. Laissez-moi vous expliquer…

— Ce n'est pas à cause de vous que je pleure ! Vous vous croyez si important ?

Elle s'essuya les yeux avec son châle, toujours poursuivie par Casio.

— Mais alors, que vous…

— Qu'est-ce que ça peut vous faire ? Allez-vous-en !

— Doña Eulalia est une bonne cliente. C'est pour ça que…

— Drôlement bonne, oui, je m'en suis aperçue.

Casio se planta face à elle.

— Si vous ne me laissez pas vous expliquer…

— M'expliquer quoi ? l'interrompit Matea, d'autant plus agacée de voir ses beaux yeux. Vous pouvez faire ce qui vous chante. Moi, je viens juste vous acheter des fruits et figurez-vous qu'aujourd'hui, je n'en ai même pas besoin.

Casio ne parvint pas à en dire plus. Soudain résonna

un cri désespéré qui attira l'attention de tous les badauds alentour.

— *Señorita !*

Matea vit émerger le visage familier du métis qui tenait l'étal de blé. L'amoureux de sœur Andrea, celui qui avait essayé de lui parler l'autre jour.

— *Señorita !* l'apostropha-t-il encore, dégoulinant de transpiration, quand il les eut rejoints. Germán, vous vous souvenez de moi ?

Casio s'interposa.

— Va-t'en, toi ! Ne dérange pas la petite madame.

— Dis donc… voilà *don* Germán ! s'exclama celle-ci, écartant Casio. Bien sûr que je me souviens. Venez, je voudrais vous raconter quelque chose.

Elle imita les nobles manières qu'elle avait observées chez Alina, et ajouta :

— Bonne journée, don Casiodorant.

— C'est Casiodo…

Mais Matea ne le laissa pas terminer, elle arrangea son châle, fouettant au passage le visage de Casio, et s'éloigna rapidement au bras d'un Germán quelque peu déconcerté.

— Le nègre des fruits continue de vous…

— Oh, voyons ! Cessez de vous retourner !

Ils s'éloignèrent rapidement et arrivèrent au fameux marché du Parián, spécialisé dans les marchandises venant tout droit d'Asie. C'était le domaine des dames fortunées qui sortaient les bras chargés de châles de Manille, de tapis persans et de porcelaines chinoises.

Matea ne cessait de grommeler.

— C'est ma faute. On m'appelle « petite comtesse » et je veux déjà ma maison à moi.

Germán la regarda sans comprendre.

— *Señorita*, avez-vous un problè...

— Voilà qu'il s'y met aussi, celui-là. Qu'est-ce que ça peut vous faire ?

Elle le repoussa pour finir de s'essuyer les yeux.

— Écartez-vous donc. Je me suis juste servie de vous pour me libérer de l'autre brute !

— *Señorita*, insista Germán en se rapprochant, j'ai une faveur à vous demander.

— Ha ! Moi ? Vous faire une faveur, à vous ? Je sais bien quel genre de mufle vous êtes. C'est vous qui tournez autour de la petite religieuse...

— Oui, oui, l'interrompit Germán, portant un doigt à ses lèvres. Mais chut !

Matea, qui n'avait pas non plus envie de provoquer un scandale, le conduisit vers un recoin isolé du marché.

— À cause de vous, elle est enchaînée et mange à même le sol, déclara l'Indienne. Vous le savez ?

Le jeune homme pâlit.

— Je savais pour les fers, mais... mais pas qu'elle mangeait par terre.

— Du pain sec et de l'eau. J'espère que vous êtes fier de vous.

Les yeux de Germán s'embuèrent. Son front se plissa dans une véritable expression de douleur. Pour une raison mystérieuse, Matea pensa aux larmes de son propre père, et ce souvenir lui serra la gorge.

— Maintenant, il faut que j'y aille, marmonna-t-elle en prenant son courage à deux mains. Sans ce *piloncillo,* le couvent s'effondre.

— *Señorita*, je vous en supplie, j'ai besoin que vous remettiez un...

— Demandez à votre grand-mère ! J'ai assez d'ennuis comme ça...

Germán se jeta à genoux et se mit à pleurnicher piteusement, froissant le tablier de Matea.

— Ce n'est pas ce que vous croyez ! C'est pour l'aider ! Je jure devant Dieu !

Les passants ricanaient et Matea n'eut pas le cœur de laisser Germán s'humilier ainsi.

— Bon, c'est d'accord, relevez-vous. Ça joue les gaillards, mais… qu'est-ce que ça peut gémir ! Ah, quand c'est pour courir les jupons, alors là, oui, on est courageux !

— S'il vous plaît, dites-moi que vous allez m'aider ! Je vous en supplie.

Matea détourna les yeux, incapable de contempler ce visage accablé de chagrin.

— Ça dépend. Dites-moi d'abord comment.

Germán, une fois calmé, entraîna Matea parmi la foule.

— J'ai besoin que vous lui remettiez ceci, chuchota-t-il sans cesser de scruter les environs.

Il inséra furtivement un morceau de papier entre les blocs de *piloncillo*.

— Qu'est-ce que vous racontez, là-dedans ?

— Vous pouvez le lire, si vous voulez.

— Ne faites pas l'idiot. Vous m'avez bien regardée ? Dites-moi ce que vous lui écrivez. Et gare à vous si j'apprends que vous m'avez menti.

Ils marchèrent un moment, tandis que Germán cherchait un endroit adéquat pour converser à l'abri des oreilles indiscrètes. Ils parvinrent bientôt devant un tombereau d'ordures, où une nuée de mouches s'agglutinaient. Le vendeur jeta de nouveau des coups d'œil inquiets alentour. Le front perlé de sueur, il murmura :

— Tout le monde ne parle que de ça. Les inquisiteurs sont en route vers San Jerónimo. Ils s'y trouvent peut-être en ce moment même.

Matea en eut les jambes coupées.

— Les inquisiteurs ?

— Oui. Les mauvaises langues prétendent qu'ils sont à la recherche d'une hérétique.

Pendant un moment, Matea lutta pour retrouver son souffle. Elle dut s'appuyer au flanc de la charrette, les pieds dans la fange.

— Quel rapport avec vous ?

La main de Germán, comme sa lèvre inférieure, tremblait de manière incontrôlable.

— Vous devez avertir ma pauvre Andrea. Si… si vous ne lui remettez pas ce message… les inquisiteurs vont la tuer !

SANCTUS OFFICIUM[1]

La grille du parloir projetait des ombres menaçantes sur ces hommes. Tout de noir vêtus, ils se tenaient courbés au-dessus de la longue table qu'on avait installée et dévoraient leurs poules à la portugaise avec une voracité quasi désespérée. Alina assistait à cette scène comme si, en face d'elle, se trouvaient des vautours se disputant un bout de chair fraîche.

— Ainsi donc, vous avez décidé de vous taire ? bougonnait frère Nicanor Romero, crachant de petits morceaux de viande et de sauce à chaque consonne.

La mère Augusta, debout entre Alina et sœur Juana, tremblait de la tête aux pieds.

— Je comptais vous informer de ce second meurtre dès que possible, déclara-t-elle avec la voix d'une fillette qu'on vient de réprimander.

Elle n'avait pas non plus mentionné que, avant les deux religieuses, une esclave était morte dans les mêmes circonstances. Juana, sachant ce qui les attendait, se garda de jeter de l'huile sur le feu.

— Bien entendu, répliqua Nicanor Romero avec sarcasme. Vous comptiez le faire. À la fin des neuvaines, peut-être ?

---

1. Saint-Office.

— Votre Éminence doit comprendre l'horreur qui nous a frappées. Le...

— C'est précisément la raison pour laquelle vous auriez dû nous alerter ! tonitrua l'homme en écrasant son poing sur la table, faisant sursauter tout le monde.

Ses sourcils, aussi grisonnants et épais que les poils d'une brosse, s'arquèrent en direction du père Nuñez.

— Ce pauvre malheureux, au moins, a un prétexte. Le peu qu'il sait lui a été révélé sous le secret de la confession. Mais vous, *madre*, dit-il en pointant sur elle sa cuisse de poule à moitié croquée, vous n'avez pas d'excuses.

Et il dévoila des dents jaunâtres entre lesquelles était coincée de la viande.

— Quel est le plan de Vos Éminences ? interrogea sœur Juana. J'imagine que des esprits aussi sagaces que les vôtres auront la sagesse de remettre les récriminations à plus tard.

Nicanor Romero la regarda de ses petits yeux pervers. À sa façon de manger, on ne s'expliquait pas qu'il fût si rachitique ; la peau de ses joues pendait tels des gésiers de volaille.

— Sœur Juana... Inés... de la Cruz..., répliqua-t-il, savourant chaque syllabe comme s'il nommait une pièce de gibier qu'il était sur le point de dévorer. Si célèbre et si érudite... Quel dommage que votre chère protectrice, Mme la comtesse de Paredes, se trouve de l'autre côté de l'océan !

La poitrine de sœur Juana se gonfla. Le franciscain avait le sourire aux lèvres, et le charme d'une hyène.

— Vous saviez, n'est-ce pas ? Pourquoi avoir gardé le silence ?

Sœur Juana serra les dents. *Car vous nous auriez toutes brûlé*, pensait-elle sûrement.

— Dites-leur la vérité, ma sœur, lui glissa la mère Augusta, mais Juana ne se laissa pas démonter.

Alors l'abbesse, avec sa petite moustache perlée de transpiration, se chargea de poursuivre.

— La sœur Juana Inés n'a été informée de cette affaire qu'il y a peu. Et je lui ai demandé de garder le secret.

Les moines se mirent à chuchoter, et il y eut un ricanement moqueur. Nicanor Romero, tout aussi amusé, ne prit pas la peine de les faire taire.

— Ainsi, vous avez préféré témoigner votre fidélité à cette pécheresse plutôt qu'à la loi de Notre-Seigneur ? À quoi bon étudier, si cela n'éclaire pas votre entendement ?

— Par pitié, supplia le père Nuñez, gardez à l'esprit que ce n'est qu'une femme.

Il regarda sœur Juana du coin de l'œil, l'air de dire « je n'avais pas le choix », mais Nicanor Romero acquiesçait déjà.

— Vous avez raison. On aurait beau engraisser une vache, elle ne deviendrait pas pour autant un étalon.

Sœur Juana fit un pas en avant.

— *Comme ces taureaux d'un âge avancé... qui seulement en compagnie d'autres mâles... perdent leur flaccidité.*

Ni Alina ni l'abbesse ne comprirent pourquoi, pourtant, l'assemblée de religieux explosa en une cacophonie de cris, de hurlements et d'éclats de rire.

— Taisez-vous ! rugit Nicanor Romero, administrant une claque dans la nuque du franciscain le plus proche, le plus grassouillet – le plus hilare, aussi.

Ils obéirent tous sur-le-champ.

— Assez. Nous ne sortirons pas d'ici tant que nous n'aurons pas mis la main sur la responsable.

— Bien entendu, Votre Éminence, dit la mère supérieure. Si nous pouvons vous aider en quoi que ce soit...

— Je veux que toutes les hiéronymites aillent dans leurs cellules, et que les domestiques se tiennent hors de notre chemin. Nous allons inspecter le moindre recoin de ce lieu si impie, puis nous les interrogerons toutes. Sans exception.

Alina songea alors au double fond de sa malle. Si les idoles ne s'y trouvaient plus, l'existence même de la cachette éveillerait les soupçons, d'autant que les inquisiteurs étaient certainement rompus à ce genre de ruse.

Ses jambes se mirent à flageoler. Frère Nicanor Romero, à qui rien n'échappait, le remarqua tout de suite.

— Et celle-là, qui est-ce ?

— Sœur Elena de San Hipólito, s'empressa d'annoncer la mère Augusta, petite-fille de la très célèbre comtesse de Gijón.

L'inquisiteur, méfiant, haussa ce qui, en lieu et place de sourcils, ressemblait plutôt à une chenille particulièrement velue.

— Celle-là même qui refusa de nous donner du blé en 1596 durant l'épidémie de choléra ?

Alina entrelaça ses doigts et sa voix mal assurée se fit presque stridente.

— C'est... c'est très probable, Votre Éminence.

— Une novice, de surcroît..., constata l'homme de Dieu en avisant son voile blanc. Que fait-elle ici ? Cette affaire ne vous semble-t-elle pas trop délicate pour y mêler une enfant gâtée ?

Si les religieuses avaient amené Alina, ce n'était que pour grossir leurs rangs. Aucune des sœurs supérieures n'étant là – Encarnación estropiée, Gertrudis scandalisée d'avoir été accusée d'assassinat, et Felipa dans la tombe –, il ne restait plus qu'Alina.

— La sœur Elena a été d'un grand soutien, ces derniers jours, affirma Juana.

Nicanor examina la jeune fille avec des dagues à la place des yeux.

— De son propre chef ?

— Votre Éminence ne peut considérer que la présence d'une novice soit si exceptionnelle.

— Répondez, alors !

Sœur Juana laissa échapper un soupir.

— Sœur Elena a appris l'existence de ces meurtres par accident et elle a immédiatement proposé de nous aider.

Les yeux du franciscain roulèrent, on aurait dit deux cerises noires sous ses sourcils fournis.

— Par accident ? répéta-t-il.

Juana garda le silence.

Alina faisait tous les efforts du monde pour conserver son calme. Mais après des décennies au service du Saint-Office, frère Nicanor Romero reniflait la peur aussi bien qu'un chien de chasse.

— Bien. Puisque cette jeune fille est si impatiente de nous aider, nous inspecterons sa cellule en premier.

RECOINS

San Jerónimo était une véritable poudrière.

Matea n'était même pas arrivée au couvent qu'elle entendit, au loin, les cris des sœurs et la cloche du carillon.

— Tu as de la chance, lui dit la sœur portière. Un peu plus et il n'y avait personne pour t'ouvrir.

Le spectacle que découvrit la jeune Indienne n'avait rien de banal : la mère Augusta poursuivait les novices et les domestiques à travers le cloître.

— Dans vos cellules ! s'égosillait-elle. Et gare à vous si vous ne coopérez pas avec les inquisiteurs !

Matea n'en crut pas ses yeux. Il fallait qu'elle rejoigne immédiatement Alina et la sœur Juana et qu'elle leur raconte tout ! Mais d'abord, elle fila déposer son panier.

À l'image du couvent, la cuisine était sens dessus dessous. Servantes et esclaves couraient dans toutes les directions. Si Demetria avait été là, elle aurait rétabli l'ordre bien vite ; sœur Caridad, elle, farfouillait dans le garde-manger, ignorant le remue-ménage.

Matea posa la corbeille sur la table la plus proche. Avant qu'elle ait eu le temps de mettre la main sur la missive de Germán, sœur Caridad l'intercepta.

— Qu'est-ce que tu apportes là ? grommela-t-elle, les mains pleines.

La femme avait déjà les bras chargés de petits pains, de galettes et d'amandes pralinées.

— La *señora* Demetria m'a envoyée chercher du *piloncillo*.

— Pour quelle recette ?

— Elle ne l'a pas dit, *madre*. Puisque même à vous, elle ne raconte rien…

Sœur Caridad fit mine de la gifler, mais quelque chose retint son attention.

— Qu'est-ce que c'est ? demanda-t-elle en apercevant le courrier de Germán, dissimulé parmi les blocs de sucre.

La religieuse plongea la main dans le panier et s'empara de la lettre. Matea mourait d'envie de saisir un *piloncillo* et de la frapper avec.

— C'est… c'est à moi, *madre*.

Elle tenta de lui arracher le papier, mais sœur Caridad le cacha dans son dos.

— À toi ? Laisse-moi rire. Tu es analphabète.

— Et vous, vous savez pas cuisiner et y a personne qui vous l'dit !

Sœur Caridad resta sans voix. Elle délaissa ses confiseries pour se ruer sur Matea.

Celle-ci ne pouvait pas lever la main sur une nonne, alors elle se contenta de se protéger le visage avec ses bras. Sœur Caridad parvint à la gifler par trois fois avant que quelqu'un ne retienne son poignet.

— Que se passe-t-il ici ? rugit sœur Juana.

Caridad avait les joues aussi rouges que deux tomates trop mûres.

— Cette Indienne perfide m'a manqué de respect !

Sœur Juana lui lança un regard consterné.

— Justement, je la cherchais. Ne vous inquiétez pas, sœur Caridad, je saurai la réprimander.

La prétendue cuisinière grogna et se mordit les lèvres, mais eut au moins la présence d'esprit de ne pas s'opposer à sœur Juana.

— Ramasse-moi ça, ordonna-t-elle tout de même à Matea, montrant les sucreries éparpillées sur le sol.

La domestique obéit, mais seulement pour gagner du temps.

— *Madre*, souffla-t-elle à Juana tandis qu'elle réunissait les douceurs, sœur Caridad m'a pris un papier...

— Je vous dis que cette petite aguicheuse badine avec n'importe quel rustre du marché, s'interposa sœur Caridad en dépliant le billet.

— Ce... c'est en rapport avec l'affaire ! bredouilla Matea en désespoir de cause.

Juana, miraculeusement, comprit à temps et se saisit de la note.

— Je m'en charge, Caridad.

— Mais...

— Rejoignez votre cellule. Je ne voudrais pas que vous vous attiriez des ennuis auprès des inquisiteurs.

— Ma sœur, dites-moi au moins ce que raconte ce...

— Dans votre cellule ! *Je sais combien les commérages vous enchantent... mais pour devenir confesseur... deux ou trois choses vous manquent.*

Sœur Caridad rougit de plus belle. Les yeux noirs de colère, elle arracha les provisions des bras de Matea et s'éloigna, la tête haute. Dès qu'elle fut sortie de la cuisine, la jeune Indienne s'empressa de baiser la main de Juana.

— Aïe, mille mercis, *madre* ! Laissez-moi vous expliquer... Je sais qui c'est... Cette lettre...

— Plus tard, Matea. Pour l'heure, nous devons aider ta maîtresse. Les inquisiteurs sont en train d'inspecter sa cellule.

De part et d'autre de Nicanor Romero, deux moines l'escortaient en agitant des encensoirs. La fumée devait purifier l'air sur leur passage et libérer le couvent des humeurs toxiques du sexe faible.

Ils ouvrirent la cellule d'Alina sans ménagement et procédèrent à la fouille avec la délicatesse d'un taureau blessé dans une arène. Ils retournèrent le secrétaire, éventrèrent le matelas, puis soulevèrent des lattes du plancher.

Par bonheur, son voile dissimulait son visage, et les inquisiteurs ne pouvaient rien voir de sa lente agonie. Elle glissa ses mains gelées sous son scapulaire et se figea de manière à faire croire qu'elle ne ressentait rien. Un des religieux, qui était particulièrement chétif, avec deux petits yeux porcins et un bouc, se saisit de l'herbier d'Alina. Il le parcourut si brutalement que plusieurs boutons, pétales et feuilles s'envolèrent.

— Attention ! s'écria la novice, prête à se jeter, toutes griffes dehors, sur cet homme à la tête de démon.

La mère Augusta la retint par l'épaule.

— Mieux vaut ne pas les énerver, chuchota-t-elle.

Alina dut regarder en silence ce misérable froisser les aquarelles de son père, arracher des spécimens récoltés de longue date, les renifler puis les jeter au sol.

— Qu'est-ce que c'est, frère Victorino ? s'enquit Nicanor en s'approchant.

— Un manuel de sorcellerie, répondit le dénommé Victorino. Herboristerie satanique, pour sûr.

Alina sentit les larmes rouler sur ses joues.

— C'était le passe-temps de mon défunt père... C'est inoffensif ! Camomille, *ahuehuete*, oranger... quel rapport avec Satan ?

Nicanor Romero commença à pérorer à propos des iniquités de Lucifer, mais son discours fut vite interrompu par un gémissement aigu de l'impudent Victorino.

— Qu'y avait-il sur cette page ?

Il examina le cahier avec tant de délicatesse qu'il faillit le déchirer en deux. Alina vit immédiatement à quoi il faisait allusion : une feuille entière avait été arrachée. Il n'en restait qu'un bout près de la couture.

La novice ne put réprimer un cri étouffé, les mains en croix sur sa poitrine. Déjà les moines l'assaillaient de questions.

— Est-ce toi qui as retiré cette feuille ?

— Non... je...

— Quand ?

— Je l'ignore. Je n'ai pas ouvert cet herbier depuis plusieurs jours. Je...

— Qui a fait cela ?

— Je ne sais pas ! Je...

— Bah ! Tu crois que je vais avaler ça ? Qu'y avait-il sur cette page ? Que veux-tu nous cacher ?

Frère Nicanor Romero avait approché si près son visage que son haleine de bière rance souleva le cœur d'Alina.

Elle balbutia la vérité : elle n'en avait aucune idée. Qui s'était immiscé dans sa cellule ? Qui avait dérobé ses statuettes, une à une ? Qui pouvait s'intéresser à son herb...

Le dénommé Victorino, carnet toujours à la main, venait d'ouvrir le coffre.

— Attendez ! s'écria Alina.

Par miracle, l'homme frôla, sans le vouloir, le corps de la novice. Il poussa un cri digne de ceux des dames de la cour lorsqu'une araignée grimpe sur leur corsage.

La jeune fille profita de la confusion pour gagner du temps.

— Puis-je... puis-je voir mon herbier, Votre Excellence ?

— Pourquoi ? demanda Nicanor tandis que son complice frottait la main sur son habit comme s'il avait touché du lisier.

— Je ne... je ne le connais pas par cœur, mais... si vous m'en donnez l'opportunité, peut-être me souviendrai-je...

Frère Nicanor Romero allait la secouer par le bras, mais il s'arrêta juste à temps, plissant le front avec répugnance.

— Donne-le-lui, alors.

Le fétide Victorino (qui, comme le père Nuñez, devait penser que l'hygiène était un péché), lui passa à contrecœur le cahier, qu'Alina recueillit tel un bébé meurtri.

Elle leur avait menti : elle feuilletait cet herbier avec son père depuis qu'elle était enfant. Chaque page évoquait le souvenir d'une journée à la campagne, d'une promenade sur les volcans, d'une chose que son père lui avait enseignée ou d'une étreinte. Bien entendu, elle en connaissait le contenu par cœur, du nom des espèces à l'ordre dans lequel elles apparaissaient.

En voulant regarder ce qui restait de la page arrachée, elle ne vit que celle qui l'avait précédée. Il s'agissait des pétales délicats d'une fleur de roucou, réduits en miettes par l'inquisiteur. Elle comprit aussitôt quelle plante manquait.

Et elle sut qui se cachait derrière tout ça.

AUTELS

Le poulet se débattait dans les bras de Matea, comme s'il avait deviné ses intentions.

— Aïe, *madre*, je n'arrive pas à croire que nous allons faire ça !

— Et moi, je n'arrive pas à croire qu'on nous ait volé un autre poulet, répliqua sœur Juana tandis qu'elles se pressaient sous les arcades du second cloître.

— Alors je le lance juste comme ça dans la cellule ?

— Oui. Ce n'est pas le meilleur plan que j'aie conçu, mais tu vas voir les cris que vont pousser les frères quand…

Elles entendirent tout à coup un hurlement venu précisément de la cellule d'Alina, si perçant que l'on n'aurait pu dire s'il provenait d'un être humain.

— On arrive trop tard, murmura Matea.

La seconde d'après, elles virent débouler le reste du cortège de franciscains, le teint cireux, se signant en même temps qu'ils couraient. Le petit grassouillet les poursuivait, très à la traîne, haletant, avec toujours le même encensoir fumant dans les mains.

— Que se passe-t-il, à votre avis ? demanda Matea.

— Je l'ignore, répondit sœur Juana, mais mieux vaut aller voir. Suis-moi.

— Avec le poulet ?

— Oui, oui.

Elles atteignirent la chambre d'Alina.

— Frère Nicanor ! s'exclama l'un des religieux. Venez vite !

Matea ne put contenir un sifflement en découvrant l'état de la pièce. Alina, au milieu de tous ces hommes plantés autour d'elle tels des coyotes, serrait contre sa poitrine sa collection de plantes saccagée.

Nicanor Romero, sans un regard pour ses frères, posa les yeux sur sœur Juana.

— Que faites-vous ici, vous ? Grand Dieu, baissez votre voile !

L'écrivaine s'exécuta, et ajouta en désignant Matea de la tête :

— Veuillez m'excuser. Je venais demander si Votre Excellence souhaitait de la volaille pour le dîner…

— Oui, oui. Et vous, que vous arrive-t-il ?

Le premier moine se signa en parlant.

— Votre Excellence, nous avons trouvé des ignominies païennes derrière l'autel.

La panique s'empara de tout le monde. Matea en lâcha le poulet, qui s'enfuit dans le cloître.

— Païennes ? répéta Nicanor Romero, fronçant les sourcils jusqu'à ce qu'il n'en forme plus qu'un.

— Oui, Votre Excellence. Idoles, sacrifices…

Le moine se signa à nouveau.

— Et même des bols remplis de sang. Venez vite !

Nicanor Romero se mit en marche, non sans secouer d'abord son index devant le voile d'Alina.

— Nous n'en avons pas terminé avec toi.

La mère Augusta le suivait de près.

— Votre Excellence, nous devons voir cela nous aussi.

Sœur Juana, Alina et Matea décidèrent de leur emboîter le

pas. Tandis que l'abbesse défendait ardemment sa cause, sœur Juana murmura à l'oreille de la novice :

— Ont-ils trouvé... ?

— Non, mais ils croient que mon herbier est un manuel de sorcellerie. Et... je sais qui c'est, ma sœur. Je sais qui est responsable des meurtres.

Juana se tourna vers Matea.

— Tu viens de me dire exactement la même chose.

— Oui, *madre*. Le papier que vous a...

— Chut ! Vous me raconterez plus tard.

Voilà qu'elles étaient parvenues aux portes du *sotocoro*, où deux religieux montaient la garde.

— Nous sommes avec l'abbesse, dit sœur Juana, et elles entrèrent dans l'église avant que les hommes aient pu protester.

Elles traversèrent le chœur en vitesse et se signèrent devant la tombe encore fleurie de sœur Felipa ; puis elles s'enfoncèrent dans la nef, qui leur était normalement interdite.

Mais qui, à cet instant, se souciait du vœu de clôture ? On entendait déjà les cris enragés de frère Nicanor, et ceux, désespérés, de la mère Augusta.

— Éclairez-moi, que diable ! beuglait le moine.

Juana, Alina et Matea trottèrent jusqu'au maître-autel et contournèrent l'imposant retable. Elles ne l'avaient toujours vu que du bon côté, magnifique et chargé de sculptures décorées à la feuille d'or ; derrière, l'autel n'était qu'un amas de poutres en bois vermoulu, poussiéreuses, grossièrement enchevêtrées.

Il y avait à peine assez de place entre le retable et le mur de pierre pour que deux personnes se tiennent côte à côte. Sœur Juana entra la première, Alina et Matea regardant par-dessus son épaule.

La mère Augusta était à genoux, frère Nicanor, plié en deux, examinait le sol. De l'autre côté de l'autel, deux moines accouraient avec des cierges.

Sœur Juana dut soulever son voile pour y voir mieux, et Alina l'imita.

Ils trouvèrent toutes les horreurs qu'on leur avait promises, et même plus.

Parmi la saleté et les toiles d'araignée s'étendait une flaque cramoisie. Du sang sec, étalé comme de la peinture, parsemé de mouches mortes. Plusieurs petits bols aux gravures et reliefs représentant des serpents à plumes et des os humains s'y trouvaient encore. Chacun contenait du sang et de petits morceaux de chair cartilagineuse et informe. Entre les récipients, on voyait des os de poulet ou de bœuf broyés, des grains de maïs bleus, jaunes, blancs ou rouges, et des cendres qui dégageaient toujours une forte odeur de copal sacré.

Et au centre, dégoulinant de sang coagulé comme si elle avait pleuré, il y avait une des statuettes d'Alina.

La novice sentit ses genoux se dérober. Dieu merci, les franciscains regardaient ailleurs.

Nicanor Romero, d'une main hésitante, souleva un des bols pour en examiner le contenu.

— On dirait… des cœurs de poulet.

— Les quatre poulets qu'il manquait ! laissa échapper sœur Juana.

— Et ceci…

L'inquisiteur avait repéré un drôle d'objet. Un crâne grossier, en argile, avec une mâchoire et des dents disproportionnées, de minuscules globes oculaires et une protubérance sur la nuque.

— J'en ai déjà vu, murmura le moine, et à la surprise générale il porta le crâne à sa bouche.

Il souffla dedans, si bien qu'un son guttural, comme venu d'outre-tombe, sortit de cet étrange instrument, finissant par se faire entendre dans toute l'église. Ça sonnait comme un hurlement insupportable, et Alina pensa aux gémissements que devaient pousser les prisonniers durant les sacrifices indiens.

Le frère cessa de souffler, hors d'haleine, et le cri s'évanouit comme un homme qui exhale son dernier souffle.

La mère Augusta, haletante et toujours à genoux, se recroquevilla contre le mur de pierre.

— C'est ce bruit-là… que j'ai entendu… le soir où… nous avons trouvé… le cadavre de sœur Jacinta.

Juana dut s'accroupir à ses côtés pour la réconforter.

Le sang de frère Nicanor ne fit qu'un tour.

— Ce couvent n'est pas qu'un lupanar… c'est aussi l'antre de Satan !

— Votre Excellence, je ne vous permets pas de…

— Comment pouvez-vous ignorer cela ? On a profané le Très-Saint autel sous votre nez. Est-ce possible qu'aucune d'entre vous… Baissez votre voile. Personne ne nettoie donc ici ?

Un comble que ces mots sortent de la bouche de celui dont la dentition tenait de l'écorce d'un arbre percée par des piverts.

— Ces événements semblent récents, argua sœur Juana. L'église est balayée et lavée tous les jours ; les recoins comme celui-ci, peut-être une fois par mois.

— Bien entendu. Et vous allez me dire que les seules à entrer ici sont les Indiennes et les esclaves. Ces misérables se protègent sûrement les unes les autres…

Ses yeux se posèrent sur Matea.

— Toi, tu ne saurais pas quelque chose ?

Cette fois, ce fut Matea qui faillit chanceler. La novice

et la servante qui en savaient le plus se tenaient là, main dans la main. L'inquisiteur n'avait qu'à tendre le bras pour les attraper.

Toutes deux demeurèrent immobiles. Un geste, une expression coupable ou un simple soupir suffiraient à les trahir.

— Votre Éminence, intervint sœur Juana, vous n'allez quand même pas croire que chacune de nos domestiques est mêlée à cela !

Le moine la regarda d'un air sarcastique.

— Peut-être… ou peut-être pas. Ce ne sera pas difficile à vérifier.

Il ramassa un second bol et fit signe qu'on lui passe un cierge. Autour du bol figuraient des symboles de même taille, carrés, aux coins arrondis.

— Voyez-vous ces dessins informes ? demanda frère Nicanor.

— Des lettres, rectifia sœur Juana.

— Ne faites pas l'idiote. Les Indiens n'avaient pas d'alphabet. Ils se faisaient comprendre avec des gribouillages qu'ils peignaient sur des feuilles de figuier blanc.

— N'est-ce pas précisément la définition de l'écriture ? ne put s'empêcher d'intervenir Alina.

Le franciscain approcha le bol avec fureur, répandant partout du sang visqueux.

— Cela te semble-t-il être de l'écriture, jeune insolente ?

Alina se contenta de détourner les yeux, aussi épouvantée qu'écœurée.

— Je reconnaîtrais ces ignobles dessins parmi mille autres ignominies. La femme qui m'a élevé s'en servait pour communiquer en secret avec d'autres Indiens. Elle a même essayé de me les enseigner. Dieu soit loué, mes parents s'en sont rendu compte et lui en ont fait passer l'envie à coups de fouet. Tout le Yucatán est infecté de ces perversions mayas.

Alina sentit la main de Matea serrer la sienne avec plus de force.

— Y a-t-il des Indiennes du Yucatán à San Jerónimo ?

La question de frère Nicanor Romero resta en suspens pendant un moment. Matea s'était statufiée, et sœur Juana se bornait à regarder d'un côté, feignant de creuser sa mémoire.

Ce fut la mère Augusta qui répondit. Le désespoir sur son visage était indéniable.

— Oui. Une seule.

— *Madre !* protesta vainement sœur Juana.

— De... Demetria, bredouilla l'abbesse. Notre cuisinière. Je vais vous montrer ses quartiers.

On eut beau faire des rappels à l'ordre et proférer des menaces, l'ensemble des femmes du couvent, domestiques et esclaves comprises, voulut assister à l'arrestation de Demetria.

Les inquisiteurs firent irruption dans sa petite chambre. La pauvre Indienne se débattit, pleura, exigea des explications que les moines refusèrent de lui donner. Ses cris redoublèrent quand on la traîna, les habits déchirés, dans le cloître des novices. Accoururent alors Juana, Augusta, Alina et Matea.

— Cette sauvagerie n'est pas nécessaire ! s'exclama la poétesse.

Frère Victorino les dépassa et, pour prouver l'autorité du Saint-Office, administra une gifle monumentale à Demetria, si puissante qu'elle l'envoya au sol et lui fit éclater la lèvre.

— Non ! hurla Matea en poussant l'inquisiteur avant de s'agenouiller auprès de l'Indienne.

Sœur Juana et Alina s'avancèrent à leur tour, et sœur Gertrudis émergea de l'infirmerie pour se joindre à elles et former un cercle autour de Demetria.

— Vous n'avez pas le droit ! rugit sœur Juana, une haine irrépressible dans les yeux. Cette femme doit être jugée !

Frère Nicanor leva la main… mais la baffe s'abattit sur le visage de frère Victorino.

— Imbécile. Veux-tu faire le jeu de ces perfides et finir chez l'archevêque ? Nous arrêterons cette hérétique dans les règles, comme cela s'est produit la dernière fois que nous sommes venus à San Jerónimo.

Il lança un regard méprisant aux religieuses.

— Cette femme sera interrogée comme il se doit.

— Laissez-moi soigner sa blessure, intervint sœur Gertrudis en aidant Demetria à se relever.

— Non ! À partir de maintenant, cette Indienne reste sous notre surveillance.

— Pour que vos hommes la frappent à nouveau ? riposta l'écrivaine tandis que les autres escortaient Demetria vers l'infirmerie.

— Sœur Juana, ne vous mêlez pas de…

— Je vous rappelle que Demetria appartient toujours à ce couvent. Nous ferons en sorte qu'elle se rende au procès quand le Saint-Office la convoquera. Vous n'avez pas le droit de l'emmener avant qu'elle soit déclarée coupable.

— Ça suffit, ne faites pas l'idiote.

— Si vous ne me croyez pas, relisez vos propres lois.

Frère Nicanor serra le poing lentement, imitant très certainement le geste qu'il eût fait s'il avait tordu le cou de sœur Juana. Il dut inspirer trois fois pour se calmer.

— Vous êtes folle si vous pensez que nous allons partir sans elle. Victorino !

Le moine s'avança, la joue rouge et enflée.

— Toi et frère Bartolo, courez au Saint-Office. Racontez ce qui vient de se produire et rapportez-moi un ordre officiel.

— Il est déjà tard, votre grâce, dit Victorino. Je crains qu'on ne puisse interroger l'Indienne avant demain.

— Obéis ! Nous autres allons rester ici pour nous assurer que ces ingrates ne font pas disparaître l'Indienne.

— Ne vous inquiétez pas, Votre Éminence, lui répondit la mère Augusta qui s'approchait. Je veillerai à ce que cela n'arrive pas.

Matea faillit l'insulter, mais Alina la retint à temps.

— C'est dans votre intérêt, déclara frère Nicanor. Vous m'avez entendu. Préparez-nous un logement dans la sacristie et…

À cet instant, le poulet que Matea avait laissé filer passa entre ses jambes.

— Et tuez-moi cet animal ! Oui, sœur Juana, ce soir je crois bien que je prendrai du poulet.

ÉLUCUBRATIONS

San Jerónimo était plongé dans un silence sépulcral. Pas même les chats déambulant dans le cloître n'osaient miauler, comme si, au lieu de religieux, des spectres s'étaient installés entre ses murs.

On avait accepté de laisser Demetria dans sa chambre, évidemment verrouillée. La mère Augusta s'en était chargée personnellement avant de se retrancher dans sa cellule.

— Il… il faut faire quelque chose ! bafouilla Alina qui faisait les cent pas dans l'appartement de sœur Juana.

Avec Matea, elles passeraient la nuit ici. Sœur Isabel apporta des tasses de chocolat chaud et bien épais ainsi que des petits pains – de quoi se remettre de leurs émotions.

— Vous avez vu la statuette, poursuivit Alina en repoussant la tasse qu'on lui tendait. S'ils emmènent Demetria et l'interrogent…

Elle cacha son visage.

— Doux Jésus ! La pauvre femme est sur le point d'être torturée et je ne pense qu'à mes propres misères…

Sœur Juana, bien que sereine en apparence, avait les mains tremblantes. Elle demanda à sa nièce de les laisser seules – il valait mieux pour elle qu'elle n'entende pas certaines choses –, se pencha par le balcon et, sitôt que la voie fût libre, s'adressa à Alina.

— Tu n'as pas à te sentir honteuse. Nous ne savons pas encore ce qui est arrivé à l'autre tezontle. Et si, en vérité…

Elle n'acheva pas sa phrase.

Alina, prise de vertige, se rattrapa in extremis à la bibliothèque.

Matea l'aida à s'asseoir.

— Ne vous en faites pas, *niña*. L'autre tezontle ne vous causera plus de problème.

— Comment peux-tu en être si sûre ?

Matea, gênée, dut leur raconter comment elle avait suivi les instructions de Demetria et jeté l'idole dans le canal.

— Alors… alors c'est vrai, chevrota Alina, les yeux écarquillés. Demetria a réellement dressé cet autel. Ma sœur, c'est ce que je souhaitais vous dire avant l'arrivée des inquisiteurs, continua-t-elle. J'étais déjà convaincue de la culpabilité de Demetria.

— Impossible ! protesta Matea.

— Du calme, du calme, les arrêta Juana. Je vous écouterai toutes les deux. Alina, commence. Tu étais convaincue, dis-tu ?

— C'est à cause de mon herbier. Les moines ont remarqué qu'il manquait une page, ce que j'ignorais.

— Je suppose que tu te souviens de ce qu'il y avait dessus ? interrogea sœur Juana.

— Bien entendu, et pour cette même raison, c'est forcément Demetria qui a volé mes statuettes. Sur cette page se trouvait une branche de cactus que mon père avait rapporté du Nord. Les Indiens l'appellent « peyotl ».

Sœur Juana et Matea comprirent aussitôt. Toutes deux avaient déjà entendu ce nom ; sœur Juana de la bouche de Góngora, passionné des cultures indigènes, et Matea, des chamans qui pratiquaient encore en secret.

— La plante pour communiquer avec les dieux, murmura Matea, tandis que sœur Juana, pensive, portait une main à son menton.

Soudain, ses yeux s'illuminèrent.

— Góngora m'a raconté qu'il avait essayé cette plante en décoction… Si le temps ne nous faisait pas défaut, je le ferais venir. De mémoire, il avait souffert de terribles hallucinations.

— Demetria doit en ajouter à notre nourriture, déduisit Alina. Qui sait depuis quand ? Je… j'ai moi-même fait un cauchemar atroce, la nuit du crime. Et mère Augusta et sœur Encarnación ont affirmé que le démon leur avait parlé dans leurs songes.

Le visage de sœur Juana s'assombrit.

— Vous aussi, vous avez fait de mauvais rêves… n'est-ce pas ? demanda Alina.

La poétesse promena son regard sur les rayonnages avant de lever la tête vers le ciel, où s'agglutinaient d'épais nuages.

— Oui, murmura-t-elle, la gorge nouée. Je me suis vue dans les flammes. Brûlée sur la Plaza Mayor par le Saint-Office. On se servait de mes manuscrits pour alimenter le feu. Ces flammes avaient l'air si… réelles… Et la fois précédente, la nuit du décès de sœur Jacinta… J'ai rêvé que je lavais l'Enfant Jésus, celui de la statue de saint Joseph. Le bébé… il… Ses petites mains et ses pieds saignaient. Et j'avais beau frotter, frotter, l'enfant ne cessait de se vider de son sang, jusqu'à ce que mes propres habits en fussent imbibés.

Cette image parut la terrifier davantage que celle du bûcher. Alina se rappela les vers des *villancicos* :

« Les patriarches qui, dans les Limbes,
endurent la prison des ténèbres [...]
demandent qu'on leur concède le Pardon [...]
Il n'en est pas question pour l'instant,
puisque cet Enfant
rachète par sa mort
et non par sa naissance. »

Cette vision avait-elle inspiré ces lignes ?

— Le père Nuñez m'a spécifiquement demandé si j'avais fait des cauchemars, relata Alina. Plus d'une sœur a dû lui confesser la même chose... Et ma grand-mère m'a fait passer un message en arrivant ici. Elle m'avertissait de cauchemars à venir et me demandait de ne les raconter à personne, pas même à mon confesseur.

— Nuñez a dû lui révéler quelque chose, déduisit sœur Juana. Et s'il est capable de cela, nous pouvons être sûres que c'est lui qui a alerté les inquisiteurs.

— N'est-ce pas sacrilège ? s'offusqua Alina. Comment a-t-il pu divulguer ce qu'on lui a dit en confession ?

— Il y a de multiples façons, Elena. Lettres anonymes... Insinuations... C'est un affreux personnage, de toute façon. Mais Demetria...

— Non, *madre* ! s'exclama Matea. Je vous jure que ce n'est pas elle. Je vous le jure !

— Comment le sais-tu ? demanda Alina. N'as-tu pas avoué toi-même avoir jeté la statuette en tezontle dans le canal ?

— Oui, mais je sais aussi qu'une autre religieuse était hors de sa cellule la nuit où on a tué Felipa.

Sœur Juana haussa un sourcil.

— Le billet que tu m'as donné ?

— Oui, *madre*. Vous l'avez encore ?

L'écrivaine tira le petit papier de sous son scapulaire et le parcourut – Alina lisait par-dessus son épaule.

— Sœur Andrea ? s'enquit cette dernière.

— Oui, *niña*. C'est son amant qui m'a fait passer ce mot, le marchand de blé. Il m'a expliqué qu'ils se voyaient discrètement depuis des mois. Il était ici la nuit du meurtre.

Sœur Juana n'en revenait pas.

— C'est lui qui a brisé le tour ?

— J'imagine. Il paraît plutôt costaud.

Alina plissa le front, incrédule.

— Tu es en train de dire que sœur Andrea a tué ces gens ?

— Aïe, je ne sais pas ! Mais la religieuse était libre comme l'air, pas de doute là-dessus.

— Comment ? murmura Juana. Nous dormons toutes sous clef. Et pourquoi ferait-elle cela ? Je comprendrais qu'elle veuille se venger des pénitences qu'on lui impose, mais... pourquoi assassiner ces femmes, pourquoi recourir à des rites indigènes ?

— Pour écarter les soupçons, peut-être ? suggéra Alina.

— Ce n'est pas impossible. Toutefois je crois que, derrière ces attaques, il y a une colère qui nous dépasse, ainsi qu'une connaissance profonde des rituels.

Elle s'adressa doucement à Matea.

— Je regrette d'avoir à l'admettre, néanmoins, je suis quasiment convaincue que la responsable a du sang indien. Ou, peut-être...

Elle regarda au loin, les yeux brillants.

— Que faisons-nous pour la sœur Andrea ? questionna Alina.

Juana replia la missive et se mit à arpenter la cellule.

— D'après ce message, Germán et elle avaient prévu de se voir cette nuit. Il lui annonce qu'il ne viendra pas.

— Il faut l'avertir ! s'écria Alina. Si les inquisiteurs la voient se promener dans les couloirs…

— Oui, interrompit sœur Juana, mais nous devons agir avec prudence. Elena, lui as-tu déjà parlé ?

— Nous n'avons échangé que quelques mots le lendemain de mon arrivée, lorsque nous étions toutes deux en pénitence.

— Va la chercher et remets-lui cette note. Dis-lui la vérité : on l'a confiée à Matea, et si nous la lui donnons, c'est uniquement parce qu'elle court un grave danger.

— Voulez-vous que je lui demande aussi comment elle faisait pour sortir de sa cellule ?

— Oui, mais avec beaucoup de tact ! Je m'en chargerais bien, néanmoins, si tu y vas toi, la pauvre se sentira peut-être plus en confiance.

— *Madre*, vous ne pensez quand même pas que cette gamine va lui confesser qu'elle a tué tous ces gens ? lança la jeune Indienne.

— Non, Matea, mais le mensonge brille souvent par… *Brille le mensonge, car il est imparfait… Sans gêne laisse voir sa duplicité… Comme la pyrite funeste qui au soleil…*

— *Madre*, je vous en prie ! protesta Matea. On n'a pas encore trouvé comment sauver Demetria. Ils vont l'emmener demain !

Sœur Juana acquiesça.

— C'est là que je voulais en venir. Toi et moi, nous irons voir Demetria tandis qu'Elena parlera à Andrea. Il est grand temps que…

— Mais elle va comprendre que j'ai tout répété ! Elle va m'étrangler…

— Je le sais, Matea. Mais si Demetria veut qu'on l'aide, il est grand temps qu'elle nous dise la vérité.

CŒURS

La mère Augusta accepta de très mauvaise grâce d'ouvrir la cellule de Demetria.

Il n'y avait pas âme qui vive dans le petit cloître nord, et, bien qu'il ne fît pas encore nuit, le ciel bas avait plongé la ville dans la pénombre.

L'abbesse, une chandelle à la main, paraissait plus voûtée que d'ordinaire et fit presque peur à Matea. La culpabilité avait commencé de dévaster son visage ; des veines bleues cerclaient ses yeux.

— Je vais fermer les cellules, murmura-t-elle. Quand ma ronde sera terminée, je ne veux plus vous voir vagabonder dans les couloirs.

Tandis qu'elles la regardaient se perdre parmi les colonnes de pierre, on entendit résonner la voix de Demetria.

— *Madre ?* C'est vous ?

Sœur Juana inspira profondément, poussa le battant et indiqua à Matea d'entrer la première.

Celle-ci s'exécuta, un bol de bouillon chaud tendu en guise de prétexte à sa visite.

— *Señora* Demetria, je vous ai apporté…

Elle n'acheva pas sa phrase. L'Indienne était prostrée, à genoux contre sa couchette, la lèvre tuméfiée. Son visage s'illumina en voyant la jeune servante, mais sa joie fut de courte durée. Sœur Juana entra à son tour.

— Qu'est-ce que vous voulez ? aboya Demetria, retrouvant soudain cette autorité proche de l'irrévérence dont elle faisait montre en cuisine.

Juana, après s'être assurée que personne ne passait par là, ferma la porte.

— Nous venons vous porter secours. Buvez d'abord.

Le regard méfiant de Demetria passa de Matea à la poétesse, de la poétesse au bouillon.

Brutalement, Matea explosa, renversant presque le bol.

— J'ai été obligé de tout leur dire, *señora* ! Pardonnez-moi...

Sœur Juana lui serra affectueusement l'épaule.

— Là, là, calme-toi. Donne le bouillon à Demetria, je me charge des explications.

Elles aidèrent la cuisinière à s'asseoir sur le lit, et tandis que celle-ci absorbait son consommé à petites cuillérées, sœur Juana prit place sur un cageot et Matea sur le sol.

L'écrivaine ne commença que lorsqu'il ne resta plus que les os dans le bol.

— Pourquoi avez-vous fait cela, Demetria ? chuchota-t-elle.

Si son ton n'avait rien d'accusateur, il était empreint d'une profonde tristesse. Les joues de Matea se couvrirent de larmes.

— Je n'ai pas tué ces femmes, *madre*. Au contraire.

— Au contraire ?

Un rictus amer déforma la bouche de Demetria.

— Vous professez que votre Dieu est tout entier piété et compassion, mais vous vous trompez. Il est comme les autres : sévère, terrible. Il juge et il punit. Et il réclame des offrandes de sang, des offrandes de souffrance.

N'importe quelle autre religieuse aurait déjà crié

d'effroi et obligé Demetria à se taire. Sœur Juana, à l'inverse, l'écoutait, hypnotisée.

— Comment voulez-vous que nos dieux ne se fâchent pas ? Après toutes les victoires que vous avez remportées sur cette terre, après tout ce que vous avez arraché à nos sols pour le profit de gens qui ne mettront jamais les pieds ici…

Elle suffoquait. Toutes ces rancœurs, toute cette véhémence qu'elle gardait scellées au fond de son âme jaillissaient.

— Vous ne permettez même pas à ma nation de tenter d'apaiser ses dieux. Voilà plus d'un siècle que les offrandes nous sont interdites. À quoi vous attendez-vous ? Nous ne pouvons plus faire de sacrifices humains pour les dieux, et vous espérez vivre en toute tranquillité sur ces terres ? Nos divinités apprécient les nobles victimes, *madre*. Il faut leur sacrifier la viande la plus savoureuse, et il n'y a rien de plus sublime ni précieux que le sacrifice. Vos livres le disent aussi, pas vrai ? Que le sang est porteur de vie ? Que le vin se change en sang divin ? Jésus lui-même est une offrande au Seigneur, non ?

— Demetria, il y a une différence entre…

— Et comment voulez-vous qu'on le sache ? On nous traite de barbares, on dit qu'on manque trop de jugeote pour discuter avec vous, mais au lieu de nous expliquer on nous fouette, et on nous force à chanter dans des langues qu'on ne comprend pas. Il y a tant de choses que vous auriez pu apprendre de nous. Plus, peut-être, que ce que vous prétendez nous avoir enseigné.

Le cœur de Demetria battait à tout rompre. Des larmes s'accumulaient dans ses yeux, qu'elle ne parvenait pas à verser. Assise sur son lit, très droite, elle faisait face à la religieuse la plus lettrée des Amériques, et elle gardait la tête haute. Dans son regard humide brillait ce savoir ancestral qu'on avait quasiment coupé à la racine. Qui aurait pu dire si Demetria ne serait pas devenue aussi érudite que la sœur Juana, si on lui avait permis de s'exprimer avec ses symboles au lieu de l'obliger à les brûler ?

La poétesse soupira.

— Il y a des choses que même ma foi ne peut pas défendre, Demetria. Ici, on capture et on sacrifie les gens de Tlaxcala, et en Europe, on brûle encore des mahométans et des protestants. Des actes abominables ont été commis sous l'étendard de l'Église. Certains prétendent que le démon lui-même a infiltré les rangs du Saint-Office, et qu'il se sert des inquisiteurs pour répandre le mal. Si c'est le cas… peut-être que nos prières ne nous sauveront pas.

Avec Demetria d'un côté et sœur Juana de l'autre, Matea ne sut si elle devait faire le signe de la croix ou s'en remettre aux dieux de la guerre et de la pluie. Ces deux femmes venaient de confesser leurs plus profonds regrets, et le scepticisme de la *criolla* était aussi sacrilège que les convictions de l'Indienne.

— Je n'ai pas tué ces femmes, insista Demetria.

Juana se contenta de la regarder avec une expression neutre et attendit qu'elle poursuive.

— J'ai seulement offert du sang de porc qui restait des boudins noirs et des poulets que j'ai dû voler au couvent. Ce sont des présents ridicules, mais je n'ai pas osé en faire plus. Et je l'ai fait pour vous protéger, *madre*. Pour protéger le couvent. Toutefois, je vous l'ai dit, les dieux réclament des vies humaines. Mes offrandes ne vont pas les calmer.

Sœur Juana entrelaça ses doigts, sans quitter des yeux la cuisinière. Si elle n'était pas totalement convaincue, on voyait qu'elle lui accordait le bénéfice du doute.

— Où t'es-tu procuré tous ces objets trouvés sous l'autel ? Les bols, le sifflet et…

Elle posa un regard appuyé sur Matea comme pour l'appeler à la prudence.

— … et cette statuette de tezontle ?

— Les bols, je les ai fabriqués moi-même. Le copal sacré, je l'achète quand il me reste de l'argent des commissions. Et le sifflet, c'est un Indien de la Plaza Mayor qui me l'a vendu il y a des années.

Elle n'en dit pas plus. Sœur Juana patienta quelques instants avant de revenir à la charge.

— Et la statuette ?

Demetria plissa les yeux.

— Vous savez quelque chose, *madre*.

Sœur Juana demeura immobile quelques secondes, contemplant le visage impénétrable de Demetria. Elle esquissa ensuite un début de sourire, comme si elle s'amusait de trouver aussi retorse qu'elle.

— Pas autant que je le voudrais.

Matea joignit les mains, comme pour la supplier de tout avouer. Demetria baissa les yeux pour la première fois.

— Si je vous le dis, je condamnerai l'une des vôtres.

Sœur Juana se pencha en avant et planta ses yeux dans ceux de Demetria.

— La responsable de tous ces meurtres ?

— Je ne vois pas d'autre explication, *madre*.

La poétesse saisit la main de l'Indienne dans la sienne. Leurs teintes étaient différentes, mais toutes deux étaient calleuses à force de travail.

— Faites-moi confiance, Demetria. Si vous ne parlez pas, l'Inquisition vous emmènera, vous le savez très bien.

Demetria détourna les yeux.

— Si ce n'est pas pour vous sauver vous-même, alors faites-le pour nous ! Vous ne voudriez pas nous laisser ici, seules avec une main qui assassine en liberté.

Elle désigna Matea.

— Faites-le pour ces jeunes filles, qui pourraient subir le même sort.

Demetria regarda la petite domestique. Ses lèvres tremblèrent et une larme roula sur sa joue. Une seule ; aussitôt, elle se racla la gorge et déclara :

— Ces statuettes... Je les ai échangées contre des petits morceaux de poulet.

— Des petits morceaux de... ?

Sœur Juana sursauta violemment.

— Oui, *madre*. C'est sœur Quintina qui me les a données.

CHAÎNES

Alina frappa à la porte, contrôlant à grand-peine le tremblement de sa main. Quand elle entendit le bruit des chaînes, elle manqua de faire tomber le bouillon, le même que Matea devait être en train d'offrir à Demetria à ce moment-là.

La porte s'entrouvrit juste assez pour laisser voir l'œil bleu et scrutateur de sœur Andrea. Alina, qui ne l'avait jamais vue d'aussi près, s'étonna de sa beauté.

— Elena ? Qu'est-ce que tu fais là ?

— Appelle-moi Alina. Je… je t'ai apporté quelque chose à manger.

— Comment ? Je ne peux pas ! Je n'ai pas encore terminé mon jeûne. Si la mère Augusta l'apprend…

Alina lança un coup d'œil alentour.

— Si tu as faim, laisse-moi entrer. Personne ne nous verra.

Pendant une fraction de seconde, elle aperçut les lèvres charnues de la jeune fille. Des lèvres qu'elle mordillait avec hésitation.

Alina dut pousser elle-même le battant et entrer presque de force dans la chambre. Sœur Andrea ne résista pas longtemps. Dès qu'elles se retrouvèrent seule à seule, elle lui arracha le bol des mains et se jeta dessus. Les fers glissaient sur ses avant-bras émaciés. La peau, autour de ses poignets, était violacée.

Tandis que sœur Andrea reprenait des forces, Alina contempla la cellule. Si elle était un peu plus grande que la sienne, le mobilier était tout aussi austère. Sa malle était plus imposante, en bois de noyer gravé de jolis motifs floraux. Sœur Andrea devait elle aussi être issue d'une famille aisée. Alina s'assit sur le coffre et attendit que la jeune fille finisse de manger, ce qui ne prit guère de temps.

La pénitente essuya les commissures de ses lèvres avec son bras et ses yeux retrouvèrent leur éclat.

— Qui aurait dit qu'un simple bouillon me paraîtrait si savoureux ? soupira-t-elle, comme si elle venait de vivre le plus jouissif des plaisirs charnels. Le jeûne ne sert qu'à une chose : nous faire apprécier d'autant plus la nourriture.

Elle s'approcha d'Alina pour lui rendre le bol et susurra :

— Il en va de même avec la chasteté.

Alina sentit ses joues s'empourprer. Son visage devait être plus rouge que le nez d'un archevêque. Sœur Andrea lâcha un petit rire concupiscent. Alina se rappela la première fois qu'elle l'avait vue au réfectoire, mangeant à même le sol et contemplant les religieuses supérieures de cet air impertinent dont elle ne se défaisait jamais.

Traînant ses chaînes et ses fers, sœur Andrea alla s'asseoir sur son lit, près d'un missel rempli de dessins et de gribouillis indécents. Alina aperçut un chérubin qui, pour le dire poliment, profanait le numéro de page, tentant de viser le zéro.

— Merci pour le bouillon, dit sœur Andrea. Veux-tu prendre le risque de bavarder un peu ? Je te préviens, après cinq minutes ici, la mère Augusta exigera de te frotter au savon.

Alina posa le bol dans un coin et décida de ne plus tourner autour du pot.

— En fait… je ne suis pas là par hasard.

— Ah oui ?

Alina, à travers le judas, s'assura de nouveau qu'il n'y avait personne avant de remettre la note à Andrea.

— C'est pour toi. De la part de… d'un certain Germán.

La novice se sentit bête de prononcer son nom comme s'il s'agissait d'une obscénité, mais elle ne put s'en empêcher.

Sœur Andrea lui arracha le papier, manquant de le déchirer.

— Comment es-tu au courant ? siffla-t-elle en même temps que ses yeux balayaient la lettre. Comment est-ce… ?

— Il a lui-même fait passer cette note à ma domestique. Elle…

C'était là que venait le mensonge.

— … elle me l'a montrée parce qu'elle ne sait pas lire. Je suis navrée d'avoir dû la parcourir, mais…

Sœur Andrea ne l'écoutait pas. Elle porta le papier à son visage, le serrant comme s'il s'agissait de son bien-aimé Germán en personne.

— Merci, Alina ! murmura-t-elle, au bord des larmes. Merci !

Elle souleva affectueusement sa main pour y déposer un baiser très doux.

Alina en eut un frisson. Cela faisait très peu de temps qu'elle était au couvent, pourtant elle avait déjà oublié la chaleur du contact physique. Les bras de son frère… les baisers de son père… Mais ce n'était pas le moment d'y penser. Il y avait une affaire plus urgente à régler.

— Sœur Andrea…

— Appelle-moi Andrea.

— Andrea, rectifia Alina en s'asseyant au bord du lit. Si je suis venue te donner ce billet, c'est que les inquisiteurs sont là. Cependant…

Elle déglutit. Ce qui suivait s'annonçait difficile.

— Comme je te l'ai dit, j'ai dû lire cette note.

— Oh, ne t'inquiète pas ! Je suis heureuse qu'elle soit tombée entre tes mains.

Alina inspira encore.

— Il… il y a certaines choses dans ce message… Tu côtoies ce Germán depuis longtemps, n'est-ce pas ?

Andrea mit du temps à répondre, mais une fois lancée, on ne l'arrêta plus. Cela devait faire des années qu'elle attendait de pouvoir raconter son histoire.

— Je fréquentais Germán bien avant que ma famille ne m'oblige à prendre le voile. C'est précisément à cause de lui qu'on m'a cloîtrée ici. Mes parents voulaient me marier avec un marchand de Grenade de presque trente ans mon aîné. Quand ils se sont rendu compte que… mon fiancé ne serait pas le premier…

Andrea rougit de plus belle.

— Leur fille était devenue une espèce de… marchandise défectueuse, sans valeur. Voilà pourquoi ils m'ont enfermée à San Jerónimo, en prenant bien soin de rapporter toute l'affaire au père Nuñez et aux religieuses. Depuis le moment où je suis entrée ici, on m'a taxée de frivole et de libertine.

Elle leva les mains pour montrer les fers, reliés entre eux par une chaîne désormais rouillée.

— Et me voilà, captive, privée de nourriture, obligée même de dormir avec ces fers…

Tout en parlant, elle se mit en position fœtale, enfouissant son visage entre ses genoux, avant de se mettre à pleurer comme une petite fille.

Alina ressentit une peine immense. Sans réfléchir, elle serra Andrea dans ses bras et la laissa sangloter sur son épaule.

— Ma grand-mère m'a envoyée ici parce que la dot d'une religieuse est moins élevée que celle d'une mariée, murmura-t-elle finalement.

Les larmes d'Andrea se calmèrent, mais la jeune femme fut alors prise de convulsions.

— Andrea ? s'affola Alina. Que t'arrive-t-il ? J'ai dit quelque chose de…

Soudain, n'y tenant plus, Andrea éclata d'un fou rire nerveux. Alina en resta bouche bée.

— Je ne vois pas ce qu'il y a de drôle.

Andrea s'abandonna sur son lit, pliée en quatre.

— De… de toutes les raisons que j'ai entendues, bégaya-t-elle entre deux éclats de rire, c'est… c'est de loin la plus démoralisante !

Alina porta une main indignée à sa poitrine. Cependant, le rire de cette sœur était contagieux. Bientôt, elle-même souriait sans le vouloir.

Elle se serait volontiers laissée aller à l'hilarité s'il n'y avait eu une véritable cause à sa visite.

— Andrea… comment te débrouilles-tu pour voir Germán ?

La novice se redressa avec difficulté. Séchant ses larmes, elle s'approcha d'Alina et murmura, un sourire espiègle sur les lèvres, persuadée qu'Alina voulait des détails plus croustillants.

— Avant, quand il nous apportait le blé, les portières le laissaient passer et il les soudoyait pour se cacher dans le cellier. C'est là qu'on nous a surpris la dernière fois.

Nous étions en train de folâtrer parmi les cageots de luzerne quand…

— Et vous avez changé d'endroit ? se hâta de demander Alina, qui n'avait aucune envie d'entendre ce genre de récit.

— Cela fait longtemps que Germán ne peut plus s'y cacher ; sœur Encarnación surveille le cellier en permanence. Maintenant, Germán entre dans l'église par une fenêtre de la nef et nous nous retrouvons dans les confessionnaux. Il détache une des grilles sans que les religieuses s'en aperçoivent.

C'était cette même grille que la robuste Lupita avait remise en place. Il faudrait qu'Alina songe à le dire à Andrea, mais il y avait plus important :

— Vous vous voyez… la nuit ?

Andrea acquiesça, radieuse, avant de lire l'effroi dans le regard d'Alina.

— Que se passe-t-il ?

La novice ne put prendre davantage de détours.

— Te trouvais-tu hors de ta cellule la nuit où… sœur Felipa est morte ?

Andrea s'écarta aussitôt, blessant presque Alina avec ses chaînes.

— Comment ? Tu ne crois quand même pas que je…, lâcha-t-elle dans un cri étouffé. Ou que Germán…

Alina ne se rendit compte que trop tard de son erreur. Il n'y avait plus moyen de faire machine arrière. Elle devait savoir.

— Étais-tu hors de ta cellule, oui ou non ?

Andrea fit mine de se lever, mais Alina lui agrippa le bras.

— C'est Germán qui a brisé le tour, n'est-ce pas ? Il était ici cette nuit-là, et c'est par là qu'il s'est enfui.

Derechef, Andrea voulut s'échapper, et Alina la retint.

— Andrea, dis-moi la vérité. C'est peut-être la seule façon de sauver Demetria. Tu as vu comme ils l'ont traitée. Je te promets que je ne te dénoncerai pas. Je te le promets.

Andrea tremblait de la tête aux pieds. Elle mit une éternité à répondre.

— Oui. On s'est vus cette nuit-là. Mais...

— Mais ?

— Juste un court instant. Germán était à peine entré dans le confessionnal qu'il m'a dit avoir entendu des pas dans l'église. Et la voix de deux religieuses.

— Lesquelles ?

— Je l'ignore. Il ne connaît pas leurs noms. Je n'ai même pas eu le temps de le lui demander. Il a dit qu'elles se trouvaient près de l'autel, et il s'est faufilé si vite par la grille qu'il s'est coupé avec les clous. Comme il ne pouvait pas retourner à l'église, je lui ai conseillé de se cacher dans le cellier, et d'attendre jusqu'au petit matin que je le fasse sortir par les confessionnaux. Je suis revenue ici et... et c'est là que les cloches ont sonné et qu'on nous a convoquées au réfectoire. J'étais terrifiée, Alina. Mais le lendemain, j'ai trouvé un mot de sa part dans le confessionnal. Germán a dû l'y glisser pendant la messe. Il me racontait qu'il s'était échappé par le tour et, dans ce même message, il me proposait de nous voir cette nuit.

Tout concordait.

Alina se rappela les taches de sang qu'elle avait aperçues dans le cellier. Sœur Juana avait dit qu'il pouvait s'agir de la main d'un homme vigoureux. Si la religieuse disait vrai, ce Germán s'était sans doute tapi à cet endroit. Pour autant, cela n'expliquait pas comment...

— Andrea... Les cellules sont fermées, la nuit.

La jeune femme recula.

— Comment pouvais-tu retrouver Germán si ta porte était verrouillée ?

Jusque-là, Alina avait cru Andrea sur parole. Mais la réponse qu'elle lui fit alors était si absurde qu'elle était impossible à avaler.

— Ma cellule a toujours été ouverte.

Alina attendit qu'elle développe, mais l'autre demeura silencieuse.

— Que… que dis-tu ?

— Ma cellule a toujours été ouverte. Sœur Encarnación vient, me crie que je suis perfide, et elle tourne la clef. Toutes les nuits, sans faute. Mais ma cellule reste toujours ouverte.

Alina cligna des yeux.

— Excuse-moi, mais… j'ai du mal à croire que…

— Peut-être que la serrure est défectueuse, ou que la clef ne fonctionne pas. En tout cas, c'est la vérité. Je te le jure !

Cette fois, c'est Andrea qui s'accrocha aux mains d'Alina.

— S'il te plaît, ne le dis à personne. Si cela arrive aux oreilles des inquisiteurs, ils vont penser que je…

À cet instant, la porte s'ouvrit à la volée.

— Que diable fais-tu là ? gronda la mère Augusta, l'expression renfrognée.

Elle avait en main le fameux trousseau, car elle venait précisément fermer la cellule.

Alina se redressa d'un bond.

— Rien, *madre.* Je m'en allais.

Elle s'apprêtait à ramasser le bol, mais la mère supérieure la devança.

— Qu'est-ce là ? Tu as apporté de la nourriture à cette âme égarée ? Sœur Andrea est en pénitence !

Alina avait trop de préoccupations en tête pour se laisser démonter. Elle s'empara du bol et fit face à la prieure.

— J'avoue que je le lui ai proposé, révérende mère. Mais sœur Andrea l'a refusé, comme il se doit. Je l'ai bu à sa place.

— Bah ! Je ne suis pas née de la dernière pluie…

L'abbesse, moins intimidante que sœur Encarnación, ne s'approcha même pas. De fait, son accès d'autorité semblait plutôt ridicule.

— Si vous pensez que je mens… démontrez-le, rétorqua Alina.

La mère Augusta en resta bouche bée. Avant qu'elle puisse la reprendre, Alina fila, non sans lancer au préalable un ultime regard à Andrea.

Il y avait du désespoir dans les yeux de la pécheresse ; une supplique impossible à ignorer, mais Alina ne pouvait plus rien pour elle.

Elle s'éloigna à toute allure, se retournant seulement un instant pour voir la mère Augusta qui fermait la porte à clef.

La novice fonça droit à la cellule de sœur Juana.

Elle avait tant à raconter.

CLEFS

— Sœur Quintina ? répéta Alina.

— La cellule d'Andrea est toujours ouverte ? s'écria Matea.

Sœur Juana avait écouté le récit de la novice sans mot dire. Elle quitta son secrétaire pour aller fouiller derrière un énorme ouvrage, le dictionnaire de Sebastián de Covarrubias, et en sortir une bouteille de *rompope*.

— Pardon de ne pas vous en offrir, dit-elle en se servant dans une trembleuse en porcelaine. Ceci est ma réserve spéciale.

Elle en prit une bonne gorgée, toussa et fit claquer sa langue, dans une grimace de joie et de douleur mêlées.

— Récapitulons, dit-elle d'une voix encore marquée par la liqueur. Sœur Quintina a troqué tes statuettes contre des morceaux de poulet...

— Cette vieille nous mène par le bout du nez, l'interrompit Matea. Elle reste toute la journée vautrée sur le...

— Assise.

— Assise près du puits avec ses chats. Juste en face de notre cellule. Elle sait exactement à quelle heure on sort.

— Elle passe son temps à m'épier... et elle me suit partout ! renchérit Alina. Il est évident que c'est elle qui a volé la seconde statuette dans la bibliothèque. Et si elle a fouiné dans ma malle, elle a aussi dû trouver l'herbier. Demetria lui a sans doute demandé la page avec le peyotl.

— Non ! intervint Matea. Demetria nous a assuré que ce n'était pas elle.

Alina haussa les sourcils.

— Et vous la croyez ?

— Nous n'avons pas de raison d'en douter, dit sœur Juana. Ce que Demetria nous a confié mériterait, en soi, le bûcher. Le simple fait de vénérer les dieux qu'elle...

— Alors quoi ? s'impatienta Alina, mais Juana prit le temps d'une autre gorgée de *rompope*, qu'elle savoura lentement.

— Une chose est sûre : sœur Quintina a arraché cette page, et quelqu'un l'a utilisée pour empoisonner nos boissons ou notre nourriture.

— Sœur Caridad ? suggéra Alina.

Matea renifla.

— À d'autres ! Elle ne s'approche même pas des casseroles.

Elle releva aussitôt la tête.

— Non, en vérité elle rôde autour en permanence pour se goinfrer.

Sœur Juana entrelaça les doigts, les yeux fixés sur la bouteille de *rompope*, se demandant si une dernière petite gorgée serait bien raisonnable. La tentation était réelle, mais finalement elle remit la liqueur à sa place.

— Dans d'autres circonstances, nous pourrions nous concentrer sur elle et les domestiques de la cuisine, mais...

— Dans d'autres circonstances ? répéta Alina.

— Cette affaire de cellule toujours ouverte m'inquiète.

— Parce que vous croyez sœur Andrea ? demanda Matea.

— Je n'en mettrais pas ma main au feu... Encore moins après que sœur Encarnación l'a trouvée en train de batifoler dans le cellier. Cependant, je ne vois pas pourquoi elle nous mentirait. C'est comme pour Demetria : ce qu'elle a confessé ferait défaillir le père Nuñez.

— Croyez-vous que la serrure ne marche pas ? voulut savoir Alina.

— Pourvu que ce soit la serrure et non la clef. Si c'est la clef, nous sommes perdues.

— Pourquoi cela ?

Sœur Juana poussa un soupir à fendre l'âme.

— Une seule clef ferme l'ensemble de nos cellules. Pensez-vous que sœur Encarnación soit capable d'en porter plus de 70 à la fois, sans compter celles des cuisines, du portail, de la salle de travail, de la sacristie... ?

Alina se couvrit la bouche. Matea se signa.

— Cela signifierait...

— ... que toutes les cellules sont ouvertes la nuit depuis Dieu sait quand. L'ensemble des femmes de San Jerónimo seraient suspectes.

Alina sentit un picotement désagréable dans son cou.

— Bonté divine..., murmura-t-elle. Si les inquisiteurs l'apprennent...

On frappa à la porte du bas, ce qui les fit sursauter toutes les trois. Matea alla au balcon.

— La mère supérieure.

Sœur Juana tambourina des doigts sur le secrétaire avant de se lever, déterminée.

— C'est maintenant ou jamais, décréta-t-elle. Vous, restez ici. Il n'y aura pas de meilleure occasion que celle-ci.

Alina et Matea obéirent, mais sitôt que Juana fut sortie, elles coururent se pencher à la rampe de l'étroit escalier.

Au salut de sœur Juana, elles devinèrent que la mère Augusta venait fermer l'appartement. Matea descendit quelques marches, bientôt suivie par sa maîtresse.

— *Madre*, vous semblez éreintée, disait Juana. Voulez-vous que je termine votre ronde ?

— Ce n'est pas nécessaire, ma sœur. C'était la dernière cellule.

— *Madre*, vous m'aviez demandé de me charger des clefs, et j'ai fait preuve d'égoïsme en refusant, je ne le comprends que maintenant. Pardonnez-moi.

L'abbesse ne répondit pas. Alina retint sa respiration pendant que Matea se rongeait les ongles.

On entendit un tintement de clefs. Que se passait-il ? Augusta chuchotait, et elles eurent beau tendre l'oreille, elles ne parvinrent pas à comprendre ce qu'elle disait. Le ton monta. Les murmures se muèrent en chuintements, et sœur Juana répliqua avec la même intensité. Enfin, les clefs cliquetèrent plus près ; quelqu'un approchait de l'escalier. Alina et Matea remontèrent au pas de course avant que sœur Juana apparaisse, le trousseau à la main, l'expression tout sauf victorieuse.

— La mère Augusta n'est pas sotte. Elle sait que nous manigançons quelque chose.

Alina se pencha au balcon.

La prieure se dirigeait à grands pas vers sa chambre. Tout à coup, elle se retourna, et la novice recula d'un bond. L'avait-elle vue ?

— Et maintenant ? demanda-t-elle à sœur Juana. Comptez-vous inspecter les serrures des autres cellules ?

— Oui. Au moins deux pour être sûres, la tienne et la mienne.

Elle déposa les clefs sur le secrétaire, l'air épuisé.

— Attendons que l'abbesse soit endormie. Je ne

voudrais pas qu'elle nous trouve en train de fracturer les portes.

L'attente était interminable.

Matea, tapie sur le balcon, épiait l'étroite fenêtre toujours éclairée de la mère Augusta tandis qu'Alina tournait en rond.

— Combien de temps va-t-elle encore rester éveillée ? murmura-t-elle en se tordant les mains.

Sœur Juana, plongée dans un manuscrit, ne répondit pas.

— Comment parvenez-vous à lire, ma sœur ? Je n'arrive même pas à…

— Ça y est ! s'exclama Matea. Elle a éteint sa bougie.

— Bien, dit sœur Juana.

Elle attrapa les clefs et se dirigea vers l'escalier.

— Nous irons toutes les trois ; s'il y a une folle qui rôde, mieux vaut ne pas nous promener seules.

Matea fit mine d'aller chercher une lanterne.

— Et sans lumière. Les inquisiteurs ne doivent pas nous repérer non plus.

Alina pâlit.

— Ne t'en fais pas, la rassura Juana. Nous serons très vite de retour.

Sans trop savoir pourquoi, Alina sut que ce ne serait pas le cas.

Elles commencèrent par la serrure de l'appartement de la poétesse. Celle-ci eut beau tourner la clef, la porte ne se fermait pas. Il suffisait de la pousser pour qu'elle cède.

— Allons essayer sur une autre cellule, dit sœur Juana.

Dans la pénombre, elles traversèrent en silence le potager et la travée sud, le chemin le plus éloigné de la sacristie, où les frères devaient s'apprêter à dormir.

Elles croisèrent Lupita, qui portait un imposant plateau chargé de viandes, vins et douceurs destiné aux hôtes du couvent. L'infirmerie était éclairée ; sœur Gertrudis devait être réveillée.

Parvenue devant la cellule d'Alina, sœur Juana appuya sur le battant. Il s'écarta tout de suite.

— Je croyais que la mère supérieure avait fermé toutes les cellules, chuchota Alina.

— Peut-être s'est-elle abstenue parce qu'elle savait que vous passeriez la nuit chez moi ? avança sœur Juana.

Elle saisit la clef sans faire le moindre bruit, l'introduisit dans la serrure et actionna le verrou. Puis elle inspira un grand coup, poussa à nouveau.

Et la porte s'ouvrit.

Toutes trois demeurèrent là, à contempler l'obscurité épaisse de la cellule.

— Devrions-nous en essayer une autre ? suggéra Alina, incrédule. Celle de sœur Felipa, peut-être ?

— Non, conclut Juana. J'en ai assez vu.

Alina promena son regard dans le cloître des novices. Toutes ces cellules, retranchées derrière les ombres des colonnes, étaient ouvertes. Toutes, le repaire potentiel d'une criminelle. Elle se sentit suffoquer.

— Et maintenant ? demanda Matea.

Cette fois, même sœur Juana ne savait plus quoi faire.

Elle palpa les bords érodés de la clef, avant de lever les yeux sur l'infirmerie.

— Ces clefs étaient à la charge de sœur Encarnación depuis des années…

Elle prit le chemin de la chambre de sœur Gertrudis, d'où provenait une lumière curieusement vive. Elle ne frappa qu'une fois avant d'entrer.

— Sœur Gertrudis, nous devons nous entretenir avec Encarnación sur-le-champ.

La femme, penchée sur son portrait à l'huile de sœur Andrea, mélangeait des pigments et des blancs d'œufs à la lueur d'une douzaine de bougies. Elle faillit tomber de son siège.

— Sœur Juana, que se passe-t-il ?

— Je n'ai pas le temps de vous expliquer. Encarnación est-elle toujours là ?

— Oui, mais je ne crois pas qu'il soit opportun de…

Sans égard pour l'infirmière, Juana fila vers la sortie. Gertrudis bondit, renversant des poudres rouge et ocre au passage, et enfonça ses ongles colorés par les pigments dans le bras de sœur Juana.

— La pauvre est encore très faible ! Ce n'est pas le moment de…

Alina et Matea vinrent prêter main-forte à la poétesse.

— Êtes-vous devenues folles ? hurla sœur Gertrudis en se débattant sauvagement.

Après tant d'années auprès des malades, elle avait acquis une force peu commune. Néanmoins, Juana, libérée, fonça vers le dispensaire. Gertrudis grogna, se défit de l'emprise d'Alina et poursuivit la religieuse, Matea quasiment pendue à son bras.

Alina attrapa une bougie et se dépêcha de les suivre.

Sœur Juana était agenouillée près du lit d'Encarnación. Affaiblie, cette dernière gisait sur le flanc, des oreillers disposés contre son dos pour éviter qu'elle s'appuie sur ses blessures.

— Que se passe-t-il ? grommela-t-elle en essayant de se redresser, avant de renoncer avec une grimace de douleur.

— Sortez ! cria Gertrudis en tirant sœur Juana en arrière, et les deux se livrèrent bataille jusqu'à ce que la malade vocifère :

— Arrêtez ! Cessez donc de vous chamailler !

Peut-être parce qu'elle avait été maintes fois reprise par la maîtresse des novices, sœur Gertrudis s'arrêta tout de suite. Juana brandit la fameuse clef sous le nez d'Encarnación.

— Cette clef ne fonctionne pas, ma sœur. Le saviez-vous ?

L'autre cligna des yeux, les sourcils froncés. Juana réitéra sa question.

— Co... comment se fait-il que vous l'ayez en votre possession ? balbutia enfin la convalescente. Pourquoi dites-vous cela ?

— Nous venons de l'essayer pour ma cellule et celle de sœur Elena. La clef ne marche pas.

— Quoi ? Avez-vous perdu la raison, Juana Inés ?

Elle tenta de nouveau de se redresser, passant outre la douleur.

— Encarnación, ne bougez pas, pour l'amour du...

— Lâchez-moi, Gertrudis ! Laissez-moi faire. Juana Inés, si c'est encore une de vos...

— Sœur Elena et sa domestique en sont témoins. Je vous proposerais bien de venir contrôler par vous-même, mais je crains que votre état ne vous le permette pas. Il va falloir nous croire sur parole.

— Soit. Si cette clef ne fonctionne pas, c'est que la mère Augusta lui a fait quelque chose.

— Je ne peux vous révéler comment nous l'avons appris, répliqua sœur Juana, mais nous savons de source sûre que cela dure depuis plusieurs mois.

— De source sûre ? répéta Encarnación avec un coup d'œil appuyé à Alina.

— Avant que sœur Elena intègre le couvent, s'empressa de préciser Juana. Quand avez-vous vérifié pour la dernière fois que les cellules étaient bien verrouillées après y avoir enfermé les sœurs ?

Encarnación ricana.

— Me prenez-vous pour une idiote, Juana Inés ? Je m'occupe des novices depuis dix-sept ans. Vous n'allez pas m'apprendre comment…

— Répondez !

Le cri de Juana dut s'entendre jusqu'à la sacristie.

Sœur Encarnación soutint son regard, mais sa respiration se précipita. Elle commençait à saisir ce que cette question impliquait. Dans ses yeux, qui s'arrondissaient tandis qu'elle cherchait son chapelet, passa un éclair de culpabilité.

— Je… je ne saurais vous le dire, murmura-t-elle.

Gertrudis recula lentement sans cesser de faire le signe de croix.

— Ces clefs datent-elles toutes de la même époque ? interrogea sœur Juana.

— Pratiquement. Celle du portail de l'église est encore plus ancienne.

— Et cependant, une seule est hors d'usage. Comment est-ce possible ?

Sœur Encarnación leva la tête. La culpabilité avait laissé place à une colère ravivée.

— Êtes-vous en train de m'accuser, Juana Inés ?

— Je vous demande de m'aider à comprendre.

— Pour quelle raison abîmerais-je une clef ? Je peux entrer et sortir à ma guise. Et ce trousseau ne me quitte jamais, sauf pour le restituer à l'abbesse.

— Jamais ? En dix-sept ans ?

— Seulement quand je suis indisposée, et cela ne s'est produit qu'en de très rares occasions. Je le remets toujours en main pr…

Lorsque la femme s'interrompit, Alina crut sentir un courant d'air glacé – et c'était comme si soudainement ce vent avait étouffé la voix de sœur Encarnación.

Juana s'assit au bord du lit.

— Racontez-moi.

Les yeux de la vieille religieuse virevoltaient et elle semblait plus perturbée que jamais.

— Cette épidémie de choléra…

Le mot resta en suspens quelques instants.

— Celle d'il y a deux ans ? demanda sœur Juana. Elle a eu lieu peu de temps avant le premier décès…

Sœur Encarnación hocha la tête avec véhémence.

— Je suis tombée malade. J'étais si faible que j'ai perdu connaissance et ai gardé le lit plusieurs jours.

— En ce temps-là, sœur Felipa, paix à son âme, était abbesse, intervint Gertrudis dans un filet de voix. Elle s'est chargée des clefs tandis qu'Encarnación se reposait.

— Pour les lui remettre, j'avais fait appel à…

On entendit de petits pas s'approcher dans l'obscurité. Le courant d'air, bien réel, venait de la porte qui menait au puits.

Soudain on vit entrer sœur Quintina ; son visage, ridé et pâle, à peine éclairé par la bougie d'Alina, semblait flotter dans l'obscurité, tout comme ses mains nues qui portaient une carafe d'eau.

— Elle, murmura Encarnación. C'est elle qui s'est proposée pour les clefs…

Sœur Juana sauta sur ses pieds et brandit la clef des cellules.

— Qu'avez-vous fait avec ceci, sœur Quintina ?

La religieuse paraissait absente. Les plis de son visage se creusèrent encore plus quand elle leur sourit. Cette figure faisait déjà frémir Alina quand la sœur était dans un bon jour ; mais là, dans la nuit, et avec cette expression de démence, sœur Quintina lui rappela les Grées de ses cauchemars.

Pour toute réponse, la femme se lécha bruyamment les lèvres.

— Vous savez de quoi je parle, insista sœur Juana tout en s'approchant d'elle.

Tout le monde dans la pièce retenait sa respiration. Alina sentit un filet de sueur froide couler dans son dos. Elle luttait pour ne pas trembler, mais l'ombre que projetait sa bougie la trahissait.

Alors, le plus infime des mouvements causa le plus grand des vacarmes : sœur Quintina écarta légèrement les doigts et la carafe s'écrasa au sol dans un fracas d'eau et d'argile en même temps que la vieille religieuse prenait la fuite.

INFERNUM

Sœur Juana et Matea furent les premières à s'élancer à la poursuite de la religieuse. Alina hésita un moment avant de les suivre, ignorant les cris des sœurs Encarnación et Gertrudis. Une fois dans la cour, elle distingua vaguement la silhouette de Matea, qui se perdit entre les colonnes menant au chœur.

Elle courut dans cette direction, et bien qu'elle essayât de protéger sa bougie, la flamme s'éteignit presque aussitôt. Elle l'abandonna et pressa le pas, guidée par le seul écho du rire diabolique de sœur Quintina. Puis elle perdit toute trace de Juana ou de Matea.

Le lieu était plongé dans des ténèbres si impénétrables qu'Alina dut plaquer une main au mur pour se guider. Durant un terrible instant, elle n'entendit plus rien et prit conscience qu'elle était seule, sans même une lumière ou quelque chose pour se défendre. Tout à coup, des pas résonnèrent dans son dos, lourds, pressés, accompagnés d'une voix presque bestiale.

Alina recula à pas de loup. Il lui sembla apercevoir un tissu blanc glisser entre les colonnes de l'avant-chœur, tel un fantôme. Avec un petit ricanement, la silhouette se faufila dans l'église.

Comme si elle avait perdu tout contrôle de son corps, Alina la suivit. Elle trouva la porte de l'église grande ouverte.

Elle hésitait entre retourner en courant à l'infirmerie et partir à la recherche de Matea et sœur Juana. Mais elle n'en avait plus le temps : quand elle reviendrait avec du renfort, l'inconnu aux vêtements blancs se serait déjà échappé. Alina prit son courage à deux mains et pénétra dans l'église.

Par chance, la lumière orangée des cierges du tombeau de sœur Felipa éclairait la crypte.

Elle regardait autour d'elle, sur le qui-vive, prête à voir réapparaître cet habit blanc resplendissant ou se braquer sur elle les yeux luisants d'une religieuse.

Un crissement métallique effrayant la fit sursauter ; le battant de la grille qui conduisait à la nef se balançait en cadence sur des gonds rouillés.

La novice s'approcha craintivement du grillage ; à chacun de ses pas, les flammes des cierges se reflétaient un peu plus dans l'éclat doré du maître-autel. Elle crut soudain entendre un gémissement.

C'était à peine audible : comme un sanglot que l'on n'avait pas pu réprimer complètement. Apparut alors, agenouillée au pied de la sainte table, une lugubre silhouette.

Alina reconnut les voiles sombres d'une hiéronymite aux épaules étroites et tombantes. Intriguée, elle continua à avancer – et tant pis pour le vœu de clôture qu'elle allait rompre une seconde fois.

Elle n'avait pas traversé la moitié de la nef que son cœur se décrocha : la religieuse sanglotait au milieu d'une mare de sang. Incapable ne serait-ce que de prier intérieurement, Alina serra son chapelet et fit quelques pas de plus.

La femme marmonnait des invocations dans une langue inconnue.

La novice tenta de lui parler, mais ses lèvres refusaient de laisser passer le moindre son. Elle s'efforça de retrouver son calme et finit par prononcer, dans un filet de voix :

— Sœur Leocadia ?

Le dos de la nonne se voûta davantage. Maintenant, son voile tombait sur les marches de l'autel. Son ton se fit plus grave, ses suppliques s'accélérèrent.

— Qu'avez-vous fait, ma sœur ?

Sœur Leocadia implora plus fort, les mains jointes. Hâlées d'ordinaire, elles étaient en cet instant si blanches... Et ces taches noires, sur ses poignets... La novice comprit avec horreur que c'était de là que jaillissait le sang. Sa posture ne faisait qu'augmenter le flux.

Alina s'inclina vers la religieuse, sans oser la toucher.

— Ma sœur, il faut vous conduire à l'infirmerie. Sœur Ger...

— Non !

Le cri résonna dans toute l'église. Leocadia releva la tête. C'était celle d'un cadavre, aux lèvres desséchées et aux yeux enfoncés dans leurs orbites. Seul le tourment, si familier chez elle, animait ses traits.

— Va-t'en, bredouilla-t-elle. C'est par moi que tout finira.

Alina voulut poser une main sur son épaule, mais la femme s'écarta dans un sursaut.

— Par vous que tout finira... ? Est-ce vous qui...

Leocadia ferma les paupières.

— Tout ceci est ma faute... Mais cette nuit... tout sera terminé... avec moi...

Alina entendit un bruit de pas dans son dos. Soudain, les habits blancs qu'elle avait aperçus auparavant se jetèrent sur elle.

Elle eut à peine le temps de distinguer l'éclat d'un poignard avant de se jeter sur le côté. La lame vint s'écraser sur les dalles, en même temps qu'un bras vigoureux s'abattait sur son épaule.

Alina se mit à ramper, la peur au ventre, pataugeant dans le sang encore tiède de sœur Leocadia. Le bras se leva à nouveau. À la lueur des cierges, la novice découvrit la figure démoniaque de sœur Caridad lorsqu'elle arracha son voile.

Alina n'eut qu'une vision fugace de ses mèches blondes coupées à ras, des croûtes de son cuir chevelu, de ses dents de fauve et de ses yeux bleu ciel qui brûlaient d'une haine infernale. La femme l'attrapa par la cheville et la traîna comme si elle n'était qu'une poupée de chiffon.

— Pas elle ! mugit Leocadia, s'agrippant aux jambes de sœur Caridad, qui se contorsionna pour la frapper au visage.

Il y eut un cri de douleur, le sang gicla, et Leocadia s'effondra. Caridad agrippait si fort la cheville d'Alina qu'on eût dit qu'elle voulait lui pulvériser les os.

— Tu aurais dû rester dans ta cellule, Elenita ! cria la religieuse. Comme elles auraient dû laisser ma Benita en paix. Ma nourrice adorée ! Torturée et brûlée vive !

Alina se débattait comme elle pouvait, mais cette femme avait une poigne de fer.

Après l'avoir giflée, sœur Caridad la plaqua au sol et lui enserra le cou, l'empêchant de respirer et pesant sur elle de tout son poids.

— Cette maudite Leocadia et son esclave l'ont accusée ! gronda la sœur en direction de l'intéressée. Si je lui ai laissé la vie sauve, ce n'est que pour la voir dépérir, rongée par le remords…

À travers le voile qui commençait à lui couvrir les yeux, Alina vit sœur Leocadia ramper maladroitement vers un cierge en gémissant, laissant une traînée de sang derrière elle.

Avec un grognement de bête féroce, Caridad, la dague entre les dents, déchira de sa main libre le scapulaire et l'habit d'Alina. La novice se contracta de dégoût au contact de ces doigts gelés. Le souvenir de la dépouille verdâtre de Felipa lui revint en mémoire, et avec lui cet effroyable trou au milieu de son buste lacéré...

Un bougeoir tomba, s'écrasant au sol dans un fracas assourdissant, et le cierge encore allumé roula jusqu'aux bancs.

Sœur Leocadia, dans un dernier effort, tenta de soulever ce mètre et demi de bronze et de feuille d'or. Un bref instant, elle réussit à se dresser sur ses genoux et le brandit comme un gourdin.

Alina, à bout de forces, à bout de souffle, observa ses mouvements d'une effroyable lenteur tout en gardant un œil sur Caridad. Le poignet dégoulinant de sueur de la religieuse se rapprochait de la peau de son abdomen. Elle tenta de la repousser, en vain.

De nouveau, on entendit le bruit du grand bougeoir qui cognait le sol.

Exsangue, sœur Leocadia s'était évanouie. Son buste ne se soulevait même plus.

Caridad, toute transpirante, lâcha un ricanement plus pervers que celui du démon.

— Trois sacrifices en une nuit. C'est Coatlicue, mère de tous les dieux, qui va être contente...

De son front coulaient des gouttes de transpiration. Alina préféra fermer les yeux plutôt que de mourir sur cette vision d'horreur. Elle entrevit des étoiles – l'éclat des bougies à travers ses paupières – et soudain, comme s'il était en face d'elle, le visage affable et généreux de son père.

Il lui souriait, la main tendue.

Lorsque la pointe gelée de la dague toucha la peau d'Alina, tout le poids de sœur Caridad parut se dissiper. Il y eut un hurlement rauque, un fracas métallique, et en même temps que l'image de son père s'estompait, la novice sentit deux paires de mains l'attraper sous les aisselles et l'aider à s'asseoir. Ce n'est qu'à ce moment-là qu'elle osa rouvrir les yeux.

— Comment te sens-tu ? murmura à son oreille la voix tendue de sœur Juana.

Devant Alina gisait le corps de sœur Caridad, dont le gros ventre cachait la figure joufflue.

De l'autre côté, raide comme un piquet, se tenait la gigantesque Lupita, soufflant tel un taureau, une énorme lampe à huile à la main.

— Je… je crois que j'y suis allée un peu fort, *madre,* bredouilla-t-elle, effarée, en contemplant la lanterne ensanglantée.

Alina eut un haut-le-cœur avant d'inspirer à pleins poumons.

— C'est ça, lui dit Matea, s'agenouillant près d'elle pour lui baiser la main. Respirez, *niña.* Tout est fini, maintenant.

— Occupe-toi d'elle, Matea, dit sœur Juana, pressant une dernière fois le bras d'Alina avant de rejoindre à la hâte le corps de sœur Leocadia.

La religieuse ne put retenir un cri de stupeur en découvrant ses poignets.

Les frères émergèrent alors de la sacristie en braillant pour éclairer de leurs bougies la scène macabre.

— Mieux vaut que vous n'en voyiez pas plus, chuchota Matea. Venez, je vous emmène à l'infirmerie.

Elle la fit s'appuyer sur son épaule, et Alina s'obligea à détourner les yeux de la scène horrifique.

Un déluge de questions l'attendait, mais elle aurait tout le temps d'y répondre plus tard.

CONFESSIONS (III)

Sœur Leocadia gisait dans l'infirmerie, blanche, mains croisées sur son torse. Dans la lueur blafarde de l'aube, ses yeux enfoncés ressemblaient plus que jamais à ceux d'une morte. De son nez à son oreille droite courait une série de croûtes de sang coagulé – une cicatrice qui lui resterait à vie.

Depuis son propre lit, Alina regarda la poitrine de la nonne se soulever à grand-peine, comme si les impressionnants bandages à ses poignets l'empêchaient de respirer. La pauvre femme avait perdu tant de sang que le moindre mouvement était un miracle. D'après ce qu'on lui avait raconté, sœur Leocadia avait été conduite ici par les frères, les poignets enveloppés dans des lambeaux de tissu que Juana avait arrachés à ses habits. Personne ne pensait qu'elle passerait la nuit.

Alina ne se rappelait pas bien tous les événements de la veille. Comment avait-elle été transportée jusqu'à l'infirmerie ? Des bribes de souvenirs lui revenaient : quelqu'un s'était approché pour lui offrir une couverture, sœur Gertrudis lui avait fait boire plusieurs gouttes d'un distillat amer et une infusion de passiflore. La novice s'était endormie presque aussitôt, d'un sommeil profond et réparateur, sans cauchemar, duquel elle ne s'était réveillée qu'avec les premiers rayons du soleil. Elle avait bien tenté de se lever, cependant sœur Gertrudis l'en avait empêchée. Elle n'était autorisée qu'à une chose : attendre.

Alina tendit l'oreille, mais San Jerónimo n'avait jamais été si silencieux. Était-ce de bon ou de mauvais augure ?

Enfin, sœur Gertrudis entra à nouveau, portant le petit déjeuner de sœur Encarnación.

— Puis-je m'en aller, maintenant ? questionna Alina.

— Non, répliqua simplement Gertrudis, occupée à donner de petites cuillérées d'avoine à une Encarnación léthargique.

— Je ne suis ni blessée ni malade, rétorqua Alina.

— Sœur Juana m'a demandé de te garder ici jusqu'à ce qu'elle vienne te voir. Et je ne vais pas...

À cet instant, la porte s'ouvrit sur Juana, suivie de Matea qui apportait un plateau chargé de biscuits et de chocolat fumant.

— Ma sœur, pouvez-vous leur dire que je ne suis...

L'écrivaine la coupa.

— Je sais, je sais. Nous venons justement te chercher. Sœur Gertrudis, pouvons-nous bavarder dans votre chambre ?

L'infirmière se contenta de hausser les épaules comme pour dire : « S'il n'y a pas d'autre solution... »

Ce n'est que lorsqu'elle tenta de se mettre debout qu'Alina prit conscience de sa faiblesse. Juana lui offrit son bras. Dans la cellule de la garde-malade, le temps semblait s'être arrêté : chaque pinceau, chaque bougie était à la même place que la veille.

— Sœur Gertrudis a eu une nuit bien remplie, commenta la poétesse en aidant Alina à s'asseoir sur le lit.

Matea lui approcha son petit déjeuner, mais Alina n'avait aucune envie de manger.

— Que s'est-il passé, hier ? demanda-t-elle aussitôt. Sœur Caridad... ?

— Qu'elle repose en paix, dit Juana.

— En paix ? se moqua Matea. À l'heure qu'il est, elle doit rôtir comme un *chicharrón*, et Satan doit bien s'amuser avec son trident…

— Matea ! s'exclamèrent en chœur Alina et sœur Juana.

La jeune fille haussa les épaules.

— De quoi vous avez peur ? Je fais que dire ce qu'on sait déjà.

Et elle fourra d'autorité la tasse brûlante dans les mains d'Alina.

— Sœur Caridad…, murmura la novice après avoir soufflé sur le cacao. Comment pouvait-elle faire ces sacrifices, elle qui était espagnole ? C'était elle qui empoisonnait notre nourriture ? Sœur Quintina lui a donné le peyotl ? Et pourquoi Leocadia…

Juana l'arrêta.

— Je vais tout te raconter. Mais d'abord, mange.

Poussée par la curiosité, Alina dévora la moitié d'un gâteau d'une bouchée et but prudemment quelques gorgées de chocolat.

— Hier soir, commença Juana, nous avons rattrapé sœur Quintina dans le cloître processionnel. Ce n'est que là que nous avons remarqué que nous t'avions perdue. Quintina s'est mise à pleurer et nous a confessé qu'elle était entrée dans ta cellule à plusieurs reprises. C'est bien elle qui a confié les tezontles à Demetria.

— Et la feuille de mon herbier ?

— C'est sœur Caridad qui la lui avait demandée. Elle troquait pas mal de choses en échange de morceaux de poulet, mais je doute que sœur Quintina ait su pour quoi. Elle volait des médicaments et des herbes aussi, et Caridad lui offrait sans cesse de meilleures récompenses…

— Doux Jésus…, murmura Alina. Ces cauchemars…

Sœur Juana hocha la tête.

— Comme nous l'imaginions, sœur Caridad empoisonnait notre nourriture. Mais pas celle des domestiques.

— Je me souviens de l'après-midi avant le meurtre, intervint Matea. La nonne est restée plantée devant le bouillon, soi-disant pour le remuer. Elle a pu jeter ses mixtures dedans à n'importe quel moment.

— Et je doute qu'elle se soit contentée d'extraits de cactus, avança sœur Juana. Le plus probable est qu'elle ait mélangé de la stramoine à d'autres plantes toxiques. Sœur Quintina pouvait en voler quasiment tous les jours.

— Est-ce elle aussi qui lui a donné les clefs ?

— Oui, après avoir dérobé du papier de verre dans le cellier. Je suppose que Caridad a râpé la clef, tout en s'assurant que sœur Encarnación ne remarquerait pas la différence.

— Mais... pourquoi ? Combien de femmes a-t-elle assassinées ? Trois ? Cette nuit, elle a dit qu'il y aurait trois autres morts...

— La suite, c'est sœur Leocadia qui nous l'a racontée pendant que tu dormais. À l'origine de cette affaire, il y a... la nourrice de sœur Caridad.

Alina hocha la tête.

— Une dénommée Benita ?

— Oui. Comment le sais-tu ? Peut-être l'a-t-elle mentionnée au moment où...

Soudain, Alina ressentit une forte douleur au niveau du cou, là où les doigts de sœur Caridad s'étaient enfoncés dans sa gorge.

Matea l'obligea à reprendre du chocolat.

— L'Indigène Benita, poursuivit Juana, a élevé sœur Caridad et sa sœur aînée, Mme de La Corcuera, en les choyant apparemment plus que leur propre mère. C'est elle qui leur a appris sa langue et ses croyances.

Alina se souvint de cette femme hautaine qu'elle avait rencontrée au parloir.

— Carmen de La Corcuera m'a dit qu'il n'y avait pas de bras plus aimants que ceux d'une Indienne. Qu'est-il arrivé à cette nourrice ?

Brusquement, tout lui revenait en mémoire.

— A-t-elle travaillé ici ?

— Oui. Elles l'appelaient Benita, mais son vrai nom était Sihuatzin. Je l'avais lu dans le livre de comptes, mais je n'y avais pas prêté attention. Quand sœur Caridad est entrée au couvent, elle a amené Sihuatzin avec elle. Non comme servante, mais comme fille de cuisine. Sihuatzin continua à pratiquer ses rituels en secret jusqu'à ce que la domestique de sœur Leocadia la découvre.

Alina repensa à la religieuse, qui respirait si difficilement. Si elle était vivante, c'était un vrai miracle.

— L'ont-elles dénoncée ?

Juana fit oui de la tête.

— Sœur Leocadia hésitait. C'est sœur Jacinta qui l'a convaincue de tout rapporter. Elle a elle-même accompagné Leocadia chez la prieure de l'époque, Felipa, pour qu'elle lui raconte toute l'affaire. Les inquisiteurs sont venus enquêter. Le jugement a été expédié, et personne n'a rien pu faire pour elle. La pauvre Sihuatzin a confessé son hérésie, des aveux probablement arrachés sous la torture. Peu de temps après, on l'a condamnée au bûcher.

— Sans que personne ne soit mis au courant ?

— Très peu de gens l'ont été. Imagines-tu quelle honte c'était pour le couvent ? Sœur Felipa a sûrement fait tout son possible pour garder le secret mais, comme tu le vois, elle a finalement dû renoncer. La culpabilité devait la ronger autant que Leocadia.

— Et ensuite, Caridad... a sacrifié l'esclave et Jacinta ? Par vengeance ?

Juana acquiesça.

— Et Leocadia n'a rien soupçonné ?

— L'organiste a fait, elle aussi, d'affreux cauchemars, et elle était persuadée que tout ceci était un châtiment divin. Comme la mère Augusta, elle en est venue à penser qu'elle avait elle-même commis ces crimes, possédée par le diable. Elle l'a avoué au père Nuñez qui, pour une fois, a bien réagi. Puisqu'il avait entendu nombre de confessions similaires, il l'a convaincue, au moins pour un temps, que ces assassinats n'étaient pas de son fait. Hélas, le remords ne l'a jamais quittée. Je doute qu'elle cesse un jour de se tourmenter.

— Voilà pourquoi elle prétendait que tout finirait par elle !

— Oui. Elle ne supportait pas de voir qu'on accusait Demetria, mais elle n'avait pas le courage d'affronter l'Inquisition. Et comme elle croyait devoir être la dernière à périr, elle est allée de son propre chef se trancher les veines sur l'autel, pensant que l'horreur prendrait fin. C'est là qu'elle se trompait.

— Sœur Caridad a affirmé qu'il y aurait trois morts...

— Oui. Deux fortuites : sœur Leocadia et toi. Et une autre qu'elle avait planifié depuis le début : frère Nicanor.

— Frère Nicanor ?

— C'est lui qui a condamné Sihuatzin, avant qu'on le rappelle au diocèse de sa Mérida natale. Tu ne seras pas surprise d'apprendre qu'hier soir, il a fait d'atroces cauchemars, et qu'il a entendu une voix l'incitant à se rendre à l'église.

— Alors c'est sœur Caridad qui a orchestré la visite des inquisiteurs ? Pour attirer frère Nicanor ?

— Exactement. Cela explique pourquoi les franciscains du Yucatán ont été mis au courant, et non les inquisiteurs de la capitale. Je suspecte même Carmen de La Corcuera de leur avoir écrit en personne.

— Sait-elle que sa sœur… ?

— Je l'ignore, et il ne servirait à rien de le lui demander, car elle nierait en bloc. Elle dirait que Caridad lui avait parlé des étranges meurtres qui avaient eu lieu au couvent, et elle prétendrait avoir alerté les frères pour protéger sa sœur. Nous n'avons malheureusement aucun moyen de prouver le contraire.

— Elle a pourtant bien essayé de me soutirer des informations, l'autre jour, au parloir. Et sœur Caridad venait de lui parler ! Carmen de La Corcuera voulait savoir si vous étiez sur une piste.

Juana se frotta le visage.

— Cela ne me surprend guère. Caridad devait se douter que nous tramions quelque chose. Peut-être est-ce pour cela qu'elle désirait si ardemment lire le message dont Matea était chargée.

Alina fronça les sourcils, de plus en plus indignée.

— Et vous n'allez rien faire ? Cette femme…

— La coupable a déjà payé pour ses péchés, interrompit sœur Juana.

Son visage avait rarement exprimé autant d'amertume.

— Et je préfère être prudente avec la famille de La Corcuera. Ils sont devenus puissants, et la nouvelle vice-reine les adore. Tandis que moi, j'ai de moins en moins d'influence au palais.

Ses phalanges étaient quasiment blanches, et elle se mordait la lèvre de frustration. Quelle injustice !

Matea lui donna une petite tape sur le coude.

— *Madre*, dites-lui pour…

— Oh, c'est vrai.

Sœur Juana souffla à nouveau, à bout de forces.

— J'ai menti davantage en une seule matinée que dans toute ma vie.

Elle prit la main d'Alina.

— J'espère que tu me le pardonneras, mais j'ai dû t'impliquer. Je n'avais pas le choix.

— Que leur avez-vous dit ?

— Que sœur Caridad t'avait confessé ces crimes juste avant que nous la trouvions dans l'église. J'aurais pu prétendre qu'elle me les avait confiés à moi, mais comme tu l'as vu toi-même, les frères ont fait irruption à peine quelques instants après. J'ai raconté que c'est Caridad qui a dressé les autels païens. J'ai été forcée de travestir la vérité pour sauver la vie de Demetria. Tu auras peut-être à corroborer mon histoire devant les inquisiteurs. Voilà pourquoi je ne voulais pas que tu quittes l'infirmerie. Je leur ai dit que tu étais toujours en état de choc. Pardonne-moi, Alina.

— *Niña*, s'il vous plaît, aidez-nous, la supplia Matea. Aidez cette pauvre Demetria. Et je jure que je ne laisserai plus jamais le pot de chambre traîner plus de…

— Oui, oui. Bien sûr que je le ferai. Et ne vous excusez pas, ma sœur. Au contraire, je suis heureuse de pouvoir me rendre utile.

Sœur Juana opina sans enthousiasme. Elle semblait amaigrie, exténuée, comme sur le point de tomber malade.

— Vous allez bien ? l'interrogea Alina.

La poétesse parvint à peine à esquisser un sourire.

— Que tu sois arrivée à San Jerónimo dans ces conditions m'attriste profondément. Entre ces murs, nous respirions une paix infinie… J'ignore si nous la retrouverons un jour. Quand le cristal est ébréché…

Elle leva les yeux.

— *Subtil, fragile, cassant et diaphane... Mais une fois le cristal ébréché... Il n'est pas de force pour en ôter le caractère profane...* Non, non, ça ne me plaît pas... *Il n'est pas de pouvoir... Même... Même le Rédempteur ne saurait lui ôter son caractère profane ?*

Et tandis que sœur Juana répétait sa ritournelle, Matea renifla d'impatience et s'en alla débarrasser la vaisselle en porcelaine.

ÉPILOGUE

DA PACEM DOMINE[1]

Alina avait beau inspirer par la bouche, la puanteur du fumier ne la lâchait pas.

Grâce à l'entremise de sœur Juana, elle avait obtenu l'autorisation d'utiliser le potager abandonné à côté de sa cellule ; la terre, une argile compacte envahie de mauvaises herbes, était un désastre. Avant de planter quoi que ce soit, il lui fallait la retourner et l'enrichir avec l'excellent crottin de cheval que Lupita avait ramassé sur la Plaza Mayor.

Sœur Juana lui avait proposé son aide, cependant elle était très occupée aux cuisines et à la trésorerie. On l'avait de nouveau élue abbesse (la mère Augusta ayant été révoquée après la venue des inquisiteurs), mais la poétesse avait refusé encore une fois. C'est sœur Encarnación qui avait pris les rênes, et sa main de fer se faisait déjà sentir sur le couvent. Les repas étaient devenus austères, les visites avaient été restreintes et les liturgies prolongées. D'un autre côté, les cloîtres n'avaient jamais été aussi propres.

Alina, qui l'avait vue s'approcher, fit semblant de s'absorber dans son travail ; la femme venait sûrement

1. Ô Seigneur, donne-nous ta paix.

lui reprocher de salir la cour. La novice l'ignora même quand elle se planta derrière elle.

— Sœur Elena ? appela la nouvelle abbesse après s'être raclé la gorge.

— *Madre* Encarnación ! s'exclama Alina sur un ton insolent. Je ne vous avais pas vue. Vous marchez avec la discrétion d'une chatte.

Encarnación fit la grimace, mais ne dit rien. Si elle faisait montre d'un certain laxisme à son égard, c'est uniquement parce qu'Alina et sœur Juana connaissaient la vérité sur ses actes de flagellation.

— Tu as de la visite, dit la religieuse entre ses dents.

Alina ricana sans cesser de remuer la terre avec sa bêche.

— Si c'est Mme de La Corcuera, il vaudrait mieux que…

— C'est ton frère.

Alina se redressa immédiatement, le cœur battant. Malgré elle, le plus grand des sourires illumina ses traits.

— Demián ?

Le rictus de la mère Encarnación s'agrandit.

— C'est possible. Je l'ai…

Alina n'en écouta pas davantage. Elle abandonna son outil aux pieds de l'abbesse, tachant au passage ses vêtements d'un mélange de terre et d'excréments, et courut au parloir sans se préoccuper des traces marronnasses qu'elle laissait derrière elle.

Elle était passée par tant de désillusions qu'elle s'attendait à ce que tout ne fût encore que tromperie, malentendu ou plaisanterie cruelle. Les ombres lugubres qui s'agitaient derrière la grille du parloir le lui laissèrent d'abord penser.

Mais non, pas cette fois.

Demián était là, toujours aussi grand, toujours aussi

maigre, les deux mains agrippées au grillage. Alina en eut les larmes aux yeux.

— Ali ! Tu vas bien ?

Même à distance, la jeune fille remarqua qu'il avait l'air inquiet.

— Oui, oui. Pourquoi ?

— Le père Nuñez nous a écrit. Il a dit que l'Inquisition t'avait interrogée. Même la vieille se faisait du mauvais sang.

Alina regarda la sœur chargée de la surveillance des parloirs du coin de l'œil. Elle était entrée si rapidement qu'elle l'avait réveillée. Impossible de se laisser aller aux confidences devant elle.

— C'était... un malentendu.

— Un malentendu ? Mais...

— Rien de grave, Demián. Tout est arrangé.

Le garçon allait protester à nouveau, au lieu de quoi il plissa le nez.

— Ali, tu sens... tu sens...

— Ah, c'est le potager. Je suis en train de le fertiliser.

— On t'oblige à épandre le lisier ? s'insurgea-t-il.

Alina ne put réprimer un sourire. Que c'était réconfortant de se sentir ainsi aimée !

— C'était mon idée, s'empressa-t-elle de répondre. On va me permettre de cultiver des plantes médicinales. Ce sera magnifique. Je m'inspire de l'herbier de papa.

Demián n'avait pas l'air plus rassuré.

— Sœur Juana possède plus de 4 000 ouvrages sur tous les thèmes imaginables. Et on m'a laissé jouer de l'orgue à l'église ! Je suis toujours aussi mauvaise, mais la maîtresse de chœur fait preuve d'une grande patience envers moi. Juana m'a prêté un traité sur la musique et un autre de mathématiques sur la suite de Fibonacci. Et... Quoi ? Pourquoi ris-tu ?

— Tu as du crottin sous le nez. Il menace de tomber dans ta bouche…

Alina, avec un cri, se dépêcha de se nettoyer, mais la manche de son habit resta immaculée.

— Mais… C'est faux ! Demián, ne me…

Son frère se tordait déjà de rire, et ce rire, si semblable à celui de leur père, charria avec lui un torrent de souvenirs.

— Tu as l'air heureuse, déclara-t-il. Tu ne peux pas savoir à quel point ça me soulage.

Alina soupira. Si on ne pouvait pas dire qu'elle nageait dans le bonheur, elle n'était pas non plus désespérée.

— Du moment que j'ai la paix…, confessa-t-elle. En tout cas, tu me manques toujours.

Demián sourit.

— Eh bien, il y a peut-être une solution à cela. La vieille veut que je monte à Mexico trouver une épouse, et tu connais ses instructions…

— Une petite Espagnole aux poches bien pleines ! s'exclamèrent-ils en chœur.

— Je viendrai te voir chaque fois que je le pourrai. Je peux t'envoyer des graines pour ton potager et d'autres livres, si tu le souhaites. J'irai aujourd'hui même à la librairie.

Alina lui adressa un clin d'œil complice.

— Surtout, n'oublie pas de m'écrire… de la façon que tu sais.

Demián lui rendit son sourire.

Son séjour dans cette grandiose capitale promettait d'être fort intéressant.

NOTE DE L'AUTEUR

> « Certains écrivent "Asbaje", mais c'est faux et je n'ai aucune envie de l'écrire ainsi, car le nom en deviendrait discordant. »
>
> Amado Nervo

Sœur Juana sera toujours entourée d'un halo de mystère. Si nous ne pouvons nous accorder sur sa date de naissance, la graphie de son nom de famille[1] ou les raisons qui l'ont poussée à prendre le voile, nous avons encore moins de certitudes concernant les péripéties de sa vie quotidienne.

J'ai souhaité coller au plus près à la réalité, mais lorsque c'était impossible, dans de rares cas, j'ai fait appel à mon imagination (comme avec sœur Quintina, la folle du couvent).

Le plan de San Jerónimo est basé sur des dessins présentés par Guillermo Pérez Castro Lira dans sa thèse *Arqueología monacal* et, même si j'ai respecté le tracé de l'époque, j'ai pris la liberté d'assigner certains espaces (la bibliothèque, le potager ou encore la cellule de la mère Augusta) en fonction des besoins de la trame. Les

1. Le nom de naissance de sœur Juana était « Juana Inés de Asbaje y Ramírez ». Cependant, l'orthographe de son premier patronyme est incertaine : Asbaje, Asvaje ou encore Azuaje.

confessionnaux étaient réellement accolés à l'église. De nos jours, nous pouvons en apercevoir les ruines.

On pense que la cellule de sœur Juana donnait sur le grand cloître, côté sud, mais personne n'a pu démontrer son emplacement exact. Nous savons seulement qu'elle comportait deux niveaux ; sur les registres, il est inscrit que sœur Juana acheta aussi l'étage.

Le système métrique décimal, poids et mesures, n'existait pas encore. À l'époque, on aurait utilisé le système de Castille (le pas, la verge, le quintal, etc.), qui en réalité n'a jamais été standardisé et se révèle un vrai casse-tête. Pour ne pas gêner la lecture, j'ai décidé d'employer les unités de mesure actuelles, et je n'ai recouru au système castillan que lorsque les personnages eux-mêmes mentionnaient des chiffres.

Comme Alina, j'ai estimé le nombre de livres de la bibliothèque particulière de sœur Juana en me basant sur les dimensions de la cellule suggérées par Castro Lira, et sur la taille des ouvrages figurant dans son portrait réalisé par Juan de Miranda. Le résultat de mes calculs (que je préfère vous épargner) donna 4 220, curieusement proche des 4 000 volumes évoqués par Diego de Calleja, avec qui sœur Juana a correspondu durant les quinze dernières années de sa vie. Ce nombre a été très débattu, mais il ne me semble pas totalement capillotracté. En 1689, sœur Juana avait déjà passé vingt ans dans le cloître, et les livres (onéreux, certes, mais loin d'être les reliques qu'ils étaient au Moyen Âge) étaient depuis plus de deux siècles produits en imprimerie. À titre indicatif, on pense que la collection de Mateo Alemán, le plus important héritage de ce siècle en Amérique du Sud, comportait une douzaine de milliers de volumes.

Les sacrifices humains constituèrent un sujet de préoccupation pendant toute l'époque coloniale ; sœur Juana elle-même écrivit à ce propos dans *Le Divin Narcisse* et *Le Sceptre de Joseph* (qui, pour ce que nous en savons, furent rédigés peu ou prou aux dates auxquelles j'ai situé mon histoire). Dans *Le Sceptre de Joseph* tout particulièrement, sœur Juana fait montre d'une véritable empathie envers les Indigènes et met en avant les similitudes entre les deux religions.

Dans un registre plus agréable, presque tous les plats que je mentionne proviennent de l'excellent livre de recettes de Mónica Lavín et Ana Benítez Muro. Je les ai recréées moi-même à la maison lors de mes « épuisantes » recherches (je recommande spécialement le *manchamanteles*, dont la saveur appartient vraiment à un autre temps). Les *suspiros de yema* ont ma préférence, c'est pourquoi je les ai décrits avec plus de détails.

À l'exception des *villancicos* (rédigés cette année-là dans le but d'être chantés à Puebla, et qui contenaient réellement des couplets assez macabres) et de certains passages de la confession de Demetria (paraphrasés de la pièce de théâtre sacrée *Le Sceptre de Joseph*), tous les vers que sœur Juana récite dans ce roman sont une création de ma part. Elle-même affirmait ne pouvoir faire autrement que penser en vers (témoignage rapporté par son grand ami Juan Ignacio de Castorena). Et si quelqu'un trouve sacrilège d'avoir mis mes mots dans la bouche de sœur Juana, imaginez qu'il s'agit de ceux qu'elle-même a jugés indignes d'être couchés par écrit.

J'ai dû laisser une infinité de détails dans l'encrier ; aussi reviendrai-je bientôt rendre visite à Alina, Matea et sœur Juana.

GLOSSAIRE

Abuela : « grand-mère ».
Aguamanil : bassin à ablutions.
Ahuehuete : arbre national du Mexique, aussi connu sous le nom de « cyprès des marais ».
Alfajor : biscuit à la noix de coco.
Ante : sorte d'amuse-bouche à base de fruits.
Apá : « papa ».
Atole : boisson chaude à base de farine de maïs parfumée à la vanille, à la cannelle ou au cacao.
Auto sacramental : pièce de théâtre à caractère religieux, typique de l'Espagne des XVIe et XVIIIe siècles.
Axolotl : littéralement « monstre d'eau », espèce aquatique désormais en voie d'extinction.

Bienmesabe : littéralement « ça me plaît », crème épaisse aux amandes.
Boba : idiote, bêtasse.

Chicharrón : couenne de porc frite.
Chinicuil : larve d'un papillon de nuit, parasite de l'agave.
Chirimoya : fruit à la chair blanche crémeuse et à la peau verte.
Comal : ustensile de cuisine traditionnel servant à cuire les tortillas.

Criollo : « créole », désigne ici les personnes d'ascendance espagnole nées en Nouvelle-Espagne.

Cuachalalate : plante médicinale traditionnelle.

Gachupin : terme qui désigne, dans le système des castes coloniales, une personne née en Espagne mais vivant dans une vice-royauté.

Henequén : plante cousine de l'agave poussant dans la région de Mérida, Yucatán.

Loas : courtes pièces rédigées en guise de prologue, « louanges » adressées au destinataire de l'œuvre.

Mamoncillo : « quenette », fruit du quenettier, arbre tropical originaire d'Amérique du Sud.

Manchamanteles : littéralement « tache les nappes », ragoût avec une sauce au piment doux.

Piloncillo : sucre de canne non raffiné vendu sous forme de cône.

Pulque : boisson alcoolisée traditionnelle obtenue à partir de la fermentation du sirop d'agave.

Rompope : lait de poule additionné de rhum.

Suspiros de yema : biscuits de Noël à l'anis et au vin.

Tertulia : réunion informelle au cours de laquelle un thème particulier est abordé.

Tlamacazqui : prêtre de la religion aztèque.

Trajinera : embarcation colorée à fond plat servant pour le transport des marchandises.

Villancico : cantique sur le thème de Noël, très répandu dans le monde ibérique du XVIIe siècle.

Xoloitzcuintla : race de chiens mexicains à peau nue.

Zambo/zamba : descendant de Noirs et d'Indiens.

Composition : Facompo, Rouen

MIXTE
Papier issu de sources responsables
FSC® C003309

L'éditeur de cet ouvrage s'engage dans une démarche de certification FSC® qui contribue à la préservation des forêts pour les générations futures.

Pour en savoir plus :
www.editis.com/engagement-rse/

Achevé d'imprimer par
Normandie Roto Impression s.a.s.
61250 Lonrai (Orne)
N° d'imprimeur : 2205050

Imprimé en France